蜀山劍俠傳

第一部

8

難為比翼

還珠樓主——著

蜀山劍俠傳

目錄

第一章　天鳴地叱

神鵰、袁星和米、劉二矮護送雲從、風子到了飛雷崖，見了英瓊。正值芷仙要英瓊命神鵰去擒捉野味，回來醃臘，余英男忽然定要跟去。英瓊因英男大難已過，平時擒捉野味的地方相離峨嵋不遠，料必無事，便命袁星保了同去。

米、劉二矮將雲從、風子送入凝碧仙府，走至太元洞前，正遇齊靈雲陪了玉清大師一同走出，米、劉二矮說了經過。玉清大師略看傷勢，說是無妨，少時服了丹藥，當日便可痊癒。吩咐靈雲送入洞內紀、陶二位道長房中，請紀道長調治。

米、劉二矮正要托起雲從、風子，玉清大師忽然喚住問道：「你二人從後洞來時，可曾看見余仙姑麼？」

米鼉便將英男騎著佛奴，帶了袁星前去擒捉野獸之事說了。玉清大師便命二矮速將雲從、風子送入洞府，回來候命。二矮聞言自去。

玉清大師笑對靈雲道：「昨晚我略露口風，英男便警覺。她知無此劍，也難與三英二雲並列了，只生性太急了些。」靈雲便問何故？

玉清大師道：「英男師妹因開山盛典在即，門下弟子只她一人道淺力薄，連口好劍都無。雖有英瓊妹子送她的一口，偏又本質不佳。昨晚因聽我說起法寶囊內藏有幾口從異派手中得來的好飛劍，意欲在開府時，分送給幾個新進的同門，她便示意求我挑一口好的相贈。我笑對她說：『你是本門之秀，三英之一，怎便看上異派之物？你的寶劍自有，每日間著，只不去找，卻要這個則甚？』她便請我給她指點一條明路。我來此無事，也為她無劍可惜。仙府珍品雖多，都遠比不上紫郢、青索。曾代她算過，知道她應得一口好劍，雖仍非紫郢、青索之比，卻也相差不甚遠。

「經她一磨，我又給她占了一卦，卦象竟是甚奇，大概一出門便可到手，劍也是在那裡等著她的。那藏劍的人與她頗有淵源，得時也頗費一些周折，並且此行只宜獨行，卻又要假手一個異類。

「我因她得劍時，既不能約了眾姊妹同去，而得劍以後，又有仇敵從旁劫取，以她能力萬非敵手，當時再三勸她不要心急，容我今日和你把開府一切應辦之事佈置定了，然後想好主意，由她一人先去取劍，算準她得到手後，再派人前去與她接應。她卻這般性急，恨不能今日便到了手。因我說了一句借助異類，便騎了佛奴，帶了袁星同往。劍是一定可得，只是難免遇見大敵。雖說她大難已過，不致凶險，總是不可不防。那阻礙英男的敵人，正是米、劉二人以前同黨，命他二個急速跟去，便無礙了。」

正說之間，米、劉二矮已經事畢覆命。玉清大師示了方略，米、劉二人領命自去。不提。

且說英男的心事，已在玉清大師口內說出。她從小就飽經憂患，自被英瓊救回凝碧仙府，借靈泉、溫玉、仙丹之力，復體還原之後，見英瓊已是一步登天，自不必說，其餘諸同門個個英姿仙骨，都一個賽似一個，自愧弗如，滿腹俱是豔羨欽服之心。雖然時常虛心請益，從來只在本分內用功，並沒絲毫過分的要求。再加上人既絕頂聰明，性情又復溫和異常，對誰也是一樣親熱，分不出一點深淺。因此除英瓊共過患難，是她至交外，所有仙府同門，個個都成了她的莫逆。只為開府在即，聽靈雲說，到日教祖回山，不論同門新舊，本領高低，俱要當眾將自己藝業施展出來，給師長評定。

英男雖是柔順服低，人總是向上的。因見仙府同門俱有師父仙劍，自己僅有英瓊送的一口得自異教的飛劍，本質既是下品，而且那劍經過邪法祭煉，僅能作為平時練習之用。如改用本門心傳，下苦功夫將它煉好，似太不值，煉起須時，也來不及。聽說玉清大師收了幾口飛劍，雖然得自異派手內，劍的本質卻要好些。因見玉清大師平時對她甚好，估量去要，不會不肯。

及至被玉清大師一點破，恍然大悟。暗想：「英瓊得那口紫郢劍費了多少事，吃了多少辛苦，干莫神物，豈能隨便到手？久聞玉清大師占驗如神，何不前去試它一試？」便問明了大師劍的方向，想背人先和英瓊商量一下。到了後洞一看，同門好幾個在彼，不便將英瓊喚開說私話，只好暫時祕而不宣，省得徒勞，不好意思。正趕上神鵰奉命擒捉野獸，去的方向恰好正對，便借騎鵰飛行閒遊為名，帶了袁星同去。

英男在鵰背上飛行了一陣，乘虛御風，憑凌下界，覺得眼界一寬，甚是高興。暗忖：「玉清大師雖從卦象上看出神物方向，卻未說準藏在哪裡。茫茫大地，宛如海底撈針，何處可以尋找？」不由把來時高興打退了一半。

知道鵰、猿俱是靈通之物，玉清大師又有借助異類之言，想了想，無從下手，只得對鵰、猿道：「我余英男昨日受玉清大師指點，說我該得一口仙劍，就應在前途和二位仙禽仙獸身上。我肉眼凡胎，實難找尋，千萬看在你主人份上，幫我一幫，把它得到，真是感恩不盡！」

說時，袁星原在英男身後扶持，聞言剛要答話，那神鵰已經回首，向著英男長鳴一聲，倏地雙翼微束，如飛星隕瀉一般，直往下面山谷之中投去。

英男望見下面崖轉峰回，陂陀起伏，積雪未消，一片皚白，日光照上去都成灰色，只是一片荒寒人跡不到的絕景，以為神鵰發現什麼野獸。及至落地一看，神鵰放下英男，便將雙翼展開，往對面高峰上飛掠過去。

英男見那山盡是冰雪佈滿，一片陰霾，寒風襲人，乃完全荒寒未闢境界，休說野獸，連飛鳥也看不見一個，不知神鵰是何用意？方在猜疑，忽然一陣大風吹起，先是一陣輕微爆音，接著便是驚天動地一聲大震。定睛一看，對面那座雪峰竟平空倒將下來，直往側面冰谷之中墜去。那峰高有百丈，一旦墜塌，立時積雪紛飛，冰團雹塊，瀰漫天空，宛如數十百條大小銀龍從天倒掛，四圍都是霧縠冰紈包擁一起。那大如房屋的碎冰塊紛紛墜落，在雪山深谷之中震盪磨擊，勢若雷轟，餘音隆隆，震耳欲聾。

就在這時，耳際似聞神鵰鳴聲。仰面一看，神鵰飛翔越高。袁星站在身後兩丈遠近，用長臂向著空中連揮。再看神鵰，只剩一個小黑點，只管時隱時現，盤旋不下。英男尚以為神鵰是將自己放落，好去擒捉野味。知道袁星能通人語，正想再說那剛才尋劍之話，連喊數聲，怎奈雪聲如雷，兀自不止。走將過去一看，只見袁星面向對崖，定睛注視著下面的奔雪，連眼都不瞬一下。

剛走近前，忽見袁星將手連擺，指了指天上，又指了指下面的山谷，又叫英男將身隱伏在近側一個雪包後面。英男猛地心中一動，剛將身伏倒，便見谷中雪霧中衝起一道五色光華，直往空中飛去。轉眼追離神鵰那點小黑影不遠，忽然往上一升，一同沒入雲中不見。

袁星連忙站起，喊聲：「余仙姑，快隨我走！」說罷，拉了英男一把，首先往谷中蹿了下去。英男聞言，靈機一動，連忙飛身跟了下去。

英男稟賦既佳，輕身功夫又好，身體更是在冰雪寒霜中經過淬煉，脫劫以後，又多服靈藥仙丹，日近高人，端的奇冷不侵，身輕如燕。不一會，一路履冰踏雪，到了下面，見袁星在前，逕往雪塵飛舞中鑽了進去。趕到跟前，竟是三座冰雪包裹的洞穴，裡面火光熊熊，甚是光亮。入內一看，洞內寬大非凡，當中燃著一堆火，看不出所燒何物。到處都是晶屏玉柱，寶幔珠纓，流輝四射，光彩鑑人。

英男萬沒想到寒荒冰雪中，會有這般奇境靈域，好生驚奇。原來那洞本是雪山谷中一座短矮孤峰，峰底有個天生古洞。因洞外峰頂終年積雪包裹，亙古不斷，再加谷勢低凹，那峰砥柱中流，山頂奔雪碎冰到此便被截住，越積越高大，漸將峰的本形失去，上半截全是凝雪堅冰。雪山冰川，少受震動便會崩裂，哪經得起適才神鵰雙翼特意用力一搧，自然上半截冰雪凝聚處便整個崩裂下來。

英男見洞中不但景物靈奇，而且石桌冰案，丹爐藥灶，色色俱全，料知必有仙靈盤踞。袁星既將自己引到此間，必與那口寶劍有關。方在定睛察看，忽見袁星拔出雙劍，朝室當中那團大火一揮，立時眼前一暗，火焰全滅。猛聽袁星又高叫道：「寶物到手，仙姑快些出去，省得對頭回來闖見不便。」

英男聞言，又驚又喜，連忙縱身跳出。袁星業已越向前面，往崖上跑去，兩手抱定一個大有五尺、形如棺材的一塊石頭。

英男跟著袁星一路飛跑，躥高縱矮，從寒冰積雪中連越過了幾處冰崖雪坡，直到一個形如巖洞的冰雪凹中鑽了進去。袁星才將手中那塊石頭放下，說道：「仙姑的劍想必藏在石中，只沒法取。待我去將佛奴喚回，帶回山去，再想法吧。」說罷，便自走出。

英男往那石頭一看，石質似晶非晶，似玉非玉，光潤如沐。正中刻著「玄天異寶，留待余來；神物三秀，南明自開」十六個凸出的篆書。

細玩詞意，心中狂喜，知道是前輩仙人留給自己的。「南明自開」，想必要用火煉。用手一捧，竟是沉重非凡，何止千斤。

暗忖：「自己不會飛行。袁星抱著它跑了一路，已累得渾身是汗。除了神鵰此時回來，帶了回去，求眾前輩師伯叔與眾同門行法打開，更無法想。適才那道五色光華，必是藏石之人，本領定然不小，萬一回洞發覺追來，怎生抵敵？神鵰怎地去了這一會還不見回來？」

想到這裡，探頭往外一看，天空灰雲中，那一道五色光華已高得望上去細如游絲，正和一個黑點飛行馳逐，出沒無定，雙方鬥有好一會，忽聽一聲鵰鳴，黑點首先沒入雲空，那道五色光華也相繼不知去向。

袁星卻從側面跑來，近前說道：「佛奴已將對頭引到遠處，少時便要飛來，帶了我們逃回峨嵋。那對頭也頗靈敏，恐她發現，請仙姑到崖後面等去。」說罷，進洞將那大石夾起，引了英男，直奔崖後。到了一看，相離那座崩塌的雪峰已有三十餘里，中間還隔著許多崇崗峻嶺，甚是隱祕。

二人仍擇了一個幽僻之所，先將那大石放下，靜等神鵰一到便走。英男仰望天空，只是一片昏茫，估量神鵰不會就回。便問袁星：自己尋取仙劍之事，除玉清大師外，並無別人知曉。適才在鵰背上想起得之不易，雖求鵰、猿相助，也只為玉清大師事前指示，有借重異類之言，一時情急，說將出來。怎地今日之事這般湊巧，彷彿一切俱有人安排一般？是否玉清大師先有分派，事情才這樣順手？

袁星答道：「袁星事前也不知道。還是今日佛奴從姑婆嶺接應米、劉二人回來的前兩個時辰對我說，那日破史南溪都天烈火妖陣時，牠在空中巡視，正遇牠師兄白眉老禪師座下仙禽白鵰飛來，說牠近來隨著我主人的父親，在龍藏山波羅境，參一微宗佛法。日前奉到白眉老禪師法旨，說佛奴近來功行俱都精進，不久便和牠一樣，斷食換毛，靜等主人大功告成，即可一同飛昇。只是還有一因三劫未完，命牠隨時仔細。

「那一因便是仙姑昔日在凝碧仙府的前洞，與我主人結了姊妹之後，常常來往。偏巧神鵰每隔些時，要往老禪師處聽經，以致撇下主人一個，被赤城子攝往莽蒼山去。仙姑去尋找主人，又被陰素棠逼走。主人得劍，仙姑本身有劫，事有前定。但是佛奴若非聽經之後起了貪心，與白鵰偷往北溟島絳雲宮盜取九葉紫靈芝，耽誤些時，仙姑遇見陰素棠的前一日恰好趕回。那就必定騎了牠，同往莽蒼去將主人尋回，異日縱有災劫，也不致在莽蒼山陰被玄冰黑霜凍死。

「雖說仙姑經此重劫，免卻許多魔難，但佛門最重因果，佛奴造一因便須還果。也是仙姑運氣，白眉禪師知道達摩老祖渡江以前所煉的一口南明離火劍，藏在大雪山邊境一座雪峰底下，有瓊石匣封，不遇有緣人，不能得去。偏在二十年前，被一個異派中的女子知道，為了此劍，不惜離群脫世，獨自暗入雪峰腹內，闢了一座洞府，尋到那藏劍的瓊石匣。一見那匣上的字與她的名字暗合，越發心喜，以為得了此劍，便可尋求佛門降魔真諦。心雖存得不壞，可惜錯解了詞意，那劍也並非她應得之物。以致她在雪峰腹內枉費心機，藉她本來所煉三昧真火，凝成一團，將這石匣包圍，每日子午二時，連煉了二十三年，石匣依然未動。

「白眉老禪師因此劍早注定是仙姑所有，特命佛奴相助成功，了此一場因果。又因凝碧崖五府開闢在即，大受異派嫉恨，教祖未回以前，仙府左近常有妖人潛伏窺伺：一則覬覦仙府許多靈藥異寶，打算相機奪取；二則探聽機密。來人俱佩有絳雲宮神女嬰的隱身靈符，不和人動手，除了三仙二老幾位尊仙，簡直不易看破行藏。連佛奴一雙金睛神眼都看不出，幾次聞見生人邪氣，撲上前去，便是一個空，因此不敢大意。

「今日仙姑一上騎，便直往這裡飛來，先用雙翼將雪峰搧塌，引出那異派女子，再由袁星陪了仙姑前去盜劍。那女子一經追遠，必然想起洞中寶劍，趕將回來。佛奴等她不迫，再從側面繞回。去了有這一會，想必也該回來了。」

正說之間，忽見遠處坡下面隱現一個小黑點，由小而大，往前移動，轉眼到了面前，正是神鵰佛奴貼地低飛而來。英男、袁星見大功垂成，正在高興，準備起程回山，忽聽頭上一聲斷喝，一道五色光華從雲空裡電一般射將下來，跟著落下一個又瘦又乾、黑面矮身的道裝女子。同時袁星也將雙劍拔出，待要上前去，卻被神鵰一聲長鳴止住。

那女子一現身本要動手，一見鵰、猿是英男帶來，知道厲害，把來時銳氣已挫了一半，便指著英男問道：「我與道友素昧平生，為何盜取我的寶物？」

英男知道來人不弱，先頗驚疑，及見來人先禮後兵，神態儒怯，頓生機智，便答道：「我名余英男，乃峨嵋山凝碧崖乾坤正氣妙一真人門下弟子。此寶應為我所有，怎說盜取？」

那女子一聽英男是峨嵋門下，又見英男從容神氣，摸不出深淺，更加吃驚。暗忖：「來人雖非善與，但是自己好容易辛苦多年，到手寶物，豈甘讓人奪去？」

不由兩道修長濃眉一豎，厲聲答道：「我名米明孃。這裝寶物石匣外面的偈語，明明寫著『南明自開』，暗藏我的名字；又經我幾次費盡辛苦尋到，用三昧真火煉了多年，眼看就要到手。怎說是你之物？

「我雖出身異教，業已退隱多年，自問與你峨嵋無仇無怨。我看道友仙風道骨，功行必非尋常。峨嵋教下，異寶眾多，也不在乎此一劍。如念我得之不易，將石匣還我，情願與道友結一教外之交。我雖不才，眼力卻是不弱，善於鑑別地底藏珍，異日必有以報。道友如是執意不肯，我受了這多年的辛苦艱難，決難就此罷手。慢說勝負難分，即使讓道友得了去，此劍內外均有靈符神泥封鎖，你也取它不出。何苦為此傷了和氣？」

英男聽她言婉而剛，知她適才嘗過神鵰厲害，有點情虛，仗有鵰、猿在側，越發膽壯。答道：「你只說那劍在你手中多年，便是你的。你可知道那劍的來歷和石匣外面偈語的寓意麼？我告訴你，此劍名為南明離火劍。南明乃是劍名，並非你叫明孃，此劍便應在你的身上。乃是達摩老祖渡江以前煉魔之寶，藏在這雪峰底下，已歷多世，被你仗著目力尋見。果是你物，何致你深閉峰腹煉了二十三年，仍未到手？

「聽你說話，雖然出身異派，既知閉戶潛修，不像是個為惡的人。如依我勸，由我將此劍攜回山去，不傷和氣，以後倒真可以作一個教外朋友；否則慢說我，你不是對手，便是這一鵰一猿，一個是峨嵋仙府靈猿，一個是白眉老禪師座下神禽，量你也不是對手。」

那米明孃原是米鼉的妹子，當年異教中有名的黑手仙長米和的女兒。只因生時天色無故夜明，所以取名叫做明孃。兄妹二人，俱都一般矮小。尤其明孃，更是生就一副怪相奇姿，周身漆黑，面若猿猴，火眼長臂，一道一字黑眉又細又長，像髮箍一般，緊束額際，真是又醜又奇。左道旁門原不禁色慾，偏明孃人雖醜陋，心卻光明。自知男子以色為重，自己容貌不能得人憐愛，如以法術攝取美男取樂，豈非淫賤？起初立志獨身不嫁，專心學道。後來見父兄行事日非，看不下眼去，幾次強諫。有一次觸怒黑手真人米和，幾乎用法術將她禁死。

就在那一年，米和因惡貫滿盈，伏了天誅。明孃痛哭了一場，見乃父雖死，乃兄米鼉仍然怙惡不改，越想越害怕。她母親原是民女，被米和攝去成為夫婦，早已死去。好在原無牽掛，便著實哭勸了米鼉好幾回，終因不納忠言，兩下反目分手。

明孃由此避開異派一干妖邪，獨自擇了名山洞府，隱居修道。自知所煉的道法，若說防身延年還可，於此中尋求正果，終久難免天劫。正教中又多半是父兄仇敵，而且也無門可入。在山中靜養了些年，便獨自一人出遊。仗著天生的一雙慧目，到處搜求寶物，到手以後，再用法術祭煉應用。年復一年，著實被她尋見許多希世奇珍。

她既與人無爭，又不為惡，見了昔日同黨，又都老遠避去。雖然形單影隻，好似閒雲出岫，倒也來去由心。這一年無心中遊到雪山底下，也是趕上雪崩峰倒，一眼望見千丈雪塵影裡暗藏寶氣。用法術驅散冰雪，跟蹤一尋，竟在地底尋到那個石匣。一看匣外偈語暗藏自己名字，並由寶氣中看出匣中寶物是口寶劍，心中大喜。知道自己勢單力薄，那石匣內外有靈符神泥封鎖，不能容易取出。這般異寶，難免不被能人看破，前來奪取。

再見那雪山終年都是冰雪封鎖，景物淒厲，亙古人跡罕到，正合自己用處。還恐有能人路過發現，特意尋了那座雪峰。先本想用法術開通一個容身之處，正有一個現成洞府。那時高興，真是難以形容。因自己出身左道門旁，還未煉到辟食地步，每隔些日月，仍須出外採辦食物。便用法術將現成冰雪做了門戶，以備出入。地勢既極幽僻，又有天然冰雪做隱蔽，縱有人打此經過，也看不出。

由此便在雪峰洞腹內，每日子午二時，用三昧真火燒煉那石匣。日裡又用她自己頻年積煉的明陽真火包圍石匣，晝夜不息地焚燒。直煉了二十三年，還是沒有煉開石匣。起初存著戒心，時刻都在提防。因石匣太大，不便攜帶，每值出門，雖然少去即回，也都加緊戒備。年數一多，見沒人來驚擾，不覺漸漸疏了一點防範。

這日剛剛在峰腹內做完了功課，忽然天崩地裂地一陣大響，地底回音比英男在外面所聞還要厲害。她見峰壁未動，知道不是地震，是洞外雪峰崩墜。出洞覺著風勢有異，抬頭一望，見風雪中有一隻大黑鵰，金睛鐵喙，鋼羽翻起，端的是千年以上神物。知道雪峰崩墜，是被大鵰雙翼搧塌。

猛一動念，暗忖：「自己孤身一人，無論多好洞府，只一出外，連看守的人都沒有。又不敢濫收徒弟，以防學了左道為惡，給自己造罪。難得遇見這麼神駿的一個異類，如果用法力將牠收下，不但可以當作坐騎，而且有事出門時，也可用牠看守洞府。」主意想好，便即飛身上去。

誰知那鵰厲害非常，用了許多法術法寶和飛劍，竟不能傷牠分毫。不但善於趨避，捷如星飛電駛，而且狡獪非凡，竟好似存心和自己開玩笑似的。追逐了一陣，打算知難而退，卻又飛近身來引逗，追去卻又凌雲遠颺，無奈牠何。恨得明孃咬牙切齒，決計非擒到手不可。

後來越追越遠，經了好些時候，才想起一時疏忽出洞，見鵰以為手到擒來，竟然飛身而上，洞府忘了封鎖，萬一有能手經過，看破寶物，如何是好？心裡一驚覺，便捨了鵰不追，忙著飛了回來。

剛一進洞，一見火光熄滅，石匣不知去向，知道中了敵人誘敵之計。當時急怒攻心，追了出來，飛身高空，運用慧目四外一看，正見神鵰飛行方向。忙用遁法迎上前去，恰是兩下同時趕到。只見一個少女，旁邊立著一個大猩猿。才一照面，便看出袁星寶劍不比尋常。暗想：「此女雖然年幼，手下鵰、猿已是如此，本領可想。」

明孃不敢造次，強忍了怒氣，上前答話，打算以情理感動。末後一聽說南明劍和英男與一鵰一猿的來歷，雖知不妙，畢竟神物難捨。

略一盤算：「此寶費了如許心血，豈容她唾手而得？自己雖在旁門，煉了許多狠毒邪法，從未使過。那女子身旁猩猿的劍已非尋常，若憑飛劍，決難取勝。除了暗下毒手，是無法退敵的。」

明孃想到這裡，把心一橫，手掐暗訣，默誦真言，倏地將手四外一指，又將手朝著英男一揚。立時愁雲漠漠，陰風四起，一片啾啾鬼聲同時襲來，慘霧狂風中，現出其紅如火的七根紅絲，直朝英男頭上飛去。同時地下又轟轟作響，大有崩裂之勢。

第二章　巧拜仙師

袁星原是站在英男身側，一見敵人神態不對，方疑有變，剛將雙劍拔出，忽然神鵰一聲長嘯，一雙鋼爪舒處，抓起石匣往空便飛。袁星聽出是向牠報警，便將雙劍一舉，舞起一團虹影，殺上前去。明孃一見神鵰抓起石匣飛走，知道追趕不上，越發紅眼，把牙一錯，兩手一揚，又飛起數十縷黑煙，飛向英男。

英男起初以為明孃被她用話鎮住，方在得意，不想敵人驟施毒計，大吃一驚。還算袁星動手得快，沒有受傷。自知寶劍不行，施展出來，不但無用，反使敵人看輕。再一看對面敵人那七根紅絲，帶起一團烏煙瘴氣，宛如赤電紛飛，紅蛇亂躥。

袁星兩道劍光雖是不弱，終不如敵人變化神奇，漸漸有些手忙腳亂。同時存身的一片冰原雪阜，受了狂風吹撼，已有好些地方崩裂。神鵰又復抱石飛去，無術脫身。

方在憂急驚惶之際，忽見對面煙霧之中又是兩道青黃光華一閃。剛疑敵人又使妖法，猛聽袁星和對方女子同時高喚。定睛一看，來人正是米、劉二矮，心才略放。未及聽清雙方言語，倏地又是一道匹練般的金光，疾如電掣，自空飛下，立時紅絲寸斷，煙霧齊消。

那金光早將明孃和米、劉二矮罩住。休說明孃嚇得魂飛膽落，就是米、劉二矮也自驚慌失措。還算袁星在峨嵋比較日久，一看來勢，早看出是本門中人。見米、劉二矮情勢危急，眼看玉石俱焚，同歸於盡，忽然急中生智，一揮雙劍，兩道長虹般的光華飛上前去，將來人金光敵住，米、劉二矮才得趁勢避開。連明孃也得保了性命，情知萬分不是來人對手，心裡一酸，正想借了遁光逃跑，猛覺金霞射目，來人金霞業已布散開來，成了一片光網，想要逃跑，焉得能夠？

再看對面敵人，業已收了寶劍，在和來的一個絳衣女孩說話。自己哥哥米鼉和他老同黨劉遇安，卻和那猩猿一起，躬身侍立在盜劍女子身側，隨著問答，不由起了一線生機。逃生路絕，反倒定了心神，站在那裡靜候敵人發落，只不知乃兄米鼉怎會和敵人做了一起？

待有一會，忽見米鼉和來的女子說了幾句，便走來說道：「適才取劍的，乃是峨嵋門下三英之一的余仙姑英男。後來的是神尼優曇大師門下齊仙姑霞兒，路過此間，見你行使惡毒妖法害人，本要斬你首級。多蒙仙府神猿袁道友，因恐我和劉道友受了誤傷，一時情急，用仙劍將齊仙姑劍光擋住，才得保全性命。如今我已在李仙姑英瓊門下，適才我向齊仙姑哀求，余仙姑也給你講情，才答應寬恕了你。只是齊仙姑還要告誡你幾句，吩咐你上前答話。」

明孃聞言，猛地靈機一動，暗忖：「兄長和劉遇安以前為惡多端，一旦回頭，便能投身正教。自己這多年來從未為惡，何不趁此時機上前表明心跡，倘承收錄，豈非幸事？」想到這裡，便朝米鼉點了點頭，半憂半喜地走向齊霞兒跟前，躬身施禮，先謝了不殺之恩，然後跪將下去。

霞兒原因凝碧仙府開闢在即，近年忙著積修外功，許久未和靈雲等一干骨肉同門相見。自和英瓊、若蘭在雁湖除了惡鯀，得了禹鼎之後，便即回山覆命。神尼優曇大師見她功行精進，又費了多日艱危，除此未來大害，著實誇獎了幾句。霞兒便要拜別大師，先往凝碧仙府與眾同門敘闊，等候開山重典。

大師道：「此番開府，不比往昔，除本派外，別派來人也甚多，到時難免有事，須得事前作一準備。有好些位長老道友遲遲未往，也是為此。你且在山中再留一二日，幫我料理完了，再去不晚。」

霞兒只得又在山中耽延了兩日。臨行之時，大師又對霞兒道：「我本佛門中人，只為峨嵋三劫，遲我數十年飛昇。且喜如今你師姊妹三人，道法俱都精進，以後便可自立門戶，省我許多煩擾。素因、玉清兩個徒兒，已奉我命，准其選擇那有根基的人收為弟子，在漢陽、成都兩處各立分觀，各收門徒，度世濟人。只你一人，因自幼隨我，相離時少，尚未收徒。從今日起，准你便宜行事，得隨緣收徒。等峨嵋開府以後，便去兩浙一帶，尋一半村半郭之間，再立下一座分觀。從此由你三人代我完那十萬善緣，我便可安心在洞府潛真，不問外事，靜候完那峨嵋三劫了。」

霞兒謙謝了幾句，便即領命，往峨嵋進發。剛一行近大雪山邊際，便見英瓊坐下神鵰佛奴抱著一個石匣，凌風破雲，往峨嵋那一方飛去。低頭往下一看，相隔數十里遠近的雪山深谷之間，有一團濃霧瀰漫，黑煙中有七道紅絲和兩道光華互鬥，看出是異教中最狠毒淫惡的纏蛇七絕鉤。

但不知明孃逼而出此，以為行法之人定是一個極惡淫凶之輩。那兩道光華又是峨嵋家數，斷定有自家人被仇敵困住。抱定除惡之心，所以一降身，便下絕情。不料米、劉兩矮也正在此時趕到，多虧袁星見米、劉二矮同在危急，百忙中用劍光一迎，才得保全。

牠那雙劍，本非霞兒劍光的對手，幸而霞兒一見袁星和所用劍光，已猜是英瓊所收神猿，看出情勢有異，才將手指化成一片光網，將敵人罩住，待問明了因由發落。袁星已首先收了雙劍，招呼米、劉二矮上前拜見霞兒，與英男相見，互通姓名。

問完經過，霞兒因明孃所用妖法太毒，本來不肯寬容。經米、劉二矮再三苦求，力說明孃比他二人回頭還早，雖然多年不見，一向只聞獨身修行，從無過惡。妖法乃是昔日乃父所煉之寶，從未見她用過，定是逼而出此，不是立意害人。

英男也把明孃適才初見面所說一一告知。霞兒還不甚信。及至把明孃喚到面前一看，雖然形容醜陋，竟是骨相清奇，滿臉俱是正氣，比米、劉二矮還要來得純正。暗自點了點頭，略微告誡了幾句，正待詳問根柢。

這時明孃雖已算是降服，那地底轟轟之聲，仍是響個不休，地面龜坼，左近的冰山雪壁，相次在那裡倒塌，轟隆巨響，接連不斷。大家心俱注在霞兒與明孃對答，誰也不曾料到危機頃刻。

英男、袁星恃有霞兒在側，凡百無憂。只二矮雖是出身左道旁門，到底見聞甚多，聽了心中驚異。就連霞兒隨著優曇大師多年，先時也錯以為明孃妖法未收，沒有在意。方要問明孃既願降服，怎還弄這些左道玄虛則甚？

言還未曾出口，正值身側不遠一片雪崖崩裂，冰飛雪舞，聲震天地。眾人立身之處，立時裂散開來。猛地覺出有異，方在觀察因由，忽然一片紅霞比電閃還疾，自天直下，落地現出一個老年道姑、兩個少女。

霞兒認出是衡山金姥姥羅紫煙，同了兩個門人何玫、崔綺。正待上前施禮問訊，猛聽金姥姥喝道：「地劫將至，魔怪即刻出世，霞兒你一人不怕，難道就不替他們設想嗎？還不快些隨我去！」

一句話將霞兒提醒，方要施為，金姥姥已是將手中訣一揚，袍袖展處，喊一聲：

「起！」一片紅霞遁光將眾人托起，比電還疾，直往峨嵋方面飛去。

眾人起身時節，從雷馳飈逝中回首一望，只見下面冰雪萬丈，排天如潮，千縷綠煙，匝地飛起。雪塵煙光中，現出一個裝束奇特的道士，和一個形如殭屍、赤身白骨的怪物，駕起妖光，從斜側面往東南方向飛去，遁光迅速，瞬息百里，轉眼不見。還聽到冰雪崩墜，地裂山崩之聲。

不多一會，眾人已在凝碧後洞飛雷崖前降落。英瓊等在崖前迎候。因神鵰抱了石匣先回，英男、袁星並未同來，一問神鵰，英男有無危難？神鵰卻又搖頭。正在憂疑不解，一見英男無恙而歸，還同了金姥姥、齊霞兒等人同來，方才轉憂為喜，便即分人迎了進去。

金姥姥師徒三人，匆促間連明孃一齊救出了險地，誤當成了俱是霞兒一起。英男因霞兒不便說話，也未作聲。米、劉二人更巴不得明孃也歸到峨嵋門下，見眾人未攔，自是高興。

霞兒雖然恕了明孃，當時並無收羅之心，見金姥姥連她帶來，以為金姥姥並不是路過，是事前受了囑託趕來援救，金姥姥既連明孃帶回，必有用意。也是明孃該有仙緣遇合，本人又是福至心靈，當著這些成名劍仙，竟然會陰錯陽差，賴著混入了凝碧仙府。眾人走出飛雷捷徑，玉清大師已和靈雲在太元洞前迎候，接入洞中，見了長幼兩輩同門道友，各按尊卑敘禮。明孃早已拿定主意，也跟著眾人跪拜。行完了禮起來。

髯仙等長一輩的劍仙，便邀了金姥姥居中落座。有那未曾見過的同門，正在互詢姓名。明孃倏地越眾上前，跪伏地下，口稱：「各位仙師垂憐，收錄弟子吧。」

金姥姥才猛地察覺過來，仔細朝明孃看了一眼，哈哈笑道：「你這妮子真是精靈，連我和眾道友俱都被你瞞過，混了進來，豈非笑話！也是你向道心誠，才有這一次仙緣巧遇。既是我忙中疏忽，將你誤帶到此，索性成全你到底。你且起來，等我與眾道友說明了經過，看哪位道友與你有緣，再行拜師之禮便了。」

明孃大喜，連忙叩謝仙師成全之恩，起身侍立在小一輩同門的身側，恭聽訓示。霞兒聞言，方知來時誤會了意，暗自好笑。

金姥姥便對眾人說道：「我原因何玫、崔綺兩個徒兒在仙霞嶺有難，前往救援。歸途接著仙府請柬，我因她二人仰慕仙府勝境已非一日，久欲觀光，不得其便。又因我不久便要擺脫世緣，而門下弟子功行多未成就。

「前者頑石大師在我洞中養病，曾托她代向掌教道友致意，已蒙允異日加以收錄。本打算帶了她們同來，偏又有兩個俱奉命在外積修外功。她二人又是心急，屢次向我陳說。我想遲早終須來此，左右無事，便帶了她二人先由衡山動身。

「行至中途，遇見一個旁門道友，說起他有一個師弟，以前雖然身在旁門，業已一同改邪歸正。近來忽受人愚，前往青螺峪盜取凌道友的天書，被凌道友門下弟子擒住。因凌道友雲遊未歸，尚未發落。知我與凌道友的夫人白髮龍女崔五姑有患難之交，趕往衡山，託我前去說情，正好中途相遇。我受了他托，便到青螺峪。恰巧凌道友夫妻也同時回山，只一說，便將那人放了。

「行時說起妖尸谷辰又在那裡興風作浪，只為那廝劫運未到，無人制他。還有那大雪山八反峰底下的七指神魔，也快出世等語。我聞言心中一動，便想順道繞往大雪山，去看看那妖魔的動靜。剛一到，便看出那廝正用極惡毒的妖法攻穿地竅。同時又見有正教中的劍光飛躍，先以為奉命來此除妖，及至落下去一看，才知所料不對。因為地竅已快被妖魔攻穿，霞兒不怕，別人和袁星怎能禁受?事在危急，見他們幾人俱在聚談，神氣好似一路。知道近年異教中有識之士，改邪歸正投身峨嵋門下的人甚多，不暇問明，便將他們一同用遁光托起，救出險地。

「到了凝碧後洞，又為迎候的幾位師姪匆匆迎接進來，大家均是一時誤會。此女福至心靈，便乘機混入了仙府。適才我細看她器宇根骨，以前雖然出身異教，不但一臉正氣，與別的異派不同，而且神儀內瑩，仙光外宣，心靈湛定，基稟特異，非多年潛修靜養，又有宿根，不能至此。適才我還見有兩個矮的，比她便差得多。我如非出世在即，也願收入門下。此女我決可保她將來成就，不知諸位以為然否?」

說時，長幼兩輩同門俱都定睛朝著明孃注視，果覺她形容雖然醜陋，神光足滿，比起米、劉二矮強得多，俱都暗自點頭。

髯仙李元化道：「羅道友論斷不差。掌教師兄雖然未來，我等也未始不可擅專。只是本門收徒，除李英瓊因奉遺命特許，尚係暫時便宜行事外，均不似異派中混雜。此時女同門尚無人到，可暫時准她隨眾小輩同門班次，等開府時人到齊後再議如何？」

說罷，金姥姥與玉清師太方要答言，明孃忽又走出，朝上跪稟道：「李仙姑門下米鼉，乃是弟子兄長，班次不容混亂。弟子適才一時愚昧，不服余仙姑之勸，恰值齊仙姑飛來，一到便將弟子制服。又聞兄長之言，才得猛省，決計改邪歸正。明知齊仙姑乃優曇尊師高徒，掌教真人之女，道行高超，未必收我這等孽徒。但是弟子得到此間，全仗齊仙姑當頭棒喝，才能轉禍為福，總算有緣。望乞列位仙尊作主，轉請齊仙姑不棄前惡，收弟子為徒，情願不惜艱危，為本門服役，勤求正果。若有差池，永墮沉淪。如今拜在別位前輩尊長門下，一則兄妹同事兩輩，班次不符；二則弟子自知薄質，也所不敢。」

金姥姥聞言，首先撫掌稱善道：「此女聰慧，謙而有禮，霞兒得此高足，可喜可賀！」霞兒正與靈雲敘闊，聞言方自謙遜。玉清大師道：「師妹現方奉命行道，正需用人。適才見此女不凡，已經有意，方要向各位仙長陳說，不想此女竟能出於自願。此係前緣注定，何須謙謝，不辜負此女向上之心麼？」髯仙李元化、金姥姥羅紫煙，俱都應聲稱善。

霞兒也因奉了師命，又見明孃根基甚厚，又有各尊長同門相勸，只得躬身說道：「弟子今日原是路過雪山，見此女使用邪教中最惡毒的妖法害人，本想下去除害。多虧袁星因恐誤傷米、劉二人，用牠雙劍將弟子天龍伏魔劍接住，看出情形有異，才停了手，連此女也一同保住。

「直到後來，英男師妹與她說情，她兄長又再三苦求，喚她近前告誡，方看出不是慣於為惡之人。先只打算警戒幾句，放她自去。不想金姥姥駕臨，將她誤帶到此，又蒙眾仙尊加以鴻恩，使其歸入本派門下，固是此女仙緣湊巧。但是弟子道行微末，雖然奉了師命，以後復回本派，代師尊創設分院，行道濟眾，收徒尚係初次，似宜稟過師尊和父母，以昭慎重。今遵二位叔叔之命，暫時收她為一記名弟子，留待師尊、父母回山，再行拜師請訓，傳授本門心法如何？」

髯仙李元化道：「此言甚是有理。掌教師兄回山，自有我等代你陳說便了。」

明孃原知齊霞兒自幼就得神尼優曇嫡傳，道法高深，看去年輕，本領已不在一班峨嵋前輩以下，初見便嘗了滋味，心悅誠服。又知三次峨嵋劫後，峨嵋前一輩劍仙多半不是應劫轉化，便是劫後道成飛昇，此時拜師，相隨已無多日。轉不如小一輩的幾位劍仙，正是方興未艾，可以相隨深造，尋求正果。

一聽髯仙和金姥姥為她作主，知道霞兒不會堅辭，早起身跪在霞兒面前叩頭，恭聽訓示。及聽霞兒說起，奉命收徒尚係初次，佛家道家俱重長門弟子，益發心喜欲狂。與霞兒行完了拜師之禮，玉清師太便走過去，先給霞兒道了賀。然後代霞兒領了明孃，向兩輩同門尊長依次引見行禮。因還有奉有職司不曾列坐的尊長未見，又親自領了出去，向後洞諸人和仙廚中的芷仙、南姑等相見。

玉清師太領了明孃去後，長幼兩輩同門又紛紛向霞兒道賀，霞兒自是遜謝不遑。眾人二次落座，英男才敬陳離山尋劍之事。

髯仙道：「此事自你走後，曾聽玉清道友說起。適才佛奴已將石匣帶回，現在靈雲室內。此劍名為南明離火劍，乃達摩老祖渡江以前煉魔之寶。不但妙用無窮，還專破一切邪魔異寶，與紫郢、青索、七修諸劍各有專長，難分軒輊。我雖聞名，還未見過。今入你手，須要善自寶用。只是此劍係達摩老祖取西方真金，採南方離火之精融煉而成，中含先後天互生互克之至妙。聞得煉劍時，融會金火，由有質煉至無質，由無質復又煉至有質者，達十九次，不知費了多少精神修為，非同小可。

「後來達摩老祖渡江，參透佛門上乘妙諦，默證虛無，天人相會，身即菩提，諸部天龍，無相無著，本欲將它化去。末座弟子歸一大師覺著當年苦功可惜，再三請求，給佛門留一相外異寶，以待有緣拿去誅邪降魔。達魔笑道：『你參上乘，偏留些兒渣滓。你無魔邪，有什魔邪？說誰有緣，你便有緣。此劍是我昔日化身，今便賜你。只恐你異日無此廣大法力，解脫它不得。』說罷，舉手摩頂，劍即飛出，直入歸一大師命門。

「後來達摩老祖飛昇，歸一大師雖仗此劍誅除不少妖魔，不知怎的，總是不能及身解化。最後才在苗疆紅瘴嶺，群魔薈萃之區，也學乃師面壁，受盡群魔煩擾，摘髮擣身，水火風雷，備諸苦惱，心不為動。雖有降魔之法，並不施展，以大智力，大強忍，大勇氣，以無邪勝有邪者十九年。直到功行圓滿，忽然大放光明，邪魔自消，這口南明離火劍方脫了本體，成為外物，但仍是不能使它還空化去。計將它捨給道家，用一丸神泥，將劍封固，外用靈符禁制，留下偈語，將劍藏在雪峰腹內，以待有緣，然後圓寂。那石匣並非玉石，便是那一丸神泥所化。要想取出此劍，卻是難事，恐怕非掌教師兄回來不可了。」

金姥姥道：「我也聞人說過，劍外神泥有五行生剋之妙，只有紫雲宮的天一真水方能點化。若用火煉，反倒越煉越堅，毫無用處。不過五行反應，西方真金未始不能克制。玉清道友見聞廣博，且等她來，看看有無妙法。」正說之間，玉清大師已領了明孃見罷諸同門進來。霞兒重又起來道了勞。玉清大師笑謝了幾句，便命明孃重向上拜了諸尊長，侍立在霞兒身側。

金姥姥又提說剛才之事。玉清大師望著英男笑道：「余師妹原因開府盛會無有合用寶劍，相形見絀，始往雪山盜取此劍。如等掌教師尊回山再行取出，豈非美中不足？紫雲宮乃地闕仙宮，非有穿山裂石之能，不能前往。南海雙童尚未收服；前輩仙師限於分際，不便前往；門下弟子無人勝此重任。我想五行回生，神泥後天雖是土質，先天仍是木質，真金克木，本派現有不少劍仙，何妨試它一試？」

髯仙聞言，便命人去將英瓊、輕雲等換回。又命靈雲去將石匣取出，置在室中。

當下由髯仙李元化與金姥姥羅紫煙、玉清師太三人為首，向著石匣坐定。再選出靈雲、輕雲、英瓊、人英、霞兒、金蟬，各有著名仙劍的六人，分佈石前，相隔約有兩丈開外，按九宮位向坐定。髯仙一聲號令，各人便一同將劍放起。匣著中藏南明離火劍的石匣，電閃星馳般旋轉開來。

這九人十八口飛劍，俱是仙府奇珍，才一出手，便見滿室光霞璀璨，彩芒騰輝，真是奇麗無儔。休說初入門的米明孃見了驚心，連見慣的及諸門弟子，也同欽仙劍妙用，歆羨不置。

劍光正在飛躍，猛聽一聲斷喝：「快些住手！」

一道光虹直從洞外射進室來，落地現出一個背葫蘆的道人。眾人因醉道人原是奉命巡遊，突然飛來，知道有故，連忙停手，一同上前參見。醉道人先往石旁一看，見無損傷，連說幸事。髯仙問是何故？

醉道人道：「適才前山巡行，忽見金虹飛過，知是掌教師兄飛劍傳書。截住一看，說苦行道友因為門下弟子耽延，今日方始圓寂。飛昇時間，曾運玄功內照，知道三英仙劍各已圓滿。最後余英男所得一口南明離火劍，應在今日。

「此劍係達摩老祖故物，歸一禪師雪山藏珍，劍之神妙，自不必說。那封劍的一丸神泥，乃是佛家異寶，如得天一真水化合，重新祭煉，異日三次峨嵋鬥劍尚有大用，毀之可惜。現此劍已被英男帶了鵰、猿由雪山取回，諸道友無法取出，必用本門許多仙劍會合磨削，將這一丸神泥的妙用毀去。為此飛劍傳書，前來阻止。

「並說此劍在開山以前必須取出，除了天一真水和凌道友的九天元陽尺同時運用，更無別法取出。現命齊靈雲、齊霞兒二弟子再往青螺峪，去見凌道友，二借九天元陽尺。並請凌道友夫妻開會前早一日到此，那時掌教師兄也必來到，尚有要事相商。惟有天一真水，乃紫雲宮中之物，該宮深藏海底地竅之中，常人不得擅入。宮主三人在宮中享那世外奇福，已逾百年，極少與外人來往。異教中還有幾個交遊，正教中人除嵩山二老有些淵源外，素乏往還。前往盜取既欠光明，貽人口實，善取又恐不從。只有石生之母，現在宮中執事，又有一面兩界牌，可以通天徹地。只要入內找著乃母，便可託她代求。

「又恐對方有了異教中人先人之見，不知成全此事彼此有益，特命我等代掌教師兄寫下一封書柬，再給石生擇一同伴，將書柬帶去。先見她三人中值年的一個，明言向她借那天一真水，微露五十年後，助她抵禦地劫之意。她如應允，更好；否則便由石生以見母為名，求見乃母，再行相機行事等語。我剛一到，便見二位道友領了他們在此施為，恐怕寶物有失，方在後悔中途接書觀看，略遲了些分暑，不料竟無傷損。異日峨嵋之劫，敵人毒沙無所施其技了。事要保密，此去不可露出取水何用。我尚須在外巡遊，請髯兄分派他們吧。」說罷，辭別眾人，飛身而去。

髯仙因離開府盛典為日無多，九天元陽尺也是人到即可借來，並不費事。先命齊靈雲、齊霞兒二人帶了一封書柬，前往青螺峪，就便請怪叫化凌渾與白髮龍女崔五姑，領了眾門人早日到來，赴那開府盛典。石生去時，便借用紫玲的彌塵旛，以求來去迅速。

靈雲、霞兒辭別去後，才與金姥姥羅紫煙商量石生的助手。因為關係重大，派去的人本領既要高強，應付還得十分機警，才可勝任。眾弟子中，只笑和尚前往最妙，偏又在東海面壁潛修，不在身側。正在商議之間，玉清大師一眼看見石生在和金蟬低語，以手示意，不禁點了點頭。

原來石生天真爛漫，因自己得入正教，全仗金蟬接引，彼此性情又極相投，所以分外交好，形影不離，無論練劍修課，起居行止，俱在一起。起初聽說紫雲宮天一真水可以化解神泥，不知怎的，心中一動，本想自告奮勇前去盜取。只為金蟬自從經了幾次事變，已不似已往輕率。再加近日來了許多尊長同門，不比往日只是些同門同輩相聚。又加常受靈雲告誡，不敢再為大意。並且轉誡石生，說本門尊卑之分與規矩素嚴，言行務須格外留意。

石生久閉石中，得見天日，已覺幸事。一旦住在這樣靈偉奇秀的仙府中，益發喜出望外。自己尚未正式拜師，尤怕誤犯了規矩，逐出門牆，常把金蟬的話記在心裡。是以心中雖想，不敢請求。

及至醉道人飛來，說掌教師尊飛劍傳書，指明命他前去，以為殊恩異數，不由驚喜交集。對於同伴，心中早想約了金蟬同去，只是不敢公然陳說，低聲悄告金蟬，叫他自己上前請命。金蟬本願同去，卻被朱文看出二人低語時心意。朱文因以前聽餐霞大師說過那紫雲宮的厲害，道行稍差一點的前輩劍仙都非對手。除非像石生這樣奉了師命，料知無妨外，如髯仙、金姥姥不曾親派，最好還以不輕涉險為是，便朝金蟬搖頭示意。金蟬雖然不願，因素來敬愛朱文，不好意思違拗，欲言又止。

這三人正在各打主意，互相示意，忽聽玉清大師對髯仙、金姥姥道：「同門師姊妹雖然盡有道行高超、法寶神奇之人，無奈此去不為鬥力。第一，去的人須能不動聲色，直入地竅；第二，須要心靈嘴巧，隨機應變。若論人選，自以金蟬師弟最為相宜。一則他三世苦修，備歷災劫，是本門中仙福最厚之人，此去即或對方不願，也不致有什凶險。二則紫雲三友素喜幼童，見他二人這般年幼稟賦與膽智本領，先自心喜，不起惡意。

「為備萬一之計，仍將朱文師妹的天遁鏡帶去備用；另請金姥姥將玉瓶借給石生，盛那天一真水。等他二人去後，再命一位同門帶了隱形符，騎了神鵰，趕往接應。無事便罷，如二人到了，不能明求，須要暗取時，紫雲三友必出地竅追來，可由後去的人相機行事。一面接水隱形先回，一面駕彌塵旛遁走，只一遁出百里之外，便無慮了。」

髯仙答道：「我原想到金蟬前往相宜，只愁他道力稍弱。所幸他災劫已滿，掌教師兄必然還有佈置。接應的人多固不便，少亦難勝，可由輕雲同了英瓊二人前往便了。」

計議已定，金姥姥便從法寶囊內取出一個約有姆指粗細、長有三寸的黃玉瓶，連朱文的天遁鏡，紫玲的彌塵旛，一同交與金蟬、石生二人。由石生帶了玉瓶，金蟬接過旛、鏡，向諸尊長同門告辭起身出洞，一展彌塵旛，化作一幢彩雲，擁著二人破空而去。

二人走後，髯仙囑咐了輕雲幾句，命她帶了英瓊，騎鵰隨後跟去。不提。

第三章　奸人竊位

且說那紫雲宮三個首腦，原是孿生姊妹三人，乃元初一個遺民之女。其父名喚方良，自宋亡以後，便隱居天台山中。此時人尚年輕，只為仇人陷害，官家查拿甚緊，帶了妻室，逃到廣東沿海一帶，買了一隻打漁船，隨著許多別的漁船入海採參。他夫妻都會一些武功，身體強健，知識更比一般漁人要高出好多倍，遇事每多向他求教，漸漸眾心歸附，無形中成了眾漁人的頭腦。

他見漁船眾多，漁人都是些身強力壯的小夥子，便想利用他們成一點事業，省得受那官府的惡氣。先同眾人訂了規矩，等到一切順手，全都聽他調度，才和眾人說道：「我們冒涉風濤，出生入死，費盡許多血汗，只為混這一口苦飯。除了各人一隻小船，誰也沒什田產家業。拿我們近幾年所去過的所在說，海裡頭有的是樂土，何苦在這裡受那些貪官污吏的惡氣？何不大家聯成一氣，擇一個風晴日朗的天氣，各人帶了家口和動用的東西，以及米糧蔬菜的種子，渡到海中無人居住的島嶼中去男耕女織，各立基業，做一個化外之人，一不受官氣，二不繳漁稅，快快活活過那舒服日子，豈不是好？」

一席話把眾人說動，各自聽了他的吩咐，暗中準備。日子一到，一同漂洋渡海，走了好幾十天，也未遇見風浪，安安穩穩到達他理想中的樂土。那地方雖是一個荒島，卻是物產眾多，四時如春，嘉木奇草，珍禽異獸，遍地都是。

眾人到了以後，便各按職司，齊心努力，開發起來。伐木為房，煮海水為鹽，男耕女織，各盡其事。好在有的是地利與天時，只要你有力氣就行。不消數年，居然殷富，大家都有飯吃有衣穿，你有的我也有，縱有財貨也無用處。有方良作首領，訂得規矩又公平，雖因人少，不能地盡其利，卻能人盡其力。做事和娛樂有一定的時期，互為勸勵，誰也不許偷懶，誰也無故不願偷懶。收成設有公倉，計口授糧，量人給物，一切俱是公的。閒時便由方良授以書字，或攜酒肉分班漁獵。因此人無爭心，只有樂趣。犯了過錯，也由方良當眾公平處斷。大家日子過得極其安樂。方良給那島取了個名字，叫做安樂島。

光陰易過，不覺在島中一住十年。年時一久，人也添多，未免老少程度不齊，方良又擇了兩個聰明幫手相助。這日無事，獨自閒步海濱，站在一片高可參天的椰林底下，迎著海面吹來的和風，望見碧海無涯，金波粼粼。海灘上波濤澎湃，打到礁石上面，激起千尋浪花，飛舞而下，映著斜日，金光閃耀，真是雄偉壯闊，奇麗無比。

看了一會海景，暗想：「如今漁民經這十年生聚教訓，如說在這裡做了一個海外之王，不返故鄉還可；假如說心存故國，想要匡復，僅這島中數百死士，還是夢想。」又想起自己年華老大，雄心莫遂，來日苦短，膝下猶虛，不禁百感交集，出起神來。

正在望洋興嘆，忽聽身後椰林中一片喧嘩，步履奔騰，歡呼而來。回頭一看，原來是眾漁民家的小孩放了學，前往海邊來玩。各人都是赤著上下身，只穿了一條本島天產的麻布短褲。這些兒童來海邊玩耍，方良原已看慣。因為正想心事，自己只一現身，那些兒童都要上前招呼見禮，懶得麻煩，便將身往椰林中一退，尋了一塊石頭坐下，似出神，非出神，呆呆望著前面林外海灘中群兒，在淺浪中歡呼跳躍，倒也有趣。

待了一會，海潮忽然減退。忽見這群兒童齊往無水處奔去，似在搜尋什麼東西，你搶我奪，亂作一堆。方良當時也沒做理會，見海風平和，晴天萬里，上下一碧，不由勾起酒興，想回家去約了老伴，帶些酒食，到海邊來賞落日。

方良的家在林外不遠，慢慢踱了出來。走沒幾步，便被幾個小孩看見，一齊呼喚：「方爹在那兒！」大家都奔了過來見禮。方良見群兒手上各拿著幾片蚌殼，蚌肉業已挖去，大小不一，色彩甚是鮮明，便問：「要這東西作什？」就中有一個年長的孩子便越眾上前答道：「這幾日蛤蚌也不知哪裡來的，多得出奇。海灘上只要潮一退，遍地都是，拾也拾不完。我們見牠們好看，將肉挖了，帶回家去玩耍，各人已經積了不少了。」

方良聞言，見他手上也拿著一隻大的蚌的殼，雖已被他掰開，肉還未挖去，鮮血淋淋，尚在顫動，不禁起了惻隱之心。當下止了回家之想。將眾兒童喚在一起說道：「眾子姪們既在讀書，應知上天有好生之德。海中諸物，如這蚌蛤等類，除了牠天生的一副堅甲，用以自衛外，不會害人。我們何苦去傷害牠的性命？這東西離水即死，從今以後，不可再去傷牠。

「當你們下學之後，我在離海岸兩三丈外，設下數十根浮標，下面用木盤托住，一頭繫在海灘木樁上面，標頂上有一繩圈。我教你們學文學武之外，教給你們打暗器之法。蚌過大的，由你們送牠入海；只你們手能拿得起，打得出的，以年歲力氣大小為遠近，照打飛鏢暗器之法，往浮標上繩圈中打去。過些日子，手法練準，再由我變了法來考你們。誰打得最遠最準的，有獎。既比這個玩得有趣，又不傷生，還可學習本領，豈不是好！」

方良在這安樂島上，彷彿眾中之王，這些兒童自然是惟命是從，何況玩法又新鮮。由此每當潮退之際，總是方良率領這群孩子前往海灘，以蚌為戲。那些小蚌，便用掃帚掃入海中。日子一多，也不知救了多少生命。轉眼二三年。

方妻梁氏，原是多年不育。有一天，隨了方良往海濱看群兒戲浪擊蚌，甚是快樂，不由觸動心事，正在傷感。忽見十幾個年長一點的孩子，歡天喜地捧著一個大蚌殼，跑到方良夫妻跟前，齊聲喊道：「老爹老娘，快看這大蚌殼，」那大蚌殼，厚有數寸，大有丈許，五色俱全，絢麗奪目，甚是稀奇。蚌殼微微張合，時露彩光。夫妻二人看了一陣，正要命群兒送入海中，忽聽身後說道：「這老蚌腹內必有寶珠，何不將牠剖開，取出一看？」

方良回首一望，正是自己一個得力助手俞利。原是一個漁民之子，父母雙亡，自幼隨在眾漁民船上打混，隨方良浮海時，年才十二三歲。方良因見他天資聰明，生相奇偉，無事時，便教他讀書習武。

俞利人甚聰明，無論是文是武，一學便會。加上人又機警沉著，膽識均優。島中事煩，一切均係草創，無形中便成了方良唯一的大幫手。只是他的主見，卻與方良的不同。他常勸方良說：「凡事平均，暫時人少，又都同過患難，情如兄弟，雖不太好，也不會起甚爭端。但是年代一久，人口添多，人的智力稟賦各有高下，萬難一樣。智力多的人，一般的事，別人費十成心力，他只費一成。如果枉有本領，享受仍和眾人一樣，決不甘願，成心偷懶。人情喜逸惡勞，智力低的人，見他如此，勢必相繼學他榜樣，可是做出來的事又不如他。結果必使能者不盡其能，自甘暴棄；不能者無人率領，學為懶放。大家墨守成規，有退無進，只圖目前飯飽衣溫，一遇意外，大家束手。

「古人一成一旅，可致中興。既然眾心歸服，何不訂下規章，自立為王，作一海外天子？先將島中已有良田美業，按人品多寡分配，作為各人私產。餘者生地，收為公有。明修賞罰，督眾分耕。挑選奇材異能子弟，投以職司。人民以智能的高下，定他所得厚薄。一面派人回國，招來遊民，樹立大計，該有多好。如還照現在公業公倉規矩，計口授食，計用授物，愚者固得其所，智能之士有何意趣？無懷、葛天之民，只是不識不知，野人世界。如果人無爭競向上之心，從盤古到現在，依然還是茹毛飲血，哪會想到衣冠文物之盛？一有爭競向上之心，便須以智力而分高下。均富均貧之道，由亂反治草創之時固可，時日一多，萬行不通。趁老爹現在德隆望重，及身而為，時機再好不過。」

方良聞言，想了想，也覺其言未為無理。只是事體太大，一個辦不得法，立時把安樂變為憂患。自己已是烈士暮年，精力不夠。漁民多係愚魯，子弟中經自己苦心教練，雖不乏優秀之子，畢竟年紀幼小的居多，血氣未定，不堪一用。當下沒有贊同。後來又經俞利連說幾次，方良不耐煩地答道：「要辦，你異日自己去辦。一則我老頭子已無此精力；二則好容易受了千辛萬苦，才有目前這點安樂，身後之事誰能逆料？反正我在一天，我便願人家隨我快活一天。這樣彼此無拘無束，有吃有穿有玩，豈不比做皇帝還強得多？」

俞利見話不投機，從此也不再向方良提起，只是一味認真做事，方良該辦的事，無不搶在頭裡代為佈置教導，尤其是尊老惜幼。與一班少年同輩，更是情投意合。休說方良見他替自己分心，又贊又愛，連全島老少，無不欽佩，除了方良，就以他言為重。這日原也同了幾個少年朋友，辦完了應辦之事，來海旁閒遊，看見方良夫妻，正要各自上前行禮，未及張口，忽然看見這大蚌，不禁心中一動。一聽方良要命群兒送入海去，連忙出聲攔阻。一面與方良夫妻見禮，直說那蚌腹之中，藏有夜明珠，丟了可惜。

方良回首回答道：「我教這群孩子用蚌殼代暗器的原意，無非為了愛惜生靈。休說這大老蚌定是百年以上之物，好容易長到這麼大，殺了有傷天和；而且此端一開，以後海灘上只要一有大的出現，大家便免不了剖腹取珠。大蚌不常有，一個得了，眾人看了眼紅，勢必不論大小，只稍形狀長得稀奇，便去剖取。先則多殺生命，繼則肇起爭端，弄出不祥之事。別人如此，我尚攔阻，此風豈可自我而開？我等豐衣足食，終年安樂，一起貪念，便萌禍機。你如今已是身為頭領，此事萬萬不可。」

這一席話，說得俞利啞口無言。梁氏人甚機警，見俞利滿臉通紅，兩眼暗含凶光。知道近年來方良從不輕易說他，全島的人平日對他也極其恭敬，一旦當著多人數說，恐掃了他的顏面，不好意思。便對方良道：「這蚌也大得出奇，說不定蚌腹內果有寶珠，也未可知。我們縱不傷牠，揭開殼來看看，開開眼界，有何不可？」

方良仍恐傷了那蚌，原本不肯，猛覺梁氏用腳點了他一下，忽然醒悟，仰頭笑對俞利道：「其實稀世奇珍，原也難得，看看無妨，只是不可傷牠。我如仍和你一樣年紀，休說為了別人，恐怕是自己就非得到手不可了。」

俞利聞言，左右望了兩個同伴一眼，見他們並未在意，面色才略轉了轉，答道：「老爹的話原是。利兒並無貪心，只想這蚌腹內，十九藏有稀世奇珍，天賜與老爹的寶物，棄之可惜罷了。既是老爹不要，所說乃是正理。弄將開來，看看有無，開開眼界，仍送入海便了。」說罷，便取了一把漁叉，走向蚌側。方良方喊：「仔細！看傷了牠。」俞利叉尖已經插入蚌殼合口之內。方良以為那蚌輕重必定受傷，方在後悔，不該答應，猛聽俞利「哎呀」一聲，一道白光閃過，雙手丟叉，跌倒在地。

原來俞利叉剛插入蚌口，忽從蚌口中射出一股水箭，疾如電掣，冷氣森森，竟將俞利打倒。俞利同來的兩個同伴，一名藍佬蓋，一名劉銀，都是少年好奇，原也持叉準備相助下手。一見俞利吃了老蚌的虧，心中氣憤，雙雙將叉同往蚌口之內插進。叉尖才插進去，只見蚌身似乎微微動了一動，又是數十百股水箭噴出，將二人一齊打倒。前後三柄叉，同被蚌口咬住。二人也和俞利一般暈倒地下，不省人事。

方良夫妻大驚，連忙喝住眾人不可動手。一言甫畢，蚌口內三股漁叉同時落地。方良知是神物。一看三人，只是閉住了氣，業漸甦醒。忙命人將俞、藍、劉三人先抬了回去。恐又誤傷別人，便對梁氏道：「此物如非通靈，適才群兒戲弄，以及我夫妻看了好一會，怎無異狀，單傷俞利等三人？我等既不貪寶，留牠終是禍患。別人送牠入海，恐有不妥，還是我二人親自下手，送了牠，再回去料理那三人吧。」

梁氏點了點頭，和方良一同抄向蚌的兩側，一邊一個抬起，覺著分量甚輕，迥非適才群兒抬動神氣，越發驚異。行近海濱，方良說道：「白龍魚服，良賈深藏。以後宜自斂抑，勿再隨潮而來，致蹈危機，須知別人卻不似我呢！」說罷，雙雙將蚌舉起，往海中拋去。

那蚌才一落水，便疾如流星，悠然游去，眨眼工夫，已游出十丈遠近。

梁氏笑道：「也不知究竟蚌腹內有寶珠沒有？卻幾乎傷了三人。」說罷，方要轉身，忽見那蚌倏地旋轉身朝著海邊，兩片大殼才一張開，便見一道長虹般的銀光，直沖霄漢，立時海下大放光明，射得滿天雲層和無限碧浪都成五彩，斜日紅霞俱都減色，蔚為奇觀，絢麗無儔。

方良夫妻方在驚奇，蚌口三張三合之間，蚌口中那道銀光忽從天際直落下來，射向梁氏身上。這時正是夏暑，斜陽海岸，猶有餘熱。梁氏被那金光一照，立覺遍體清涼，周身輕快。強光耀目中，彷彿看見蚌腹內有一妙齡女子，朝著自己禮拜。轉眼工夫，又見疾雲奔驟，海風大作，波濤壁立如山，翻飛激盪。那道銀光忽從天際直墜波心，不知去向。

方良知要變天，連忙領了群兒趕將回去，還未回到村中，暴雨已是傾盆降下，約有個把時辰，方才停歇。且喜俞、藍、劉三人俱都相次醒轉，周身仍是寒戰不止，調治數日，方才痊癒。藍、劉二人素來尊敬方良，並未怎樣不願意。俞利因吃了老蚌的大虧，方良竟不代他報仇，仍然送入海去，又聞蚌腹珠光，許多異狀，好不悔恨痛惜。那梁氏早年習武，受了內傷，原有血經之症。自從被蚌腹珠光一照，夙病全去，不久便有身孕。

俞利為人本有野心。起先還以為自己比方良年輕得多，熬也熬得過他去；再加方良是眾人恩主，也不敢輕易背叛謀逆。及至有了放蚌的事，因羞成憤，由怨望而起了叛心。方良卻一絲也不知道，轉因年華老大，壯志難酬，妻室又有了身孕，不由恬退思靜起來。好在島事已有幾個年少能手管理，樂得退下來，過些晚年的舒服歲月。每日只在碧海青天，風清月白之中嘯遨，頤養天和，漸漸把手邊的事都付託俞利和幾個少年能手去辦。

這一來更稱了俞利的心願，表面上做得自是格外恭謹勤慎，骨子裡卻在結納黨羽，暗自圖謀以前所說的大計。利用手下同黨少年，先去遊說各人的父母，說是群龍無首，以後島務無法改善。口頭仍拿方良作題目，加以擁戴。等方良堅決推辭，好輪到他自己。這一套說詞，編得甚是周到有理。

眾人本來愛戴方良，見他近兩年不大問事，心中著急。又加上人丁添多，年輕的人出生不久便享安樂，不知以前創業艱苦；又不知一班老人因共過患難，彼此同心，相親相讓；再加上俞利暗中操縱，爭論時起，有兩次竟為細事鬧出人命仇殺。人情偏愛怙過，被殺的家族不肯自己人白死，殺人者又無先例制裁。雖經方良出來集眾公斷，一命抵一命，卻因此仇恨愈深，怨言四起，迥非從前和平安樂氣象。

雖然身外之物，死後不能帶去，人心總願物為己有。譬如一件寶物，存放公共場所，愛的人盡可每日前往玩賞，豈非同自有一樣？卻偏要巧取豪奪，用盡心機，到手才休，甚而以身相殉，極少放得開的。眾人衣食自公，沒有高下，先尚覺著省心，日久便覺無味。這一來都覺俞利所說有理，既然故土不歸，以後人口日繁，勢須有一君主，訂下法令，俾眾遵守。除目前公分固有產業外，以後悉憑智力，以為所獲多寡，以有爭謀進取福利，以法令約束賞罰。

籌議既妥，眾心同一，便公推俞利等幾個少年首要，率領全島老幼，去向方良請求。俞利卻又推說以前受過方良堅拒，改推旁人為首。方良先因梁氏有了身孕，夫妻均甚心喜。誰知梁氏肚子只管大得出奇，卻是密雲不雨，連過三年，不曾生養，脈象又是極平安的喜脈。心中不解，相對愁煩。這日早起，正要出門，忽聽門外人聲喧嘩。開門一看，全島的人已將居屋圍住，老幼男女，已跪成一片。只幾個為首少年，躬身走來。方良何等心靈，一見俞利躲跪在眾人身後，加上連日風聞，十成已是猜了個八九。當下忙喊：「諸位兄弟姊妹子姪輩請起，有話只管從長計較。」言還未了，那幾個為首少年已上前說明來意。

方良非眾人起立，不肯答話；眾人又非方良答話，才肯起來。僵持了有好一會，方良只得笑了笑，命那幾個少年且退，將俞利喚至面前，當眾說道：「我蒙眾人抬愛，豈敢堅辭。只因愚夫婦年老多病，精力就衰，草創國家，此事何等重大，自維薄質，實難勝任。若待不從，諸位兄弟姊妹子姪必然不答應。我想此事發源俞利，他為人饒有雄才大略，足稱開國君主。我現在舉他暫做本島之主，我仍從旁贊助，一則共成大業，又免我老年人多受辛苦，豈非兩全其美？」

一言甫畢，俞利一班少年同黨早歡呼起來。眾老人本為俞利所惑，無甚主見，各自面面相覷，說不出所以然來。俞利還自故作謙遜。方良笑道：「既是眾心歸附於你，也容不得你謙遜。一切法令規章，想已擬妥，何不取來當眾宣讀？」

俞利雖然得意忘形，畢竟不無內愧，忸怩說道：「事屬草創，何曾準備一切？只有昔日相勸老爹為全島之主，曾草擬了一點方略，不過是僅供芻蕘，如何能用？此後雖承全島叔伯兄弟姊妹們抬舉，諸事還須得老爹教訓呢。」

方良道：「我目前已無遠志，自問能力才智均不如你，但求溫飽悠閒，大家安樂，於願足矣！你心願已達，可趁熱鍋炒熟飯，急速前去趕辦吧！」

俞利聽方良當眾說才智能力俱不如他，倒也心喜。及至聽到末後兩句，不禁臉上一紅。當時因為方良再三說自己早晨剛起，不耐煩囂，事既議定，催大家隨了俞利速去籌辦，便自散去。

眾人退後，梁氏對方良道：「自從那年放那老蚌，我便看出這廝貌似忠誠，內懷奸詐。你看他今日行徑，本島從此多事了。」

方良道：「也是我近年恬退，一時疏忽，才有此事。凡事無主不行，他只不該預存私心，帝制自為罷了。其實也未可厚非，不能說他不對。不過這一代孑遺之民，經我帶了他們全家老幼，涉險風濤，出死入生，慘淡經營，方有今日。他如能好好做去，謀大家安樂，我定助他成功。此時暫作袖手，看他行為如何。如一味逞性胡為，我仍有死生他的力量。只要同享安樂，誰做島主，俱是一樣，管他則甚？」

不想俞利早料到方良不會以他為然，網羅密佈，方良夫妻的話，竟被他室外預伏的走狗聽去。像方良夫妻所說，盡是善善惡惡之言，並沒有與他為難的意思，若換稍有天良的人聽了，應如何自勉自勵，力謀善政，將全島治理得比前人還好，才是遠大有為之主。偏生俞利狼子野心，聞言倒反心懷不忿，認方良是他眼中之釘，此人不去，終久不能為所欲為，只是一時無法下手罷了。他原饒有機智，先時所訂治島之策，無不力求暫時人民方便，所用的卻盡是一些平時網羅的黨羽。島民既將公產分為己有，個個歡喜。只是人心終究不死。

俞利升任島主的第一日，一干長老便在集議中，請求全島的人應該生生世世感念方良，本人在世不說，他夫妻年老無子，現在梁氏有孕，如有子孫，應永久加以優遇。俞利明知梁氏久孕不育，必然難產，為買人心，就位第一道諭旨，首先除分給方良優厚的田業外，並訂島律，此後方氏子孫可以憑其能力，隨意開闢全島的公家土地。這種空頭人情，果然人心大悅。

方良幾番推謝不允，只得量田而耕，自給自足。全島長老聽了，都親率子弟去為服役。方良無法，只好任之。俞利見民心如此，越發嫉恨，心裡還以為方良年老，雖然討厭，耗到他死，便可任性而為。誰知上天不從人願，梁氏懷孕到了三年零六個月上，正值俞利登位的下半年，竟然一胎生下三女。梁氏年老難產，雖然不久便自死去，偏那三個女孩因為全島人民大半歸附方良，懷孕既久，生時又有祥光之瑞，一下地都口齒齊全，可以不乳而食，因此博得全島歡騰，都說是仙女臨凡，將來必為全島之福。

俞利聞言，又有礙他子孫萬世之業的打算，大是不安。想起自己生有二子，如能將三女娶了過來，不但方良不足為患，越發固了自己的地位和人民的信仰。誰知派人去和方良求親，竟遭方良婉言拒絕。這一來，更是添了俞利的忌恨，晝夜圖謀，必欲去之為快。

他知道方良悼亡情深，近來又厭煩囂，移居僻地，每月朔望，必親赴梁氏墓地祭奠。便想了一條毒計：利用島民迷信鬼神心理，使心腹散佈流言，說方良所生實是仙女。乃妻梁氏業已成仙，每當風清月白之夜，常在她墓前現形。並說方良閉門不出，乃是受了他妻子度化，所以每月朔望都去參拜，現在靜中修道，遲早也要仙去。這一番話，甚合島民心理，一傳十，十傳百，不消幾日，便傳遍了全島。

方良自愛妻一死，心痛老伴，憐惜愛女，老懷甚是無聊。情知俞利羽翼爪牙已豐，自己也沒此精神去制他，索性退將下來，決計杜門卻掃，撫養遺孤，以終天年。他這般聰明人，竟未料到禍變之來，就在指顧之間。

那俞利見流言中人已深，這才派了幾個有本事的得力心腹，乘方良往方氏墓上祭掃之時，埋伏在側，等方良祭畢回家之時，一個冷不防，刀劍齊下，將他刺死。連地上沾血的土劃起，一同放入預置的大麻袋之中。再派了幾名同黨將方氏三個女嬰也去抱來，另用一個麻袋裝好。綑上幾塊大石，拋入海裡。給方家屋中留下一封辭別島民的書信，假裝為方良業已帶了三女仙去的語氣。自己卻故作不知。過有三五日，裝作請方良商議國事，特意請了兩位老年陪著，同往方家，一同看了桌上的書信，故意悲哭了一陣。又命人到處尋找，胡亂了好幾天才罷。

方良新居，原在那島的極遠僻處，因為好靜，不願和人交往。眾人尊敬他，除代耕織外，無事也不敢前往求見。家中所用兩名自動前往的下人，本是俞利暗派的羽黨，自然更要添加附會之言。如上種種風傳，都以為他父女真個仙去。有的便倡議給他夫妻父女立廟奉祀。這種用死人買人心的事，俞利自是樂得成全。

不消多日，居然建了一座廟宇。廟成之日，眾民人請島主前去上香。俞利猛想起唇齒相親，還有被咬之時，那共事的九個同黨不除，也難免不將此事洩漏出去。故意派了那行使密謀的九個同黨一點神廟中的職司，又故意預先囑咐他們做出些奉事不虔的神氣。

那九個同黨俱是愚人，只知惟命是從，也不知島主是何用意，依言做了。眾島民看在眼中，自是不快。到了晚間，俞利賜了九人一桌酒宴，半夜無人之際，親去將九人灌醉，一一刺死，放起一把火，連屍體全都燒化，以為滅口之計。島民因有日間之事，火起時在深夜，無人親見。俞利又說，夜間曾夢神人點化，說九人日間不敬，侮慢神人，故將他們燒死示警。島民益發深信不疑。方良死後，俞利便漸漸作威作福起來，這且不提。

且說方良的屍身與三個女嬰，被俞利手下幾個同黨裝在麻袋以內，縋上大石，拋入海內。那三個女嬰，方良在日，按落胎先後，論長幼取了初鳳、二鳳、三鳳三個名字，俱都聰明非常。落海不久，正在袋中掙扎，忽然一陣急浪漩來，眼前一亮，連灌了幾口海水，便自不省人事。及至醒來，睜開小眼一看，四壁通明，霞光瀲灩，耀眼生花，面前站定一個十二三歲的少女，給了三女許多從未見過的食物。

三女雖然年紀才止二歲，因為生具異稟仙根，已有一點知識，知道父親業已被害，哪裡肯進飲食，不由悲泣起來。那少女將三女一同抱在懷內，溫言勸慰道：「你父親已被仇人害死。此地紫雲宮，乃是我近年潛修之所。你姊妹三人可在此隨我修煉，待等長大，傳了道法，再去為你父親報仇。此時啼哭，有何用處？」三女聞言，便止住了悲泣，從此便由那少女撫養教導。

光陰易過，一晃便在宮中住了十年。漸漸知道紫雲宮深居海底地竅之中，與世隔絕。救她們的人便是當年方良所放的那個老蚌，少女乃是老蚌的元胎。因為那蚌精已有數千年道行，那日該遭地劫，存心乘了潮水逃到海灘之上，被俞利看出蚌中藏珠。如非方良力救，送入海內，幾乎壞了道行。

這日在海底閒遊，看見落下兩個麻袋，珠光照處，看出是方良的屍身和三個女嬰。老蚌因受方良大恩，時思報答，曾在海面上看見方良領了三女，在海灘邊上遊玩，故此認得。忙張大口，將兩個麻袋一齊啣回海底。元胎幻化人形，打開一看，方良血流過多，又受海水浸泡，業已無術回生，只得將他屍首埋在宮內。救轉三女，撫養到十歲。

老蚌功行圓滿，不久飛昇，便對三女說道：「我不久便要和你姊妹三人永別。此時你姊妹三人如說出沒洪波，經我這十年傳授，未始不可與海中鱗介爭那一日之短長。如求長生不老，雖然生俱仙根，終難不謀而得。

「這座紫雲宮，原是我那年被海中孽龜追急，一時無奈，打算掘通地竅藏躲，不料無心發現這個洞天福地。只可惜我福薄道淺，為求上乘功果，尚須轉劫一世，不能在此久居。近年常見後宮金庭中心玉柱時生五彩祥光。這宮中仙景，並非天然，以前必有金仙在此修煉，玉柱之中，難免不藏有奇珍異寶。只是我用盡智謀，無法取出。

「我去之後，你們無人保護，須得好好潛修，少出門戶。輪流守護後宮金庭中那根玉柱，機緣來時，也許能將至寶得在手內。我的軀殼蛻化在後宮玉池之中，也須為我好好守護，以待他年歸來。要報父仇，一不可心急，二不可妄殺。待等兩年之後，將我所傳的那一點防身法術練成之後再去，以防閃失。」

三女因老蚌撫育恩深，無殊慈母，聞言自是悲傷不捨。老蚌淒然道：「我本不願離別，只是介類稟賦太差，我好容易煉到今日地步，如不經過此一關，休說飛升紫極，游翔雲表，連海岸之上都不能遊行自在。連日靜中參悟，深覺你們前程無量。報了父仇之後，便有奇遇。我超劫重來，還許是你姊妹三人的弟子。但願所料不差，重逢之期，決然不遠。」

說罷，又領了三女去到宮後面金庭玉柱之間，仔細看過。又再三囑咐了一陣，才領到玉池旁邊，說道：「我的母體現在池中心深處玉台之上，後日午刻，便要和你們姊妹三人分手。此時且讓你們看看我的原來形體。」隨說，將手往池中一招，立時池中珠飛玉湧，像開了花一般，一點銀光閃過，浮起一個兩三丈大小的蚌殼，才到水面，殼便大開，正當中盤膝坐定一個妙齡少女，與老蚌日常幻形一模一樣。蚌口邊緣，盡是些龍眼大小的明珠，銀光耀目，不計其數。回頭再找老蚌，已經不知去向。

一會工夫，蚌殼沉了下去。老蚌依然幻成蚌殼中的少女，在身後現身，說道：「那便是我原來形體。我走之後，你們如思念太甚，僅可下到水底觀看。只是殼中有許多明珠，俱能辟水照夜，千萬不可妄動。我此去如果不墮魔劫，異日重逢，便可取來相贈。此時若動，彼此無益。」三女畢竟年幼，聞言只有悲慟，口中應允。

那紫雲宮雖然廣大華麗，因為二女從小受老蚌教養，不讓去的地方不能去，平日只在一兩個地方泅泳盤桓。這次離別在即，老蚌指點完了金庭玉柱和蜺骨之所，又帶她們遍遊全宮，才知那宮深有百里，上下共分六十三層，到處都是珠宮貝闕，金殿瑤階，瓊林玉樹，異草奇葩，不但景物奇麗，一切都似經過人工佈置。休說三女看了驚奇，連老蚌自己也猜不透那宮的來歷，以前是哪位仙人住過。

遊了一兩天，才行遊遍。老蚌也到了解化之期，便領了三女同往玉池旁分手。行前又對三女言道：「宮外入口里許，有一紫玉牌坊，上有『紫雲宮』三字，連同宮中景致，一切用物，我算計必有仙人在此住過，被我無意闖入。你姊妹三人如無仙緣，決難在此生長成人。可惜我除了修煉多年，煉成元胎，略解一點防身之術外，無什本領，並不能傳授爾等仙法。倘若宮中主人萬一回來，千萬不可違拗，以主人自居，須要苦苦婉求收錄，就此遇上仙緣，也說不定。

「宮中近來時見寶氣蒸騰，蘊藏的異寶奇珍定不在少。除了守護金庭中那根玉柱外，別處也要隨時留意，以防寶物到時遁走。好在你們十年中不曾動過火食，宮中異果，宮外海藻，俱可充飢，如無大事，無須出遊。我的能力有限，封閉不嚴，謹防你們年幼識淺，無心中出入，被外人看破，露了形跡，擔當不了。報仇之事，切不可急，須俟你們照我吐納功夫，練足一十二年，方可隨意在海中來往。

「大仇一報，急速回宮。如你們仙緣早遇，道法修成，可在閩浙沿海漁民置戶之中尋找蹤跡，將我度到此間。我因元胎生得美秀，屢遇海中妖孽搶奪，幾陷不測。此去投人，除雙目與常人有異外，相貌必然與現在相似，仍不願變醜，不難一望而知。如宮中至寶久不出現，你們不遇仙緣，只要我的元靈不昧，至遲三四十年，我必投了仙師，學成道法，回宮看望你們，就便傳授。只須謹慎潛修，終有相逢之日。」

一面談說，又將三女抱在懷中，親熱了一陣。算計時辰已到，便別了三女，投入池底。三女自是心中悲苦，正要跟蹤入水觀看，前日所見大蚌，又浮了上來，只是蚌殼緊閉。三女方喊得一聲：「恩娘！」只見蚌殼微露一道縫，一道銀光細如游絲，從蚌口中飛將出來，慢騰騰往外飛翔。三女知道那便是老蚌之神，連忙追出哀呼時，那銀光也好似有些不捨，忽又飛回，圍著三女繞了幾轉。倏地聲如裂帛，響了一下，疾如電閃星馳，往宮外飛去。三女哪裡追趕得上，回看玉池，蚌殼業已沉入水底。下水看了看，停在石台上面，如生了根一般，紋絲不動。急得痛哭了好些日子才罷。

由此三女便照老蚌所傳的練氣調元之法，在紫雲宮中修煉。雖說無什法力，一則那宮深閉地底，外人不能擅入；二則三女生來好靜，又謹守老蚌之戒，一步也不外出。宮中百物皆有，無殊另一天地，倒也安閒無事。只是金庭中玉柱下所藏的寶物，始終沒有出現。

三女牢記父仇，算計時日將到。因方良被害時，年紀幼小；自來宮中，十餘年不曾到過人世；平日老蚌雖提起方良放生之事，並沒斷定害死方良的主謀之人是否俞利。所幸只要擒到一個，不難問出根由。但是安樂島上面，從未去過，三女也不知自己能力究竟大小，知道島上人多，恐怕不是對手。商量了一陣，決計暗中前往行事，心目中還記得當時行兇的幾個仇人模樣。

到了動身那日，三女先往方良埋骨處，與老蚌遺蛻藏放之所，各自痛哭祝告了一場。各人持了一隻海蝦的前爪當作兵刃，照老蚌傳授，離了紫雲宮，鑽出地竅，穿浪沖波，直往海中泅去。水行無阻，轉眼到了安樂島海洋，藏在礁石底下，探頭往上一看，海灘上面正在烏煙瘴氣，亂做一堆。

第四章　三鳳涉險

原來方良死後，這十二年的工夫，一班老成之人死病殘疾，零落殆盡。俞利去了眼中之釘，益發一意孤行，姿情縱慾，無惡不作。所有島中少具姿色的婦女，俱都納充下陳。又在海邊造了一所迎涼殿，供夏日淫樂消夏之用。後來索性招亡納叛，勾結許多海盜，進犯沿海諸省，聲勢浩大。地方官幾次追剿，都因海天遼闊，洪波無際，俞利黨羽剽悍迅捷，出沒無蹤，沒奈他何。

日子一多，漸漸傳到元主耳內，哪裡容得，便下密旨，派了大將，準備大舉征伐。俞利仍是每日恆舞酣歌，醉生夢死，一點也沒放在心上。三女報仇之日，正是俞利生辰。當時夏秋之交，天氣甚熱。俞利帶了許多妃嬪姬妾和手下一干黨羽，在迎涼殿上置酒高會，強逼著中原擄來的許多美女赤身舞蹈，以為笑樂。

三女在紫雲宮內赤身慣了，本來不甚在意。一旦看見島上人民俱都衣冠整齊，那些被逼脫衣的女子不肯赤體，宛轉嬌啼神氣，互看了看自己，俱是一絲不掛，不由起了羞惡之心，恨不能也弄件衣服穿穿才好。正在凝神遐想，暗中察辨仇人面貌，無奈人數太多，那殿在海邊高坡之上，相隔又遠，雖然看出了幾個，不敢離水冒昧上去。待了一會，忽見數人押了一個絕色少女，由坡那邊轉了過來，直奔殿上。為首一人，正是當年自己家中所用的奸僕。

方良被害後，便是他和一名同黨，親手將三女放入麻袋，拋下海去。仇人相見，分外眼紅。三鳳比較心急，當時便想躥上海岸動手。初鳳、二鳳恐眾寡不敵，忙將三鳳拉住。再看那少女，兩手雖然被綁，仍是一味強掙亂罵，已是力竭聲嘶，花容散亂。怎奈眾寡不敵，眼看快被眾人擁到殿階底下。

俞利哈哈大笑，迎了下來，還未走到那少女面前，不知怎地一來，那少女忽然掙斷綁繩，一個燕子飛雲式，從殿階上縱起一丈多高，一路橫衝豎撞，飛也似直往海邊跑來。這時海岸上人聲如潮，齊喊：「不要讓她跑了！」沿海灘上人數雖多，怎奈那少女情急拚命，存了必死之志，再加本來又會武功，縱有攔阻去路的，都禁不起她一陣亂抓亂推，不一會工夫，便被她逃離海邊不遠。後面追的人也已快臨切近。

為首一個，正是三女適才認出的那個仇人，一面緊緊追趕，口中還喊道：「海潮將起，招呼將大王的美女淹死，你們還不快預備船去！」且趕且喊，相隔少女僅只兩三丈遠近。忽然看見地下橫著一條套索，順手撈起，緊跑幾步，揚手一掄，放將出去。

那少女眼看逃到海邊，正要一頭竄了下去，尋個自盡。不料後面套索飛來，當頭罩下，攔腰圈住，拉扯之間，一個立足不穩，便自絆倒。為首追趕的人，見魚已入網，好不心喜。心想：「海邊礁石粗礪，不要傷了她的嫩皮細肉，使島主減興。」便停了拖拽，趁著少女在地上掙扎，站立不起之際，往前便撲，準備好生生擒回去獻功。

那少女倒地所在，離海不過數尺光景，正是三女潛身的一塊礁石上面。為首那人剛剛跑到少女面前，只聽海邊呼的一聲水響，因為一心擒人，先時並未在意。正要用手中餘索去綑住少女的雙手，猛見一條白影，箭也似地從礁石下面竄了上來，還未及看清是什麼東西，左腿上早著了一下，疼痛入骨，幾乎翻身栽倒。剛喊得一聲：「有賊！」回手去取身背的刀時，下面又是兩條白影飛到，猛覺腰間一陣奇痛，身子業已被人夾起，跳下水去。

這為首的人，便是藍佬蓋的兄弟藍二龍。當時俞利害死方良，將所有同謀的人全都設計除去滅口。只有藍二龍因為乃兄是俞利膀臂，功勞最大，害死同黨的計策又是他兄長所獻，俞利深知他弟兄二人不致背叛，不但饒了他，還格外加以重用。藍二龍仗著俞利寵信，無惡不作，氣焰逼人。這次眾人見少女被他用索套住，知他脾氣乖張，不願別人分功，便都停了腳步，免他嫉視。忽見他剛要動手將女子擒回，從海邊礁石底下像白塔一般衝起人魚似的三個少女，各自手執一根奇形長鉗，赤身露體，寸絲不掛。為首一個，才一到，手起處，便將二龍刺得幾乎跌倒。連手都未容還，後面兩個少女也是疾如電飛趕到，一個攔腰將他夾起，另一個從地上扯去倒地女子身上繩索，也是一把抱起，同時躥入海內。

這一干人看得清清楚楚，因為相隔不遠，只見那三個赤身女子身材俱都不高，又那般上下神速，疑心是海中妖怪，只管齊聲吶喊：「藍將軍被海怪擒去了，趕快救呀！」但大半不敢上前。俞利在殿階上一見大怒，忙喝：「你們都是廢物，還不下水去追！」

安樂島上生長的人，全都習於游泳。有那素來膽大的，迫於俞利威勢，仗著人多勢眾，也都隨眾入水。島人縱是水性精通，哪能趕得上初鳳姊妹三人，自幼生長海底，天賦異稟，又經老蚌十年教練，一下水，早逃出老遠。等到俞利手下島人到了海中，洪波浩淼，一片茫茫，只見魚蝦來往，哪裡還有三女蹤跡可尋。白白在海中胡亂泅泳了一陣，一無所得。只得上來覆命，說人被妖怪擒去，休說擒捉，連影子都看不見絲毫。

俞利好好一個生辰，原準備乘著早秋晴和，海岸風物清麗，在別殿上大事淫樂。不想禍生眉睫，無端失去一名得力黨羽和一個心愛美人，好不掃興。只得遷怒於當時在側的幾十個侍衛，怪他們未將美女攔住，以致闖出這般亂子。一面又命人準備弓箭標槍，等妖怪再來時，殺死消恨。

當日雖鬧了個不歡而散，他並未料到自己惡貫滿盈，一二日內便要伏誅慘死，仍是滿心打算，設下埋伏，擒妖報仇。不提。

三女當中，三鳳最是性急不過。起初看見仇人，已恨不得衝上岸去，生食其肉。初鳳、二鳳因見岸上人多，各持器械，身材又比自己高大，不敢造次，再三勸阻三鳳。想在傍晚時分，擇一僻處上岸，跟定仇人身後，等他走了單，再行下手。

正在商議之間，偏巧藍二龍押著的那個少女解脫綁索，往海岸逃走，看看身臨海岸。藍二龍當年受了俞利祕命，假獻殷勤，為方良服役，三女都被他抱過一年多。一晃十年，音容並未怎變，認得逼真。又加那被迫少女花容無主，情急覓死神氣。三鳳首先忍耐不住，身子往上一起，便衝上海岸，剛給了仇人一蝦爪。初鳳、二鳳恐妹子有失，也同時縱上，一個擒了藍二龍，一個就地上抱起那少女，跳入海內，穿浪沖波，瞬息百里。

二鳳在前，因所抱少女不識水性，幾口海水便淹了個半死。藍二龍生長島國，精通水性，怎奈脖頸被初鳳連肩夾住，動轉不得，也灌了一個足飽，失去知覺。回宮路遠，恐怕淹死，無法拷問。便招呼一聲，浮上海面，將所擒的人高舉過頂，順海岸往無人之處游去。

一會到了一個叢林密佈的海灘旁邊，一同跳上岸去。先將少女頭朝下，控了一陣，吐出許多海水，救醒轉來。那藍二龍也已回生，一眼看見面前站定三個赤身少女，各人手持一根長蝦爪般長叉，指著自己，看去甚是眼熟，不禁失聲道：「你們不是初鳳姊妹？」

一言甫畢，猛地想起前事，立即住口。心中一動，暗道不好。適才吃過苦頭，身帶兵刃，不知何時失去，自知不敵。恰好坐處碎石甚多，當時急於逃生，隨手抓起一塊盌大卵石，劈面朝左側站立的初鳳臉上打去。就勢出其不意，翻身站起，一個縱步，便往森林之內跑去。跑出還沒有半里多路，忽聽一陣怪風，起自林內，耳聽林中樹葉紛飛，呼呼作響。猛地抬頭一看，從林中竄出一條龍頭虎面、蛇身四翼的怪物，昂著頭，高有丈許，大可合抱，長短沒有看清。虎口張開，白牙如霜，紅舌吞吐，正從前面林中泥沼中蜿蜒而來。

藍二龍一見，嚇了個亡魂皆冒。欲待擇路逃避，忽然腦後風生，知道不妙，忙一偏頭，肩頭上早中了一石塊。同時腰腹上一陣奇痛，又中了兩叉。立時骨斷筋折，再也支持不住，倒於就地。

接著身子被人夾起，跑出老遠才行放下，也沒聽見身後怪物追來。落地一看，三女和少女俱都站在面前，怒目相視。身受重傷，落在敵人手內，萬無活理，便將雙目緊閉，任憑處治，一言不發。

過沒一會，便聽三女互相說話，但多聽不大懂。內中聽得懂的，只有「爹爹」、「島上」、「二龍」等話，愈知道三個赤身少女定是方良之女無疑。

正在尋思，腿上奇痛刺骨，又著了一叉。睜眼一看，三女正怒目指著自己，似在問話。二龍知道說了實話必死，但盼三女落水時年幼，認不出自己，還有活命之望，便一味拿話支吾。三女越朝著他問，二龍越搖頭，裝作不解，表示自己不是。惱得三女不住用那蝦爪朝他身上亂叉，雖然疼得滿地打滾，仍然一味不說。

原來三女少時雖然生具靈性，一二歲時便通人言，畢竟落水時年紀太幼。到了紫雲宮內，與老蚌一住就是十餘年。姊妹間彼此說話，俱是天籟，另有一種音節。時日一久，連小時所會的言語，俱都變易，除幾句當年常用之言外，餘者盡是舌音意造。三女見二龍所說，依稀解得；自己所說，二龍卻是不解，問不出所以然來。好生忿急，三隻海蝦長爪，只管向二龍手腳上刺去，暴跳不已。

似這樣鬧了一陣，還是那被救的少女心靈，這一會工夫，已看出三女是人非怪，對自己全無惡意。雖然言語不通，料知與擒自己的仇人必有一種因果。又看出二龍神態詭詐，必有隱情。便逡巡上前相勸道：「三位恩姊所問之事，這廝必不肯說。且請少歇，從旁看住他，以防他又逃走。由小妹代替拷問，或者能問個水落石出，也未可知。」

三女原是聰明絕頂，聞言雖不全解，已懂得言中之意。便由初鳳將手中蝦爪遞給那個少女，姊妹三人，從三面將二龍圍定，由那少女前去拷問。

少女持叉在手，便指著二龍喝問道：「你這賊子！到了今日，已是惡貫滿盈。我雖不知這三位恩姊跟你有何仇恨，就拿我說，舉家大小，全喪在你們這一干賊子之手，臨了還要用強逼我嫁與俞賊。我情急投海，你還不容，苦苦追趕。若非遇見三位恩姊，豈不二次又入羅網？我和你仇恨比海還深，今日就算三位恩姊放了你，我寧一死，也不能容你活命。適才聽你初見三位恩姊時說話神氣，分明以前熟識。她問你話，也許你真是不懂。但是以前經過之事，必然深知。莫如你說將出來，雖然仍是不能饒你一死，卻少受許多零罪碎剮。」

說時，三女原是不著寸絲，站在二龍身側，又都生得穠纖合度，骨肉停勻，真是貌比花嬌，身同玉潤。再加胸乳椒發，腰同柳細，自腹以下，柔髮疏秀，隱現丹痕一線，粉彎雪股，宛如粉滴脂凝。襯上些未乾的水珠兒，越顯得似瓊葩著露，琪草含煙，天仙化人，備諸美妙。

三女素常赤身慣了，縱當生人，也不覺意。可笑藍二龍死在眼前，猶有蕩心奇豔。三女一停手，便睜著一雙賊眼，不住在三女身上打轉，身上痛楚立時全忘，連對方問話，全沒聽清說的都是什麼。

三女見他賊眼灼灼，只疑他又在伺隙想逃，只管加緊防備，並沒有覺出別的。那少女見他問話不答，又看出種種不堪神氣，不禁怒火上升，喝道：「狗賊，死在臨頭，還敢放肆！」說罷，拿起手中蝦爪，便朝二龍雙目刺去。二龍正涉遐想，猛聽一聲嬌叱，對面一蝦爪刺來，連忙將頭一偏，已直入歸一大師命門，瞎了一個，立時痛徹心肺，暈死過去。

少女便對三女說道：「這賊忒也可惡，這般問他，想必不招。莫如將他吊在樹上，慢慢給他受點罪，多會招了，再行處死。以為如何？」

三女聞言，點了點頭。急切間找不到繩索，便去尋了一根刺藤，削去旁枝，從二龍腿縫中穿過，再用一根將他綑好，吊在一株大椰樹上面。

這時藍二龍業已悠悠醒轉，被那些帶刺的藤穿皮刺肉，倒吊在那裡，上衣已被人剝去。少女撿了半截刺藤，不時朝那傷皮不著肉的所在打去，起落之間，滿是血絲帶起。一任二龍素來強悍，也是禁受不住。除了原受的傷處作痛外，周身都是芒刺，鑽肉錐骨。淨痛還好受，最難過的是那些刺裡含有毒質，一會工夫發作起來，立時傷處浮腫。奇痛之中，雜以奇癢，似有萬蟲鑽吮骨髓，無計抓撓。

二龍這時方知刑罰厲害，雖是活色生春，佳麗當前，也顧不得再賞鑑。先是破口大罵，只求速死。繼則哀聲乾嚎，啼笑皆非，不住悲聲，求一了斷，真是苦楚萬分，求死不得，眼裡都快迸出火來。

那少女見他先時怒罵，反倒停手不打，只一味來回抽那穿肉刺藤。口裡笑著說：「昨晚我被擒時，再三哀求你留我清白，拋下海去，或者給我一刀。你卻執意不肯，要將我作今日送俞賊的壽禮，供他作踐。誰知天網恢恢，轉瞬間反主為客。你現在想死，豈能如願？你只說出三位恩姊所問的事，我便給你一個痛快；否則，你就甘心忍受吧！」

二龍已是急汗如膏，周身奇痛酸癢，不知如何是好。他起初並非忠於俞利，不肯洩漏機密，只為心還想活，又為奇豔所眩，三女所說，俱未聽清。及至刺瞎一目，暈死轉醒，知道生望已絕，只求速死，一味亂罵。直到受了無量苦痛，才將對方言語聽明。他哪裡還熬忍得住，慌不擇的說道：「女神仙，女祖宗！我說，我說，什麼我都說。你只先放了我，說完，早給我一個痛快。」

少女不慌不忙地答道：「放你下來，哪有這樣便宜？待會把話說完，想死不難。我只問你，你既認得我三位恩姊，她們各叫什麼名字？為何要擒你到此？快說！」

二龍只求速死，哪還顧得別的，便將俞利昔日陰謀，三女來歷，一一說出。那少女本不知道就裡，因話探話，追根盤問，一會工夫，問了個清清楚楚。三女原通人言，只不能說，聞言已知大意。得知老父被害經過，自是悲憤填膺。連少女聽見俞利這般陰狠殘毒，也同仇敵愾，氣得星眸欲裂。等到二龍把話說完，三女正要將他裂體分屍，二龍已毒氣攻心，聲嘶力竭。

少女方說：「這廝萬惡，三位恩姊不可便宜了他，且等將賊人擒來，再行處死！」一言甫畢，忽聽椰林深處一片奔騰踐踏，樹折木斷之聲，轉眼間狂風大作，走石飛沙，來勢甚是急驟。三女深居海底，初歷塵世，一切俱未見過，哪知輕重？

那少女名叫邵冬秀，自幼隨父保鏢，久走江湖，一見風頭，便知有猛獸毒蟲之類來襲。因見適才追趕二龍所遇那雙首四翼的虎面怪物，被三鳳用蝦爪一擊便即退去，疑心三女會什麼法術，雖知來的東西凶惡，並不十分害怕。一面喊：「恩姊留神，有野東西來了！」一面奔近三女跟前，將手中蝦爪還了初鳳，準備退步。藍二龍昏迷中已聽出嘯聲，是安樂島極北方的一種惡獸長腳野獅，性極殘忍，縱躍如飛。自知殘息苟延，決難免死，不但不害怕，反盼獅群到來，將三女吃了，代他報仇洩忿。

就在這各人轉念之際，那獅群已從椰林內咆哮奔騰而出。為首一個，高有七尺，從頭至尾長約一丈，一衝而出，首先發現椰樹上吊著的二龍，在那裡隨風擺盪，吼一聲，縱撲上去，只一下，便連人帶刺藤扯斷下來。那二龍剛慘叫得一聲，那獅的鋼爪已陷入肉內，疼得暈了過去。同時後面群獅也已趕到，在前面的幾個也跟著搶撲上來，一陣亂抓亂吼亂嚼，此搶彼奪，頃刻之間，嚼吃精光，僅剩了一灘人血和一些殘肢碎骨。

三女看得呆了，反倒忘了走動。冬秀見三女神態十分鎮靜，越以為伏獅有術，膽氣一壯。她卻不知獅的習性，原是人如靜靜站在那裡，極少首先發動；等你稍一動身，必定飛撲上來。適才二龍如非是吊在樹上隨風搖擺，也不致遽膏殘吻。所以山中獵人遇上獅子，多是詐死，等牠走開，再行逃走。否則除非將獅打死，決難逃命。

那獅群約有百十來個，一個藍二龍，怎夠支配，好些通沒有到嘴。眼望前面還立著四個女子，一個個豎起長尾，鑽前躥後，就在相隔四女立處兩丈遠近的椰林內外來回打轉，也不上前。三女先時原是童心未退，一時看出了神。後來又因那獅吃了活人以後，並未上前相撲，一個個長髮披拂，體態威猛雄壯，只在面前打轉，甚是好看，越發覺得有趣，忘了危機，反倒姊妹三人議論起來。

說時遲，那時快，就在這不大會工夫，冬秀見獅群越轉越快，雖見三女隨便談笑，好似不在心上，畢竟有些心怯；又以為三女見群獅爪裂二龍，代報了仇，不願傷牠，便悄聲說道：「仇人已死了一個，還有賊人俞利尚在島中，大仇未報。我雖知三位恩姊大名，還沒知道住居何處，多少話俱要商量請教。這裡獅子太多，說話不便，何不同到府上一談呢？」

三鳳聞言，想起二龍和那些殺父仇人雖死，主謀尚在，忙喊道：「姊姊，我們老看這些東西則甚？快尋仇人去吧。」說罷，首先起步。

那獅子當四人開口說話之際，本已越轉越急，躍躍欲撲。一見有人動轉，哪裡容得，紛紛狂吼一聲，一起朝四女頭上撲來。

冬秀在三女身後，雖有三女壯膽，這般聲勢，也已心驚，飛也似撥頭便跑。逃出沒有幾步，猛聽異聲起自前面。抬頭一看，正是適才追趕二龍，森林內所遇的那個虎面龍頭、蛇身四翼的怪物，正從對面蜿蜒而來，不由嚇得魂飛膽落，想要逃走。無奈自從昨日船中遭難，已是一日夜未進飲食；加上全家被害，身子就要被仇人污辱，籲天無靈，欲死無計，直直悲哭一整夜；晨間拚命掙脫綁繩，赴海求死，已是力盡神疲，又在水中淹死過去一陣。適才林間拷問二龍，隨著三女奔波，無非絕處逢生，大仇得報，心豪氣壯，精神頓振。

及至二龍死於群獅爪牙之下，一時勇氣也就隨之俱消，饑疲亦隨之俱來，哪還當得住這般大驚恐。立時覺得足軟筋麻，艱於步履。剛走沒有幾步，便被石頭絆倒，不能起立。

奇險中還未忘了三女憂危，自分不膏獅吻，亦難免不為怪物所傷，反倒定神。往側面一望，只見林中一片騷擾，剩下幾十條獅的後影，往前面林中退去，轉眼全部沒入林內不見。再看初鳳，手中持的一隻蝦爪已經折斷，正和二鳳雙雙扶了三鳳朝自己身旁走來。

三鳳臂血淋漓，神態痛楚，好似受了重傷一般。心中詫異，三女用甚法兒，獅群退得這麼快？方在沉思，猛一眼又見那龍頭虎面怪物，不知何時逕自避開四女行歇之處，怪首高昂，口裡發出異聲，從別處繞向獅群逃走的椰林之內而去。這才恍然大悟，那怪物並不傷人，卻是獅的剋星。見三鳳受了傷，本想迎上前去慰問，只是精力兩疲，再也支持不住。只得問道：「三位恩姊受傷了麼？」說時，三女業已走近身來，一看三鳳面白如紙，右臂鮮血直流，臂已折斷，只皮肉還連著，不由又驚又痛。

冬秀見初鳳、二鳳對於妹子受傷雖然面帶憂苦，卻無甚主意，便就著初鳳一同站起身來說道：「這位恩姊右臂已斷，須先將她血止住才好。快請一位恩姊去將仇人留下的破衣通取過來，先將傷處包紮好，再行設法調治。」

初鳳經冬秀一陣口說手比，便跑過去，將獅爪下殘留的破衣拾了些來。冬秀驚魂乍定，氣已略緩，覺著稍好。激於義氣，不顧饑疲，接了初鳳手中破衣，將比較血少乾淨一些的撕成許多長條，一面又將自己上衣脫下，撕去一隻衫袖，將三鳳斷臂包上，外用布條紮好。這才在椰樹下面席地坐下，談話問答。

初鳳見她疲乏神氣，以手勢問答，方知已是二日一夜未進飲食。本想同她先行回宮，進些飯食，略微歇息，再尋俞利報仇。又因適才她在海中差點沒有被水淹死，說話又不全通，正要打發二鳳回宮，取些海藻果子來與她吃。冬秀忽然一眼望見離身不遠有大半個椰殼。

這時冬秀已餓得頭昏眼花，語言無力，便請二鳳給取過來一看，椰心已被風日吹乾，塵蒙甚厚。實在餓得難受，便用手將外面一層撕去，將附殼處抓下，放在口內一嘗，雖然堅硬，卻是入口甘芳。一面咀嚼，暗想：「此時夏秋之交，這裡從無人蹤，除了果熟自落外，便是雀鳥啄食。椰林這麼多，樹頂上難免不有存留，只是樹身太高，無法上去。」便和三女說了。

三女見她吞食殘椰，除三鳳流血過多，仍坐地下歇息外，初鳳、二鳳聞言，便自起身，同往椰林中跑去。搜尋了一陣，居然在椰林深處尋著了十多個大椰子。雖然過時，汁水不多，但更甜香無比。冬秀固是盡量吃了個飽，三女也跟著嘗了些。

冬秀吃完，剩有六個。初鳳對二鳳道：「恩母行時，原命我們謹慎出入，報完仇便即回宮，不可耽延，常在宮中出入。加上冬秀妹妹水裡不慣，如留在這裡，報完仇回去，她又沒有吃的；海藻雖可採來她吃，也不知慣不慣。適才尋遍椰林，才只這十兒個椰子，若給她一人吃，大約可食兩天，足可將事辦完，再打回宮主意。如今三妹受了傷，報仇的事由我和你同去，留她二人在此便了。」

三鳳性傲，聞言自是不肯。冬秀見她姊妹三人爭論，聲音輕急，雖不能全懂，也猜了一半。知她三人為了自己礙難，便道：「妹子虎口餘生，能保清白之軀，已是萬幸。此時赴湯蹈火，在所不辭。不過這裡獅群太多，適才大恩姊曾說，才一照面，便將手中蝦爪折斷。三恩姊雖然仗著二恩姊手快，將傷她的一隻大獅抓起甩開，仍是斷了一條右臂。「如今獅群雖被怪物趕走，難保不去而復來。妹子能力有限，三恩姊身又帶傷，現在這樣，大是不妥。我們四人既同患難，死活應在一起。妹子雖無大用，一則常見生人，二則昨晚被困，一意求死，頗留神賊窟路徑。他新喪羽翼，必防我們再去。我們無兵器，如由原路前往，難免不受暗算。聞說此海陸地甚少，此地想必能與賊窟相通。不如我們由陸路繞過去，給他一個出其不意，將俞利殺了，與伯父報仇，比較穩妥得多。」

三女聞言，俱都點頭稱善。二鳳便下海去撈了許多海藻海絲上來，姊妹三人分著吃了。那海藻附生在深海底的岩石之間，其形如帶，近根一段白膩如紙，入口又脆。冬秀見三女吃得甚香，也折了一段來吃，入口甘滑，另有一股清辛之味，甚是可口，不覺又吃了兩片。

三女因彼此身世可憐，冬秀更是零丁無依，幾次表示願相隨同回紫雲宮潛修，不作還鄉之想。只為宮中沒有塵世間之食物，深海中水的壓力又太大，怕她下去時節禁受不住，著實為難。今見她能食海藻，吃的可以不愁，只須能將她帶回宮去，便可永遠同聚，甚是可喜。大家吃完歇息一陣，冬秀見時已過午，商量上路。見蝦爪只剩一根，雖然尖銳，卻是質脆易折。便請三女折了幾根樹幹，去了枝葉，當作兵器，以防再遇獸侵襲。算計適才來的方向，穿越林莽，向俞利所居處走去。陸行反沒有水行來得迅速，經行之路，又是安樂島北面近海處的荒地，荊榛未開，獅虎蛇蟒到處都是。

四女經過了許多險阻艱難，還仗著冬秀靈敏，善於趨避，不與獅蟒之類直接相搏。走有兩個時辰，才望見前面隱隱有了人煙，以為快要到達。不料剛穿越了一片極難走的森林險徑，忽然沼澤前橫，地下浮泥鬆軟，人踏上去，便即陷入泥裡，不能自拔。二鳳在前，幾乎陷身在內。前路難通，一直繞到海邊，依然不能飛渡。最後仍由初鳳、二鳳舉著冬秀，由海邊踏浪泅了過去。繞有好幾里路，才得登岸。

冬秀一眼看到前面崖腳下孤立著一所石屋，背山面海，小溪旁橫，頗據形勝。忙請三女藏過一邊，悄聲說道：「這裡既有房屋，想必離賊窟不遠。招呼給賊黨看見有了防備，我們人少，難保不吃他虧。且待小妹前去探個明白，再作計較。如果室中人少，我一比手勢，恩姊們急速奔來接應，只須擒住一人，便可問出賊窟路徑了。」

三女依言，隱身礁石之後。冬秀一路蛇行鷺伏，剛快走近石室，看出石牆破損，室頂坍落，不似有人居住神氣。正想近前觀看，忽見後面三女奔來，竟不及與冬秀說話，飛也似往室中縱去。冬秀連忙跟了進去一看，室中木榻塵封，一應陳設俱全，只是無一人跡。再看三女已經伏身木榻之上，痛哭起來。忙問何故？才知三女初上岸時，便覺那地形非常眼熟。及至冬秀往石屋奔去，猛想起那石屋正是兒時隨乃父方良避地隱居，臥遊之所。觸景傷懷，不禁悲從中來。沒等冬秀打手勢，便已奔往室中去。

冬秀問出前因，見三女悲泣不已，忙勸慰道：「此時報仇事大，悲哭何益？這裡雖是恩姊們舊居，畢竟彼時年紀大小，事隔十多年，人地已生。萬一有賊黨就在附近，露了形跡，豈非不妙？先前我見恩姊們俱是赤身無衣，去到人前，總覺不便。只是急切間無處可得，本想到了賊窟，先弄幾身衣服穿了，再行下手。看這室內，好似老伯被害之後，並無什麼人來過，衣履或者尚有存留。何妨止住悲懷，先尋點衣履穿了。附近如無賊黨，正好借這石室作一退身隱藏之所；如有賊黨，也可另打主意。」

三女聞言，漸漸止住悲泣，分別尋找衣履。那石室共是四間，自方良被害後，只俞利假裝查看，來過一次。一則地勢實在隱僻；二則島民為俞利所惑，以為方良父女仙去，誰也不敢前來動他遺物。俞利自是只會做假，佈置神廟，哪會留心到此，一任其年久坍塌。房舍雖壞，東西尚都存在。四女尋了一陣，除尋出方母梁氏遺留的許多衣物外，還尋出那些方良在世時所用的兵刃暗器。便將樹幹丟了不用，由冬秀草草教給用法。

這時天已黃昏，海濱月上。冬秀見室中舊存糧肉雖已腐朽，爐灶用具依然完好無缺。

各方觀察，都可看出附近不見得有甚人居。適才所見炊煙尚在遠處，只是心還不甚大放，便請三女暫在室中躲避，由她前去探看賊窟動靜。

冬秀出室，先走到小山頂上一看，遠處海灘上一帶屋舍林立，炊煙四起，人物看不甚真。有時順風吹來一陣樂歌之聲，甚是熱鬧，路徑也依稀辨出了個大概。計算俞利雖遭了拂意之事，仍在縱飲作樂，慶賀生辰。因為相隔不遠，便回來對三女說道：「這裡我已仔細看過，大概周圍數里並無人家。如為穩當計，有這般現成隱身之所，正好拿這裡作退身之步。等到明早，探明了路徑，再行下手。不然便是乘今晚俞賊壽辰，賊黨大醉，夜深睡熟，疏於防範之際，去將俞賊劫了來。不過三位恩姊俱都長於水行，去時第一要看清何處近海，以防形勢不佳時節，好急速往水裡逃走，千萬不可輕敵冒險。大仇一報，即便歸去才是。」

三女都是報仇心切，恨不能立時下手，便用了第二條主意。商量停妥，因為時間還早，冬秀見室中燈火油蠟俱全，先將窗戶用一些破布塞好，找到火石將燈點起，以備燒些熱水來吃。無心中又發現一大瓶刀傷藥，瓶外注著用法。冬秀正為三鳳斷臂發愁，打開瓶塞一看，竟是撲鼻清香，知道藥性未退，心中大喜。連帶取了盛水器具，在屋外小溪中取了清泉進來。又尋了新布，請三鳳將斷臂間所包的布解下。

獅爪有毒，又將一隻臂膀斷去，受海中鹽水一浸，一任三鳳天生異質，也是禁受不住。再加血污將布凝結，揭時更是費事，疼痛非凡。惱得三鳳性起，恨不得將那隻斷臂連肩斬去，免得零碎苦痛。還算冬秀再三溫言勸慰，先用清水將傷處濕了，輕輕揭下綁的破布。重取清水棉花將傷處洗淨吸乾，將藥敷上，外用淨布包好。

那藥原是方良在日祕方配製，神效非常。一經上好，包紮停當，便覺清涼入骨，適才痛苦若失。藥力原有生肌續斷之功，只可惜用得遲了，先時匆匆包紮，沒將骨斷處對準，又耽誤了這麼多時候，不能接續還原。後來傷處雖痊，終久成了殘疾，直到三女成道，方能運轉自如。這一來倒便宜了冬秀，只為給三鳳治傷這點恩情，三鳳感激非常，成了生死之交，以致引出許多奇遇，修成散仙。此是後話不提。

冬秀和初鳳、二鳳見三鳳上藥之後，立時止痛，自是大家歡喜。二鳳又要往海中去取海藻，準備半夜的糧食。冬秀忍不住說道：「恩姊水中見物如同白晝，我想海中必有魚蝦之類，何妨挑那小的捉些來，由妹子就這現成爐灶煮熟了吃？一則三位恩姊沒食過人間熟物；二則魚湯最能活血，於三恩姊傷處有益。」

二鳳聞言，點了點頭，往外走去。不多一會，兩臂夾了十幾條一二尺長的鮮魚進來。冬秀一看，竟有十分之九不認識。便挑那似乎見過的取了三條，尋了刀，去往溪邊洗剝乾淨，拿回室內，尋些舊存的鹽料，做一鍋煮了。一會煮熟，三女初食人間煙火之物，雖然佐料不全，也覺味美異常。三鳳更是愛吃無比，連魚湯全都喝盡。三女又各吃了些海藻才罷。

冬秀見三女如此愛吃熟東西，暗想：「賊窟中食物必定齊全，少時前往，得便偷取些來，也好讓恩人吃了喜歡。」

她只一心打算博取三女歡心，卻不想煙火之物與修道之人不宜。後來三女竟因口腹之慾，不能駐顏，幾乎誤了道基，便是為此。大家吃完之後，彼此坐下互談。冬秀又教她的恩人語言。三女本是絕頂聰明，一學便會，雖只不長時間，已經學了不少，彼此說話，大半能懂，無須再加手勢了。

挨到星光已交午夜，算計乘夜出發，走到賊窟也只丑寅之交，夜深人靜，正可下手。大家結束停當，定好步驟，由冬秀指揮全局，逕往賊窟而去。這時島地已經俞利開闢多半，除適才四人經過的那一片沮洳沼澤，浮泥鬆陷，是個天然鴻溝，無法通行外，餘下道路都是四通八達，至多不過有些小山溪徑，走起來並不費事。再加月明如水，海風生涼，比起來時行路，無殊天淵之別。

四女離了方良舊居，走不上七八里路，便有人家田畝。雖然時在深夜，人俱入睡，冬秀終因人少勢孤，深入仇敵重地，不敢大意，幾次低聲囑咐三女潛蹤前進。快要到達，忽然走入歧路，等到發覺，已經錯走下去有三四里地。只得回頭，照日裡所探方向前進。

冬秀因昨日被擒，無心中經過俞利所居的宮殿，默記了一些道路。後來從看守的島婦口中得知俞利寢宮有好幾處，有時因為天熱，便宿在近海濱的別殿上，但不知準在何處。原打算先擒到一個島民，問明虛實下手。無奈經過的那些人家，俱是十來戶聚居，房舍相連，門宇又低，恐怕打草驚蛇，不敢輕舉妄動。

第五章　群凶授首

話說冬秀正在尋思，能遇見一個落單人家才好。忽見前面山腳下相連之處，有一片廣場，豐碑林立。靠山一面，孤立著一所廟宇，廟側兩面俱是椰林。由高望下，正殿上還有一盞大燈光，靜沉沉的，梵音無聲。看神氣，好似人俱睡熟。冬秀見廟牆不高，左近極大一片地方，四無居人。暗想：「前行不遠，想已快近俞賊巢穴。人家越多，更難下手，何不翻牆入廟，捉住廟中僧道拷問？」便低聲和三女說了。行近廟牆，正要一同縱身進廟，月光之下，猛見小山口外奔來一個人影。方想等他入廟時節，縱上去捉個現成。四人剛打算走近廟門旁埋伏等候，誰知那人並不進廟，奔到廟左側椰林前面，只一閃，便即不見。

四女起先並未見林內有人家，這時定睛往林中一看，密陰深處，竟還有一所矮屋，另一面卻是空無所有。四外觀察清楚，知道廟中人眾，便繞路往那矮屋掩去。那矮屋共是三間，屋外還晾著一副魚網，像是島中漁民所居。四人剛行近石窗下面，便聽屋內有人說話。冬秀忙和三女打個手勢，伏身窗外一聽。

只聽一個年老的說道：「當初方老爹沒有成仙，你我大家公吃公用公快活，日子過得多好。偏偏這個狗崽要舉什麼島王，鬧得如今苦到這般田地。稍有點氣力的人，便要日裡隨他到海上做強盜，夜晚給他輪班守夜。好了，落個苦日子；不好，便是個死。方老爹心腸真狠，自己拋下我們去成仙，還把三個仙女帶去。我們苦到這樣，大家天天求他顯些靈，給狗崽一個報應，仍照從前一樣，那有多好。」

年輕的一個道：「阿爸不用埋怨了，如今大家都上了他的當，勢力業已長成，有什法子想？除了他手下的幾個狗黨，全島的人誰又不恨呢？也是活該，昨晚搶了海船上一個美女，藍二龍那狗崽原準備給他今日上壽的，不曾想那女子有烈性，上殿時節，掙脫綁繩就往海邊跑。眼看追上，忽然從海邊衝起三個妖怪，將那美女和藍二龍一齊都捉了去。有些人說，那妖怪有兩個，長得和方老娘一般無二，說不定便是方爹看不過眼去，派了那三個仙女來給我們除害。如果這話不差，狗崽就該背時了。」

冬秀一聽室中父子口氣，對於俞利已是痛恨入骨。知道方良恩德在人，正可利用這個機會，使三女現身出去，對室中人說出實話。順手便罷，不順手時，室中也只父子二人，不難以力挾制。便不往下聽去，悄悄拉了三女一把，同往僻靜之處，商量停妥。

因三女說話，常人不易全懂，便令三女伏身門外，聽暗號再闖進去。自己走到矮屋門前，輕輕用手彈了兩下，便聽室中年輕的一個答話道：「老三下值了麼？我阿爸今日打得好肥魚，來這裡喝一杯吧。」說罷，呀的一聲，室門開放。冬秀便從門影裡闖了進去。入內一看，室中點著一盞油燈，沿桌邊坐著一個老者，桌上陳著大盤冷魚，正在舉杯待飲。

那年輕的島民，也跟著追了進來，見是一個女子，已甚驚異。定睛一看，認出是日裡逃走的美女，便喝問道：「你不是早晨被海怪捉去的美人麼？島王為你氣了一天。你是怎生從海怪手裡逃出，到此則甚？快說明白。如若回心轉意，不願尋死，我便領你去見島王，少不得有你好處，我也沾一點光。」說時眼望那門，意思是防備來人逃遁。

冬秀喝道：「你口裡胡說些什麼？我日裡因不肯失身匪人，蹈海求死。眼看被藍二龍這狗賊追上，誰想方老爹所生三位仙女，因全島人民公忿俞利這個狗賊無惡不作，日常求告，奉了你們方老爹之命，前來代你們除害。行至海邊，正遇我在遭難，才將我救去。如今藍二龍已伏仙誅。三位仙女因從小成仙，離島日久，恐來時島民不知，受了俞賊挾迫，與她們抗拒；又不知俞賊今晚住處，誤傷好人，特地命我前來打探俞賊今晚宿處。方纔我們行經窗外，知你父子深明大義，心念故主，故此叩門詢問，哪有什麼海怪？」

這一席話，正與日間傳說吻合，老島民已經深信不疑，聞言停杯起立，便要答話。年輕的一個因處積威暴虐之下，還有一些顧慮，忙搶先答道：「你說的話，我們未始不信。只是島王近年手下招了許多能人，如你沒有三位公主幫忙，想到他宮中行刺，憑你一個年輕女子，定遭毒手。那時問起根由，定然連累我們父子。除去俞狗崽本來是全島的公意，只是他防備得嚴，無人敢去下手。你如使我父子見上三位公主一面，休說指路，叫我父子死都去。」

冬秀聞言道：「足見你們還有人心。」一面便朝門外低喚道：「三位仙姊，請進吧。」說罷，便聽叩門之聲。

島民忙將門一開，將三鳳姊妹放了進來。老島民原見過三女小孩時模樣，又有兩次先人之言，一見便即斷定不差。首先奔了過去，跪了下去，叩頭不已，口裡直喊：「公主救救我們！」

那年輕的一個見老的認出，也慌不迭地隨著跪倒。冬秀笑道：「你們無須如此，起來講話。天已不早，我們還辦正事呢。」

島民父子這才恭敬起立，讓三女榻上坐定。老者重又跪稟道：「我名藍老鐵，他是我兒子藍佬石，俱受過方老爹仙爺大恩。三位公主如有用我父子之處，萬死不辭！」

初鳳便照預定，朝冬秀指了指。

冬秀答道：「三位公主別無用你父子之處，只要即刻告知我們俞利的住處。如膽大時，便領了我們前去。也無須你父子相助動手，自有除他之法。」

島民父子聞言，心中大喜。老的一個忙跪答道：「那俞利狗崽，自從方老爹成了仙後，無人再能制他，勾了手下一干黨羽，胡作非為。先還只役使島民給他建造宮殿，選那長得好的島中姊妹去做他的什麼妃子，強派眾人給他納糧。

「後來越鬧越不像話，竟違了方老爹在時所定不與中國胡兒相通的規章，擅自逼人造了海船，飄洋前往閩粵等地，採辦金珠、歌妓和好吃好玩的東西，拿全島人民的血汗供他糟踐享樂。意還不足，近年又招納了一干海盜，專在海上劫掠商船，害死的人不知多少。大家都皆恨到極處，沒奈他何。誰稍有一點抗拒，不是無緣無故不知下落，便被他逼著同去作海盜。到了洋裡，將人拋下水去餵魚，回來只說遇見官兵戰死，還假裝慈悲，發下些撫恤的錢。

「他也知全島人民，十有八九恨他入骨，除挑選心腹作護衛，以防不測外，又將所居宮殿建造得十分高固。我兒子便因小的年老性直，受不得他手下爪牙的氣，假意對他忠心，費了不少做作，才補了一名近身的護衛。因為他對方老爹全是一番假恭敬，神廟中並無僧道，人民再一求說，才派了小的三人在廟外林中居住。明著每日管理廟中燈油香火，暗中卻要為他打聽人民求告時的言語有無怨望。小的因為不肯作孽，連月沒有給他告密，聽說還要換人呢。適才聽小的兒子說，他今晚正和一個姓牛的妖婦住在海濱別殿上。如要下手，最好再候一會，趕天快明以前去。」

那島民的兒子便接續道：「那妖婦原有丈夫。島上自這兩個狗男女來，方才壞得不可收拾。那男妖道叫秦禮，慣會邪法，呼風喚雨，遣將驅神。出海打劫的船，便是此人率領。連藍二龍那般得勢，只能做個副手。女妖道更是又淫賤，又狠毒，島中少男長女也不知被她糟掉多少。聽說新近在海中三門島得了一部天書，要和俞賊、妖道一同修煉。今早三位公主搶去藍二龍，救走這位大姑時，正趕妖道海上有事未回，妖婦又去什麼仙山採那血靈芝來與俞賊上壽，俱都不在島上。

「妖道回來，聽說尚有幾日。妖婦已在午後回轉，得知海邊出了海怪，可笑她哪知三位公主的仙法，還說是什麼魚精，在海邊鬧神鬧鬼地行了好半天法，說是已經布下天羅地網，不論什麼妖怪，都要送死。如今三位公主不是好好上來？可見她也沒有真實本領，不過哄哄俞利這狗賊罷了。這妖道夫婦原與狗崽不分彼此，同在一處淫樂。那……

「狗崽原配的妻子也因不甘被妖道污辱，尋了自盡。此時前去，正是他們淫樂高會之際。平日就護衛森嚴，何況今日又是狗崽的生日。照例每晚淫樂到天快明以前，服了妖道的藥入睡。那時他幾十個親近的護衛跟著累了一天，縱不全睡，也都疲乏已極。除了兩個率領上值的死黨外，餘下便是與小人一般的外侍衛，雖未必全叛狗崽，只要經小人一說明三位公主奉了方老爹之命前來除害，也決不會反抗的。」

冬秀搶答道：「三位公主的意思是不願驚動眾人耳目。既然俞賊在天明前就寢，那你就算準時刻，領了我們前去，說明俞賊睡處的方向路徑，我們自會行事。事前不可妄告一人，等到除了俞賊之後，我們已走，宣示與否，任憑於你便了。」

島民父子又跪求方老爹以後降福大家，時常顯靈，最好能留一位公主在島上主持，使大家重過安樂日子。冬秀招呼他父子起立，用話誑道：「這事我們不敢擅自作主，須等除了俞賊覆命之後，才能稟明方老爹定奪呢。」

正說之間，藍佬石猛想起三位公主進屋這些時，連茶水也未孝敬一杯。父子二人忙將桌上殘肴撤去，從新擺上杯箸，說道：「小的只顧稟話，也忘了整備酒食。如今離天明還有一會，家中沒什可敬。昨日打得鮮魚，做了魚凍，還有些燒肉和隔年陳酒，待小的父子整理出來，與公主、大姑權當接風。吃完就該是時候了，就起身吧。」

冬秀因想三女嘗點人間之物，也不客套，便代三女允了。島民父子益發大喜，老少同奔隔室，先端了兩大盤魚凍和燒肉及一葫蘆酒出來，請四女飲用。另外泡了兩大盌冷飯，又去開了一個大西瓜，用木盤盛好捧上。東西不多，已是將一個小方桌堆滿。還在東尋西找，恨不能把家中所有全拿出來獻上，才稱心意。三女見其意甚誠，甚是感動。冬秀便叫他父子一處同吃，再三不敢，也就罷了。

三女原惟冬秀之言是從，不懂客套，再加初食人間有調和的東西，比起適才鹽水白煮鮮魚又強得多，三鳳更是連誇味美不置。不一會，先將酒飯魚肉吃盡，又將西瓜吃了，吃得甚是高興。藍佬石因家中剩飯不多，煮又不及，每人只吃得半盌，甚是歉然，再三說三位公主和大姑以後如想吃人間之物，只管前來，千萬賞光，不要客氣。初鳳、二鳳還不怎樣，三鳳口饞，當時未說，卻記在心裡。

冬秀命藍佬石出去看星光，歸報已離天明不遠。重又問了一回路徑形勢，便由島民父子在前引路，往海濱別殿的後牆外進發。出了小山口不遠，繞著坡道，彎彎曲曲，走有五六里路，折向海邊，便是俞利避暑的別殿。

相去還有半里，望見那別殿建置在海濱山坡上面，周圍大有百畝，四面都是花園，只當中一叢高大宮室，巍然獨峙，除朝海一面的涼殿突出宮外，四圍都有宮牆圍起。宮牆裡靠牆一面，點著許多鯨油明燈，大如栲栳，用兩三丈長的木桿掛著，每隔幾步便有一個，燈罩上繪滿花彩，遠望高低錯落，燦如錦星。圍著宮牆外面，到處都豎立著大有數丈的木傘，傘下面都有人在那裡坐臥。那所宮殿卻是黑沉沉蹲踞在月光燈影之下，通沒一絲光影透出，好似殿中人俱已睡熟神氣，卻不時聽得一種細吹細唱的樂歌之聲，隨風吹送。

冬秀與三女隨了藍氏父子正行之間，眼看離那宮牆後身只有十丈遠近，忽見藍老鐵把手向後連擺，停了下來。冬秀便照預定暗號，忙拉三女躲向一邊，俯伏在地。這時藍佬石已快步奔向前去，一會回頭招手。藍老鐵引了四女重新前進。原來眾人因正路上防衛太多，改從山坡上爬行下來。誰知這隱僻處的防衛也不在少，沿途盡是一些小木傘低藏凹處。每傘下面俱有四人，拿著兵器在那裡防守。所幸島民良懦，素來無警，除內宮一些死黨為討好俞利，故示忠誠，有許多做作外，宮外這些防守的人，日子一長，見無什事，人多是奉行故事。一過午夜，有的倚背假眠，有的席地而臥，俱已沉沉睡去。

藍氏父子猶恐驚醒防守的人不便，仗著佬石有腰牌口號，總是由他在前探路，看出無警，再回首招呼眾人過去。不多一會，一同走到牆後，先擇了一處隱僻樹林藏好，重商下手之策。

藍佬石悄聲說道：「我在宮中當護衛只有半年多，先只說各路口上俱都有人防守，卻未料到這種隱僻難走的宮牆後面也設有埋伏。且喜人都睡熟，沒被他們看見。現在宮殿裡面奏細樂，這些狗男女定然還多沒睡熟。小的看還是稍等一等，等他們睡了，再同進去下手，要省事得多。」

冬秀知他膽怯，悄問殿上怎無亮光？

藍佬石道：「狗崽又貪涼爽，又怕風寒，除日裡會人時是在殿上外，夜間淫樂卻在地底下一層。殿上所有隔扇，都用布幔遮蔽，以防外人窺探。地室裡卻是燈光如晝，外邊哪裡看得見？小的因為日前雖補上了他的近身護衛，每晚只在上層宮殿隨班上值，地室卻未去過。

「日前聽得人說，下通地室共是三條道路，除正殿寶座後面台階是條正路外，只知有一條直通海口。那裡還備得有船，另有鐵閘開閉出入，不知什麼用處，地方在三位公主日裡上來的礁石的後面暗礁上面。近來狗崽因海水日漲，說那洞已經無什用處，正和藍二龍密計，另開一條道路呢。

「但另外一條，不知在什麼所在。通海這條，須要繞向前面，一則繞走不便，二則有那鐵閘關閉，也無法進入。我們只能從正殿進去。殿上共有狗崽手下二十四名護衛，殿外更不知有多少。他每晚臨與妖婦同睡以前，必令許多赤身美女奏這細樂，直到他二人睡熟方才退去。如照往日，此時早已睡熟，今日想是因狗崽生日，妖婦又不知給他什麼爛藥吃，這般精神。」

正說之間，樂聲忽止，東方已依稀有了明意。冬秀見再不下手，少時天明人起，更費手腳，便對藍氏父子道：「你二人身家性命都在島上，事情如有失手，豈不連累了你們？好在我們虛實盡得，無須你們指引。天已不早，我等自會越牆行事，你二人不必跟去了。」

藍氏父子堅持不肯。本想再待一會進去，因見冬秀和三女心切，又看出有點疑他膽怯，便不再說。探頭往牆內看了看，並無動靜，回身一打手勢，一同越牆入內。

宮中防守之人雖多，一則藍氏父子也是島中有名的好身手；二則俞利壽辰，人們累了一天，都以為不會有什事故，放心假寐的居多；更因藍氏父子熟悉內情，善於趨避，不多一會，便到殿上。藍佬石知道殿門此時緊閉，推不進去。一路鷺伏鶴行，挨著殿上隔扇輕推。

偏巧殿上留值的幾位侍衛因為天氣太熱，嫌閉在殿中氣悶，背了人偷偷虛開了一扇漏風，後來忘了關上。藍佬石正愁無法入內，無心中推到這一扇，見是虛掩，心中大喜。知道裡面還隔有一層布幔，先探頭進去，隱在幔下，偷眼往前一看，見殿中燈燭尚未全滅，除通俞利行樂的地室入口處，有兩人在那裡帶著倦意持戟倚壁防守外，餘下一二十個護衛俱都抱著兵刃蜷臥在地，有的尚似在聚頭低語。知道這般進去，只被一二人發現，便將全數驚醒。

正想不出好主意，猛覺身後有人拉了一下衣袖。回頭一看，見是冬秀等四人。剛要悄問何故，又見冬秀朝外連指。轉身回頭一看，前殿側木傘下面的人，不知何時俱都起身，往殿階上奔走。剛暗道得一聲：「不好！」

忽見那些外侍衛走近殿階，便即止步，坐了下來，紛紛交頭接耳，似在議論什麼。知道蹤跡未被看破，心中略定。猛地又聽殿中噹噹兩聲。再一回首，冬秀和三女俱都不在。忙探頭二次往中殿一看，殿上睡熟的人仍然未醒，只那把守地室門戶的兩個持戟武士業已雙雙跌倒，冬秀和三女正相率往地穴中走去。再一看自己的父親，已經不知去向。

藍佬石暗想：「老父年邁，痛恨俞賊入骨，今晚本不願他同來冒險。一則仗著仙女壯膽；二則知道老人家脾氣，不敢攔他高興，一時疏忽，帶了同來。適才回首時節，只見仙女她們四人。如非在自己未見時隨了三位公主入內，便是遭了毒手。」

他想到這裡，情急關心，便也撩開圍幔，往殿中縱去。卻沒料到隔扇底下，正睡著兩個內殿護衛，佬石下地時，恰好一隻腳踹在一人的腿上，立時驚醒，叫喚起來。佬石方要動手將那人打倒，不想那人一嚷，所有殿中已睡和半睡的二十多個護衛大半驚覺。所幸俞利平日雖無惡不作，島中卻從沒出過一回事，故眾人平順日子過得慣了，俱都不以為意，反問那人亂些什麼？

佬石看見人多，不敢下手，猛地心生一計，便哄那首先警覺的二人道：「我因貪立一些功勞，適才下值，沒有回家，逕往海邊，守候日裡搶去島主美人的海怪動靜。等了一夜，適才竟看見她在海岸近處探身出遊。我想入宮與島王送信，因殿門推不開，才越窗而入。不想誤踹在你的腳上，將諸位驚醒。讓我到地殿中去報信吧。」

其實這班俞利的內殿侍衛，共是四十八人，輪班上值，晝夜不定。因俱認為是精通武藝的心腹，當值時，只要湊足二十四人之數，除另外四個頭子外，餘下並不限定誰是誰替，私下盡可通融。佬石如不說出由外入內，眾人睡夢昏昏之際，大家都是晝夜常見熟人，殿上燈火明亮，最先驚醒的二人已認明是自己人。

那兩名把守地穴的執戟武士，因為四女入殿時，初鳳姊妹三人在前，身手異常剽疾，一到穴口，便一人一個將他弄死，倒臥在寶座後面，有屏風擋住，人一時看不見，或者不致引人疑慮。候到他們二次就睡，再入地穴接應四女，業已成功歸去，也不會發生異日一段美中不足之事。自以為想法甚妙，卻不料反因此露了馬腳。

先聽話的二人倒未怎樣在意，偏偏旁邊不遠的地上，還驚醒了一個頭目，這人便是俞利的死黨。先見是藍佬石誤踹人腳，將人吵醒，也未在意。及聽他說了那一番話，猛想起今夜當值時，他曾說老父有病，不能當值，告退回去，怎地又往海邊去守候海怪？再說牛仙姑曾再三囑咐，那裡環海一帶設了天羅地網，不准人近前，近前便難脫身，他怎能前去？越想疑竇越多。見他說完，便要往寶座後地穴那一面跑，忙喝道：「佬石過來，我問你話。大家也都過來。」說罷，暗將左側睡的兩人踢了一腳。

佬石回身一看，是俞利的死黨起身相喚，知他難惹多詐，未免有點情虛。又見眾人大半注視自己，齊往那人身側走近。知道不去，其勢不行，只得強作鎮靜，走了過去。方想仍用那一套假言敷衍，身才近前，那頭目便喝道：「你們急速分出一半人來，將沒醒的喚起，連島工地宮和各窗戶口一齊把住，我要盤問這廝。」

藍佬石心知不妙，正待解說，那頭目已冷笑道：「我把你這該死的狗崽！你憑什麼敢私往島王地宮惹事？島王雖補你做近身侍衛，你有入宮的號牌麼？」

佬石以為他見自己越級巴結差使，有了醋意，心才略定。便強辯打脫身主意道：「我因無心中看見海怪出現，一時喜極忘形，忘了規矩。請你不要見怪，現在由你去報信領賞何如？我回家去就是了。」說罷，便想往適才進來的隔扇下面奔去。還沒有走出幾步，身後左右諸人早得了那頭目暗示，一擁齊上。

佬石回頭見眾人追來，正要加緊逃出殿左去，忽見一人從屏風後奔出，高叫道：「快莫放他逃走，把守地宮口的兩位武士被人害死了，殿裡恐怕還有別的刺客，快快鳴鐘報警呀！」說時，左右前後的人全都驚起，向佬石包圍迎截上來。

佬石知道蹤跡敗露，除了盼望三女成功，出來解圍，更無活路。又惦記著老父不知去向。立時把心一橫，一不作，二不休。來時因腰間只帶了二尺多長的一把短刀，殿上諸侍衛各持長槍大刀，知難抵敵。就在這一轉瞬間，一眼瞥見殿角大鐘架前面用來撞鐘的八尺來長杵形的一根鑌鐵鐘鎚，正有兩名護衛想要奔近前去打鐘。這鐘一鳴，立時殿外各處的島兵便會全部聞聲齊集，勢更不得了。猛地靈機一動，並不思索，腳底下一墊勁，便往鐘架前飛縱過去。

這殿本為數畝地面寬廣，那鐘架立在殿的西角，兩面靠著石牆，並無出路。一則佬石身輕力健，本領在眾護衛中也算數一數二；二則都只防他逃走，萬沒想到他存下拚死之心，會往鐘架前縱來。

偏偏事有湊巧，那鐘鎚懸掛在鐘架前不遠的一根樑上。佬石情急力猛，縱得太高，剛縱到鐘鎚跟前，用刀使足平生之力，往那繫鎚的兩根索上砍去。足還沒有落地，那準備奔過來打鐘的兩名護衛已經趕到，見佬石在頭上飛起，以為有了便宜。當先的一個舉起手中槍往上便刺，當時只顧刺人，沒防備到鐘鎚近鐘的一頭被佬石用刀砍斷，掉了下來，勢疾鎚沉，正打在那人的前心上面，嗆的一聲，立時口吐鮮血，直往後倒跌開去。

另一個護衛使的也是長槍，正站在死的一個身後，原本跟著想舉槍上刺，被先一個的屍體往懷中一撞，恰巧槍正端起，想讓不及，噗哧一聲，扎了個對穿而過。後來這人一見誤傷了同伴，未免吃了一驚。再加槍尖陷入死人骨縫以內，不易拔出，略一遲頓。佬石眼明手快，業已飄然落地，早認出這兩人具是俞利手下的貼身死黨，平時魚肉同類，無惡不作，便乘他驚慌失措之際，迎面一刀砍去。

也是這人惡貫滿盈，正用力一拔槍，槍未拔出，一見佬石刀到，竟會忘了撒手丟槍，先行讓過，反舉左手往上抵擋。等到刀臨臂上，轉念明白，已是不及。熱天俱著的是單衣，如何能擋得住利刃，被佬石一刀正砍在手腕上面，連筋砍斷，僅剩下一些殘皮和下半截衣袖連住，沒有整個落掉，這才撒手丟槍。

想逃時，佬石更不怠慢，底下一腿，就勢一橫刀背，朝這人腹間扎去，噗哧叭咻連聲，兩具死屍連這人手中兵刃，全都掉落地上。佬石復一縱身，又是一刀，將另一頭繫鐘鎚的索一齊砍落。便將鐘鎚持在手中，雖覺稍微重些，也還將就使用。

這原是轉眼間事，未容佬石邁步上前，適才那個頭目也率了眾人趕到。佬石估量單手持鎚太重，便趁那頭目冷不防，將手中那把短刀迎面飛去。島中諸人自幼就從方良學習暗器，個個能發能避，偏偏又吃了人多的虧。那頭目帶了眾人一窩蜂上來，原以為可將佬石堵在殿角，便於擒拿。不防一刀飛來，頭目在前，一見刀到，忙將頭一低，雖然讓了過去，後面的人卻未看見，內中一個死黨又被那刀斜砍在臉上，翻身栽倒。

這時殿上一片喊殺之聲。佬石也掄開那柄杵形鐘鎚，似瘋狂了一般，指東打西，指南打北。眾人平時雖然俱會武藝，無奈多半是俞利近身死黨，不作海上生涯。一則沒有經過正仗；二則一經入選之後，大都養尊處優，作威作福，武功多半荒廢，哪經得起。佬石平日既受老父之誡，朝夕苦練，又在情急拚命之際，鎚沉力猛，縱然眾寡懸殊，殿門已閉，不易衝出，也不能持久，可是眾護衛已帶傷有好幾個。

那頭目原因斷定刺客只佬石一人，此時便入宮報警，或邀人集眾，既沒有面子，又不好捏詞報功。及見佬石似凶神附體一般，眾人越鬥越畏怯不前，連自己也幾乎挨了一下重的，而鐘鎚已失，無法集眾。

正在怒罵督傷眾人上前之際，猛聽殿門外有多人連聲撞擊，暗罵自己：「外面現在有許多幫手，怎地這般糊塗？」便任眾人和佬石相持，自己縱上前去，將殿門鋼閂一拔。

立時鐵槓落地，一聲鼓噪，殿外面二百多名島兵似已知有警，各持器械齊擁進來。佬石一見敵人勢盛，三女還未出穴，吉凶不定。心中一慌，招式便亂，看看有些支持不住。忽見敵人方面一陣大亂，有人高喊自己名字，好似父親老鐵的聲音。抽空偷眼一看，果然不差，老鐵手執雙刀，正率來的島兵，在追殺殿上原來的護衛呢。

這一來，佬石立時精神大振，喜出望外。轉眼間，島兵擁到面前，幫著自己與敵人爭鬥起來。那頭目開門時節，本想回身率了外來援兵殺上前去。仍盼仗著聲勢，由自己手內將佬石擒到，挽救面子。一聽身後大亂，一回頭便看出眾心離叛，大吃一驚。知道亂子不小，不敢戀戰，逕自溜入地穴。先將通俞利寢宮的道路開了機關，把一座鋼牆封閉，以防變兵侵入。再由另一通道走向宮牆外面主營之中，喚醒主將報警。一面命人傳信島中各死黨前來平亂。

他哪知俞利惡貫滿盈，轉眼伏誅遭報，還以為自己機智神奇，運籌若定，一些也不驚醒俞利，就可將大亂削平。少時升殿，報了奇功，怕不平步登天，立時便補了藍二龍的缺。

島中規矩：那護衛頭目雖只二三等的小將，因是俞利最親信的死黨，緊急之時，可以便宜行事。等他二次由地道回殿，那些島將一聽別殿有警，一面全島傳警，一面各自帶了現有兵將殺入宮來，人數也不下數百。

藍老鐵父子正率領了平日與老輩結納的二百餘名把守宮垣的一千兵將，將殿上侍衛擒殺殆盡，忽然在外露營的幾名島將又帶了島兵殺入。雙方正待交手，藍老鐵便率眾衝至殿階，高叫道：「諸位子姪們，還不快把三位公主顯靈之事說出？我們殺的是狗崽和他手下的幾十個賊黨，盡傷自己人則甚？」

一言甫畢，眾人本俱同居一島，無不相熟，非親即友。藍氏父子這一面的人，便各自喚了對面自己親近人的名字高叫道：「日裡捉去藍二龍的不是海怪，乃是方老爹所生的三位仙女。因見俞利狗崽同他手下這群賊黨無法無天，害得我們大家吃苦受罪，卻便宜他幾十個狗崽快活，方老爹特命三位公主下凡來救我們。先將二龍捉去審問明白，殺了除害。又命三位公主今晨到來，說與藍老鐵叔叔，命他父子引路，現在已到地宮，去捉俞狗崽和妖婦去了，少時便要出來。你們還不快把你們的賊官捉了，叫三位公主少時升殿發落麼？」

這一番話一說，人人果然停步不前，互相交頭接耳起來。那後面統兵諸死黨，一見這般光景，不禁大怒，喝道：「這老狗崽反叛胡噴！這方老爹父女成仙業已十多年，哪有下凡的道理？你們單聽他的妖言惑眾，再不上前動手，少時驚動島王，請牛仙姑施展仙法，還不將這群狗崽捉住，千刀萬剮！那時大家都是死罪。」

喊了幾聲，見眾人仍是逗留不進，惱得一個為首死黨性起，近身的，被他接連用刀砍翻了好幾個。一面口中喝道：「他說仙女顯靈，你們親眼看見麼？再不隨我殺上前去，我們幾個人便先將你們這些不聽號令的人殺死，看你們值也不值？」

眾人雖然心思方良，久已想叛俞利。一則外營人多，事先未經老鐵說好；二則日裡雖有種種傳說附會，到底還沒有人親眼目睹藍二龍被海裡躥上來的三個赤身美女捉去。此時聽對面叛兵吶喊了一陣，細看三位仙女總是不見出來，後面俞利死黨卻又逼得太緊，送命就在目前。積威之下，此時誰也沒想到對這幾個統兵死黨倒戈相向。心裡一顧慮，都打了暫時還是上前動手，等到親眼看見了三位公主，再作計較的主意。當下便吼了一聲，衝上前去。這工夫一耽擱，四外俞利的死黨俱都得了傳報，紛紛帶了島兵前來應援。

老鐵父子先看幾句話就亂了敵人軍心，甚是高興。及至停了一會，眾人受了幾個主將威逼，就要殺上前來。知道眾人為勢所迫，並無鬥志，只要殺了那幾個為首主將，立時瓦解，先還不甚著慌。不曾想四外島兵殺聲動地，也如潮水一般湧到。明知此時三女一現身，便即無事，偏偏三女和冬秀一個不見。後來眼看敵人與先來的會合，相次殺到階前，連自己這一面的島兵也在那裡交頭接耳，面帶憂疑。這才著起急來。勢已至此，只得身先士卒，硬著頭皮迎上前去。

雙方正待接觸，老鐵畢竟老謀深算，猛地心生急智，大罵藍佬石道：「小畜生！只管呆在這裡則甚？還不快到地宮內去將三位公主請了出來，把抗命的人殺他一個不留！」這幾句話一出口，前面眾人又顯出欲前又卻的神氣。那幾個俞利手下死黨，見前面的人又在觀望，後面援兵被前面人阻住不得上前，不由暴跳如雷，各舉兵刃，一邊喝罵眾人，一邊便越眾搶上前去，準備廝殺。

老鐵知道緩兵之計決難持久，這幾個為首敵人個個俱是島中能手，如等他們殺到面前，稍一抵敵不住，眾心便即潰散。正在焦急，忽見最前面敵人紛擾處，一個身材高大的首將手持一柄三環鏈子烈焰叉，飛步從人叢裡搶到階前，大喝一聲：「膽大狗崽，竟敢反叛島王！」言還未了，嘩啦一聲，手中鏈子一抖，早一叉朝階上老鐵當胸打到。

老鐵知道這人是俞利手下數一數二的心腹勇將，名喚郎飛，武藝精通，力猛如虎，所使一柄三環鏈子叉長又重，單憑手中兵刃，休說抵敵，連近身都不得能夠。連忙將身往後一縱，退避回去。郎飛就勢往階上縱來。老鐵這一面的島兵，起初敵人聲勢雖大，還不怎樣畏懼，一見他也得信趕來，知道此人性如烈火，殘忍凶暴，哪裡還敢迎敵，嚇得紛紛往殿上倒退。

前面島兵雖一再被老鐵拿話唬住，一則始終沒有三女出來，漸漸由信生疑；二則後面幾個主將連殺帶打，催逼得緊。一見郎飛一到，只一照面，便將變兵嚇退，立刻換了一番心理，齊聲吶喊，也跟著殺上前去。

這面老鐵剛將敵人的叉避過，猛聽對陣中喊殺聲起。自己這面不俟與敵人交手，已露出潰敗形勢，知道自己若再稍微怯戰，立時瓦解。當下把心一橫，大喝一聲：「方老爹有靈有應，快顯神通呀！」一面喊，腳一點地，用足平生之力，連人帶槍縱起空中，直朝殿階中腰的郎飛分心刺去。

也是真巧。那殿階由上到下，高有一丈七八。郎飛素來得理不讓人，身剛奔到階前，頭一叉抖出手，見老鐵不敢迎敵，緊跟著就勢一變招式，由飛龍探爪化成長虹吸水，仗著力猛叉沉，向殿上島兵橫掃過去。島兵又都嚇得紛紛倒退，不由起了輕敵之心，哪把這二三百個變兵放在心上。滿打算憑自己一人，就可斬盡殺絕，少時去向俞利請功。當下一縱身，就上有丈許多高，腳未立定，三次叉又出手。

因為出手太疾，殿上島兵不及避讓，早有兩個被他掃倒。那叉尖橫掃在第二人身上，勢子未免略緩了緩。內中有一個島兵人極愚蠢，武藝雖然平常，卻有一把子好氣力。原與那打倒的兩個同夥並排站在一處，郎飛叉到，一害怕，想往後退，沒想到身後人多擁擠，退不下去。略一延緩之間，郎飛的叉頭業已掃到面前。猛地急中生智，就勢往橫裡一縱，順手抄住叉頭，死命往上便拉，再也不肯撒手。身後兩個島兵也看出便宜，搶上前來相助。

郎飛叉柄原有護手套在手腕上面，見叉頭被人接住，用力往懷裡一抖，三個島兵紛紛跌倒在地。郎飛原是一勇之夫，心神一分，沒有貫注全局。冷不防老鐵在他叉頭剛要被島兵接去時，憑空飛起，沒有容他二次用力回拽，一桿精鐵鑄就的長槍，業已由上而下刺到胸前。

郎飛一手被叉的護手套住，抽不開來，叉在人手，脫身不得。猛見老鐵的槍刺到胸前，心裡一慌，不由自主，舉右手叉柄便想隔架。不曾想對面三個島兵俱都死命緊持叉頭，和他對扯，吃他一抖跌趴地上，並未鬆手。他這裡用叉柄去擋老鐵的槍尖，被那持叉頭的三個島兵死命用力往懷裡一扯，郎飛匆忙慌亂中，顧此失彼。就在敵人槍尖寒光耀眼之際，覺著手上猛地一動，身子便不由自主地朝前一撲。口裡剛喊得一聲：「不好！」老鐵一柄尺許長的槍尖業已到了胸前。

兩下都是急勁，無法躲閃，等到郎飛想用左手去攔搶敵人槍頭時，已是不及，噗哧一聲，槍尖透胸而入。雙方全是迎撞之勢，力猛勢疾，老鐵槍尖竟是透穿郎飛背脊，連槍身都隨尖沒入尺許。郎飛哪裡經受得住，負痛一著急，暴雷也似大喝一聲，一隻左手便朝槍桿上打去。

老鐵情急拚命，無心刺中敵人要害，腳落階沿。剛得站穩，正要將槍拔出，吃郎飛這一掌力量何止千斤，槍桿立時打折。老鐵虎口都被震開，再也把握不住，連忙撒手將槍丟去。知郎飛力猛如虎，手腳厲害，恐他還有絕招，連忙縱過一旁時，耳聽郎飛狂吼一聲，已被上面三個島兵拉倒，斜躺在階沿上面，帶著胸前半段長槍，死於非命。

下面為首幾個膿包主將先見郎飛得勝，一面打罵手下，早已越眾向前，各率一些心腹島兵蜂擁而至。剛趕上了台階，郎飛已經身死倒地，各自心裡一驚，腳下雖然停住，還在催促別人上前。當時便是一陣大亂。

老鐵見郎飛身死，心中大喜。殿上那些島兵見敵人中最厲害的已被老鐵刺死，不由軍心大振，退後的也都折轉身來，朝前喊殺。老鐵仍因寡不敵眾，一面約住眾人，對方如不殺上殿來，不可動手，仍照先前一樣，齊聲吶喊說：「三位公主已到，正在地宮擒住俞利這狗崽和妖婦審問。如念方老爹在時的恩德和現在成仙後的法力，可急速投降，以免同受誅戮，玉石俱焚！」

下面幾個為首主將見郎飛身死，雖然心中膽寒，聲勢少挫，及見老鐵並未追殺下來，勢子一緩，畢竟還欺敵人勢孤力薄，不住口地喝罵，催眾上前。這幾人手下也各有一些有本領的死黨，這時也都相繼趕到階前，彼此略一觀望，一聲吶喊，便往殿階上殺來。

老鐵業已另外取了一件兵刃，挺身立在階前，約束進退。見這番敵人勢眾，來的又都是島中精銳，知道無可避免，只得嚴陣以待，眼看接觸。老鐵方在驚慌，忽聽身後一陣大亂，似有人喊道：「大家閃開，公主來了！」

剛一回身，便見數十條明光耀眼的東西從頭上越過，朝下面敵人打去，敵人方面挨著的，便紛紛受傷倒地。

定睛一看，身後島兵紛紛往兩邊閃退，佬石脅下夾著適才去與俞利同黨報信的幾個護衛頭目，已綑得像餛飩一般，獨自當先在前領路，身後緊跟著冬秀和三鳳姊妹。不由大喜，朝下高聲大喝道：「三位公主已經出來，你們還不快些丟了手中兵器，跪下投降，要等死麼？」言還未了，佬石、冬秀已引了三女來到殿階前面。

老鐵這才看清初鳳一手還夾著俞利，業已半死；二鳳手上卻提著那妖婦的首級。知道大功告成，越發喜出望外。見三女還待往殿階下面走去，恐怕多傷無辜，忙朝佬石使了個眼色，再向三女跪稟道：「狗崽已誅，除了幾十個他的狗黨外，餘者俱是為他勢力所迫，只要他們悔悟投降，請三位公主饒恕他們吧！」說罷，就初鳳手中接過俞利，又命佬石也向二鳳手裡要過妖婦的首級，一同舉起。正要朝下宣示德威，猛見敵人叢中一陣嘈雜喧嘩，亂做一團。

原來三女在地宮中殺了妖婦，捉了俞利，看見宮中許多兵器件件精奇，寒光耀眼，不由愛不忍釋，各人夾了一把準備帶回海底玩弄。及至佬石擒了頭目，入宮報警，出來接應老鐵時，三鳳單手夾著十來件長槍刀矛之類，與冬秀二人緊隨佬石身後。一出殿門，便見下面敵人喊殺連天，聲勢浩大。三鳳一著急，首先放下所夾兵刃，取了兩桿長槍朝下擲去，便有兩個敵人應聲而倒。初鳳、二鳳也跟著學樣。

這一來，殿下面的島兵連死帶傷，便倒了一大片。先聲奪人，本已有些膽寒，又聽老鐵在那裡高聲呼喊三位公主出來了。

為首幾個主將先還以為老鐵又使故智，只管督促手下往上衝鋒，沒有在意。誰知老鐵喊聲未了，轉眼工夫，三女果然出現，俞利和妖婦一個就擒，一個授首。蠢的幾個還在暈頭轉向，高聲喊殺；稍微聰明一點的，早已腳底明白，回身便想往人叢裡逃走。

這些島兵，平日心目中早深印下方良的影子；有那見過三女幼年時相貌的，將耳聞目睹，湊和在一起；又聽了老鐵父子的先後宣示，存下先人之見，深信是仙女臨凡，自不消說。就是那些沒見過的幼年島兵，因為日裡三女擒走藍二龍，搶去美女，種種傳說，又加三女出現時的威勢，早已人心不搖自動。再加上有好些人家感戴方家恩德和平日所聞方良仙去的奇蹟，處於俞利和他一干爪牙淫威挾持之下的島民，一旦見三女真個現身，俞利、妖婦被擒伏誅，立刻轉變過來。早不等上面吩咐，先已不約而同地高喊道：「三位公主真個奉了方老爹之命，來捉島王，搭救我們。怪罪的只是幾個為首的狗黨，與我們無干，還不跪下求恩麼？」

這幾個一領頭，餘人也都相繼隨聲附和，紛紛丟了兵刃，跪倒乞恩，叩頭不止。那幾個先開步逃走的主將，在人叢裡走沒幾步，早吃一些眼明手快，貪功取巧的島民一擁齊上，分別按倒，擒至階前獻上。同時那不知死活，還在喊殺的幾個死黨，也吃身旁的島兵打倒。除了一些其惡未彰，自知或能倖免，轉變得快，先行跪降的外，凡是想逃走的，一個也不曾漏網。

冬秀見事已大定，當時因海底波濤險惡，三女僅止生具異稟神力，善於水居，並非什麼神仙之類，未免存了一點自顧的私心。略一尋思，便向三女道：「三位恩姊如今大仇已報，照來時所說，原應歸去才對。只是元惡雖去，餘孽尚未伏辜。島中人民俱是老伯的舊日袍澤，聽老鐵父子所說，雖然為俞賊淫威挾制，一心仍是懷念故主。所以三位恩姊一出，立即倒戈歸順。此時一走，島中群龍無首，必定紛亂。倘又為俞賊奸黨所挾，豈非又入水火，違了老伯在時愛護人民厚意？三位恩姊能在此更好，否則亦請暫為島民之主，先將俞賊與他手下黨羽宣示罪狀，明正典刑，等到選出公正島王，再行歸去，也還不遲。」

初鳳一心記著老蚌別時之言：報仇之後，便即回宮，紅塵不可久居，自誤仙緣。方在搖頭不允，三鳳初經繁華，見了塵世上許多飲食服用，無不新奇，首先就活了心。二鳳也在躊躇不決。姊妹三人只管爭論不休，難決去留。冬秀乘機朝老鐵父子使了個眼色。

老鐵父子正想挽留三女，正合心意，先高聲說了一遍，便率領眾人跪下，哭求起來。這時全島人民俱都得了三個公主降凡信息，個個喜出望外，扶老攜幼，全數齊集宮牆內外。聽老鐵父子在殿上說了挽留三女做島主的話，連殿階下許多投降的島兵都一齊跪倒，哭喊之聲，震動天地。

三女原本絕頂聰明，這一日夜工夫，對於人事語言，已經明白大半。見殿前左右同宮牆內外的人民全都跪滿，號哭挽留，有的竟以死相挾，如不應允，便全數蹈海尋死，不由也有些感動。

初鳳先還不允，架不住二鳳、三鳳、冬秀三人再三勸說，知道此時不便強違眾意，暗想：「俞利被擒尚未伏辜，母墓未掃，反正得把這些事辦完再走，何不暫時假意應允？等俞利正法，祭完母墓，再逼著我兩個妹子偷偷回轉海底，豈非兩全？」當下便朝冬秀連說帶比，表示暫留之意。

冬秀大喜，對眾人大聲說道：「公主已有允意，爾等暫止悲號，聽我代為宣示。」一經傳佈三女有了允意，立時宮殿內外歡聲雷動。冬秀又命眾島民起立，推舉幾十個長老和島兵，拿了島中平素所用的刑具上殿來，幫同會審俞利。

不一會，由全島人民中選了二十餘個年高有德的長老，先上殿階，去見三女。冬秀知道這些人俱與方良同時共過患難，未來前，早悄聲囑咐三女，見時以禮相待。三女知旨，等這些老人上來，便盈盈拜了下去。老人們自是謙謝不遑。

冬秀又吩咐將俞利平素所用的寶座抬至階前，請三女居中坐定。另給這些長老也看了座位。一面命佬石去準備香案和方良夫妻的靈位。眾島民認為三女已是仙人，還這般知禮敬老，益發心喜愛戴，感激涕零。

一會，老鐵將執刑服役的武士選好，拿了刑具上階，分侍兩旁。佬石也將香案、靈位設好。冬秀請三女上香叩祝，全島人民自是相隨跪叩不迭。冬秀為使島民親眼目睹三女手刃大仇，行禮之後，便命人在海岸邊豎立一長一短兩個高竿，將香案靈位抬去放在高竿下面。人多手快，真是令出風行，立時辦妥。這才命老鐵父子先將妖婦首級掛在短的一根高竿上示眾。然後再率兩名島兵押過俞利。

那俞利在地穴中業已身受重傷，先只認作逃走的美女勾了黨羽前來報仇，乘他熟睡不備，殺了妖婦，將他擒住。一心還在癡想，以為全島爪牙密佈，能手眾多，只要當時不被敵人刺死，一出地穴，便不愁沒人搭救。及至被三女夾著出了地穴，漸漸聽出三女來頭甚大，是仙人降凡，已覺不妙。後來更聽出敵人正是方良之女，全島人民業已倒戈相向，手下黨羽大半被擒，知道決無活理。暗罵自己當年那些黨羽誤事，沒有將三女也和方良一樣殺死之後，再行拋入海內，以致留下禍根。

正在悔恨，胡思亂想，一聽冬秀傳話，吩咐帶他，已是膽寒。再一眼看到所取來的刑具，俱是自己平時用來處治異己的非刑，狠毒異常。知道慢說求生絕望，連想求個速死也未必能夠，越發嚇了個膽落魂飛。驚急中，想起敵人性暴，適才地穴中被擒時，略微掙拒，便吃她一刀，幾乎連肩砍落。事已至此，只好還是用言語激怒敵人，求個速死，以免多受荼毒。

俞利主意打定，剛一張口想罵，誰知冬秀恨他入骨，已防到這一著，手裡解下一把槍纓在旁相候，等他罵還沒有兩句，早縱到他的身旁，將那一把槍纓整個合他嘴裡填塞進去。俞利口張不開，瞪著兩隻怪眼，一句也喊不出，只有任人宰割。

那冬秀更是毒辣，且先不收拾俞利。又命老鐵父子將台階下一千餘黨押了上來，共是二十七個。冬秀先問明老鐵這些人的惡行罪狀，分別首從，挑出了六個為惡最甚的人，朝著下面全島人民宣佈了罪狀，眾無異詞。再把二十一名從惡定了監禁，暫行押在牢內，聽候次日發落。然後把這六個首惡押跪在俞利身旁，指著在地宮中取來的那一堆刑具，問道：「我隨我父母自幼生長江湖，後來長大，才洗手為人保鏢。雖然闖蕩江湖已有多年，像這般奇怪的刑具，也還有好些個我沒有見過。你們既是俞賊手下爪牙，想必知道用處。如今三位公主命我代她們審判，也不殺你們，只先將你六人試一試你們平時用的新鮮玩意，一人一件，熬得過，我便放你們。死活各憑天命，如何？」

這六人到了此時，平日威風早已化為烏有，知道倔強更難活命。偏偏冬秀挑出來的那六樣刑具，俱是當時俞利與手下死黨處治異己，費盡心思想出來的非刑。雖不見得件件要命，無不狠惡非常，任是鐵打銅鑄，也難禁受。這種零碎地受宰割，還不如速死痛快。一聽報應臨頭，昔日施之於人者，今日便要輪到自己身受，怎不魂驚膽落。六人中有兩個膿包的，早已哀聲求饒。稍微剛強一點的幾個，也是不住哀求，賜一速死。

冬秀笑罵道：「我已問明藍二龍，三位公主的幾個仇人，枉為俞賊害人，臨了還是被俞賊殺了滅口。只剩下他一人，已為三位公主昨日擒往海底仙府之內正法。你們這夥餘孽，雖然作惡多端，並非三位公主的仇人，我只是代全島人民除害。少時試完了刑，便用一條小船將你們送往海內，死活看你們各人的造化。只可惜害我全家的那一些餘黨，尚在海上打劫未歸。少不得事完之後，我仍要請三位公主大顯神通，將他們一網打盡。你們想想，平時害過多少人？作過多少惡？不要你們狗命，還不便宜？前昨兩日我落在你們手中，也曾苦求過，你們理麼？」說罷，便命老鐵父子率了島兵，將那六件刑具拿起，每人一件，試用起來。

那刑法原分刺、癢、酸、麻、痛、脹六種，一經試用，由不得他們不啼笑雜呈，神號鬼哭，如那待死的豬羊一般，發出一片極難聽的哀聲。不消半個時辰，那六人禁受不住，全都暈死過去。冬秀便命抬過一旁，由他們自醒。這才分別輕重，一件一件地選出刑具來，與俞利挨次試用。

第六章　莽莽紅塵

那俞利平時以新刑施諸異己，引為樂事，今日見了這般慘狀，心情自與往日不同，觸目心驚。正在揣測仇敵要用哪一件來對付自己，猛聽二次將他押過，不由嚇了個魂飛天外。

冬秀先替三女數罵了一頓，然後指著他道：「這一次該輪到你了。」說罷，便下位去，命老鐵父子相助，自己親自動手，由輕而重，把六件非刑全給俞利試遍。每暈死一回，便用涼水噴醒過來。略容他緩一緩氣，再行動手。只制得俞利哭一會，笑一會，疼、癢、酸、麻、脹全都躬親嘗試，死去還魂了四五次，才行試完，已是奄奄一息。

三女不知冬秀心意是一面拿仇人洩忿出氣，一面想藉此留住三女，使她深受眾人愛戴，好在島中常住。見日色偏西，天已不早，昨晚吃了煙火食後，幾自覺出腹中有些饑餓，便催冬秀急速將俞利處死。

冬秀看出三女心意，自己忙了大半日也覺有些腹饑。便悄聲告訴老鐵吩咐別殿執事，準備上等酒食。然後回身走向三女身側，悄聲說道：「小妹豈不知三位恩姊急於回轉仙府，無奈十多年殺父之仇與全島人民的公憤，不能就此便宜了他。二則島上人民盡都是當初老伯在日帶來，方登樂土，便遇惡賊為虐，心念故主之恩，淪肌浹髓。此時如走，必然逼出許多人命，老伯在天之靈也是不安。

「適才我將俞賊的嘴堵住，一則防他和藍二龍那狗賊一般求死惡罵；二則還是防他說出老伯歸天，是他陰謀害死。好在全島的人都當老伯仙去，當時下手的奸黨，除俞賊外全數伏辜，決無洩漏。正可藉此時機，選一賢明島主，使眾人重享安樂，以符老伯在日之志。三位恩姊縱不樂居紅塵，也應體念老伯遺志，權留些日，等島主舉出，再行回轉仙府。島上人民不論尊卑，因為有了這場事，俱以為有仙人在暗中福善禍惡，誰也不敢為非作歹。把這一島造成永久的世外桃源，豈不是老伯積下了無量功德？」

言還未了，三鳳搶答道：「我們還得到母親墓上行祭，今天反正是回去不成。只不過我們想到海中弄點東西吃，要你先把俞賊殺了，打發眾人走去，才好下去罷了。」

冬秀笑道：「殺俞賊須三位恩姊下手，那極容易。若說遣散眾人，這些島民心思不用問，定是怕三位恩姊暗中回轉仙府。就令他們散開，也必有許多人晝夜防守挽留。只有等過些日子，眾人看出三位恩姊俱都沒有走的意思，才好想法回去。如今要他們相信，全數走開，哪有這般容易？至於吃的，三位恩姊也應該略微享受人間之味，我已令人辦去了。」

初鳳因二鳳、三鳳俱有留島之意，聞言雖然不願，一心只記準老蚌別時之言，不過知道冬秀也是一番好意，並且當日回宮已是不及。打算明日祭墓之後，再暗勸兩個妹子一次，如若不聽，決計獨自先回，以防萬一宮中寶物出現，失了良機。主意打定，當時也不說破。冬秀見初鳳並無話說，自己私願十有九可望如意，暗自心喜不置。

這時俞利幾經非刑處治，死而復甦，嘴又被人堵住，遍體都是鱗傷。已疼得肌肉亂顫，透不過氣來。冬秀親到俞利身前仔細看了看，見他氣息僅屬，奄奄待斃，知已離死不遠。便對俞利道：「若非三位公主再三催促將你正法，我還想給你多受點罪，方消我殺父之仇。雖然便宜你速死，只是你一人須抵不了多少命債。待我先斫你幾刀，再請三位公主行刑。我和你的仇恨不消說了。這是三位公主的事兒，你也知道。如今這般治你，不冤枉吧！」

俞利聞言，已聽出冬秀心存異念，想利用方良仙去之說，來治理全島人民。並且看出三女雖因報殺父之仇，要他的命，並不像冬秀這般狠毒，也無據島為王之心，想給她揭穿，偏又張不開口。只急得瞪著一雙眼睛望著仇人，紅得似要冒出火來。冬秀知他怒極，笑罵道：「你這狗賊！還不服嗎？待我給你將嘴裡塞的東西掏了出來，讓你換口氣如何？」

俞利不知是計，還在打主意：「反正免不了慘死，只要能張口，便給她喊破，至不濟，也惡罵她幾句。」誰想冬秀更毒，一面說，早放下手中刀，從一件刑具上摘下一隻鉤子。俞利被綁倒在地，也沒看見。等到冬秀扯去口中槍纓，正張口伸舌，想吐去滿口碎麻再罵時，冬秀左手扯槍纓，一見他吐了口氣，舌頭方伸出，早就勢右手一鉤，將他舌頭鉤住，往外用力一扯。順手抄起地下的刀，齊嘴唇一割，俞利的半截舌頭便已割斷，順口角鮮血直流。疼得只在喉嚨裡哼了兩聲，連聲音都未能急喊出來，手足微一掙扎，又已暈死。

冬秀親自接過老鐵手中冷水噴了兩口，方得二次回生。一見冬秀含笑站在面前，低頭望著自己，滿臉俱是喜容，自是恨逾切骨。怎奈身落人手，別無計較，便暗中拚死般提起氣力，含著滿口鮮血，朝冬秀臉上噴去。

俞利雖是垂死之人，平時內外武功俱有很深根底；何況又是情急拚命，作困獸之鬥，不顧傷處疼痛，將周身所剩一點餘力，運足氣功，用在這一口血上。冬秀武功本來平常，在那得意忘形之際，以為仇人還不是一任自己隨意宰割，萬沒防到他會有此絕招。見俞利死又還魂，因見殿階旁諸長老見俞利受刑慘狀，先時還不怎樣，末後一次，有幾個竟將眼看向別處，大有不忍之意。不便再多加荼毒，滿想再給他兩下，便去請三女下位動手。

猛見俞利口張處，眼前紅光一閃，料知不妙，想避已是不及，竟噴了個滿臉開花，立時覺著臉上似無數釘刺肉一般奇痛非常。幸而眼閉得快，稍慢一些，怕不打瞎才怪。吃了大虧，不由毒火中燒，也無心注意旁觀的人如何，扯起衣角，略一抹拭面上血痕，蹿上前去，避開正面，用刀朝俞利口中一陣亂攪亂撬，卻不往下扎去。轉眼工夫，將俞利一張嘴割了個亂七八糟，連上下唇帶門牙全部弄碎。又給他腿背上不致命的所在找補了幾刀。俞利又是死去還魂了兩三次。冬秀也覺力乏，才住了手，回身請三女。

當時冬秀盡忙著收拾俞利，並暗中打算如何利用時機去做島中女王，雖然臉上疼痛未消，並沒在意。反是三女因冬秀聰明巴結，善體人意，身世又極可憐，惺惺相惜，對她已無殊骨肉。

起初見冬秀用刀在俞利頭、臉、腿、臂上連割帶削，流了一地的鮮血，殿側列坐的諸長老都目視旁處，後來竟自以袖障面，二鳳、三鳳還不怎樣，初鳳卻覺冬秀報仇稍過。及見冬秀一回身，滿臉俱是血痕，先已聽冬秀後退時「噯呀」連聲，知道受傷不輕。二鳳、三鳳同仇敵愾，自不消說，連初鳳也大怒起來，當下同時立起，走向俞利身側。

冬秀道：「這狠賊萬死不足以蔽其辜！小妹殺父之仇，已略報一二。三位恩姊不可便宜了他。反正他也活不了兩個時辰，給他一頓亂刀砍死，再將他一顆狠心取出來敬神吧。」

三女聞言，果然取了三把快刀，一齊下手。俞利十年為惡，一旦遭報。當冬秀住手時，已是十成死了九成，僅止知覺未斷，哪還禁得起這一頓板刀麵，幾下便已斷氣。冬秀恨猶未消，幫著三女一連亂砍。三女力猛手沉，不一會，砍成一堆血肉。才將首級割下，從爛腸破肚之中，用刀尖將一顆心挑了出來。命老鐵將首級持去掛在長竿之上示眾，賊心用來祭靈。餘下賊黨，等候明日掃墓之後，再行發落。

分派已畢，佬石已命宮中廚房將酒食備好，設在偏殿之中。冬秀傳命眾人散去。眾人哪裡肯散，有那在宮牆外擠不進來的人民，因隔得太遠，沒有看清公主的容貌，還想請求到殿階下面瞻仰。冬秀幾經命老鐵父子向眾申說，天已不早，公主以後既然久留，終會相見，大家可以回去，各安生理，此時正在進膳，無須如此亟亟。眾人方才散了大半。那些島兵，便由老鐵父子率領，各自歸隊。除惡行素著者外，餘人概行豁免。

初鳳姊妹雖然入世不深，見冬秀處理井井有條，也都佩服，讚不絕口。

初鳳在席間笑對冬秀道：「我姊妹三人因受恩母遺命，不回海底，難免誤卻仙緣；況且島上之事，一概不知，也難治理。我看姊姊是個幹才，何妨便代我們作了島中之主？一則省得姊姊水中上下不便，二則也符島人之望，豈非一舉兩得？」

冬秀笑答道：「慢說我本無此德能，昨日俘虜，今作島主，難以服眾。縱然三位恩姊錯愛，如今賊首妖婦雖死，還有妖道和一些餘黨未歸。適才在地宮中擒俞賊時，妖婦已經驚醒，如非二恩姊下手得快，出其不意，將她刺殺，那滿宮中的無情毒火，轉眼燒到面前，如何抵擋？後來雖知她只是個障眼法兒，但妖道是她丈夫，想必比她厲害。三位恩姊如不在此，留下妹子一人，孤掌難鳴，到時豈不也和俞利一般，任人宰割？況且全島人民思念故主，一念忠誠，三位恩姊一去，就說他們不真個相率投海，難道又任他等在妖道回來後墮入水火之中麼？」

初鳳聞言，沉思了一會，便問二鳳、三鳳兩人怎樣？二女俱都附和冬秀的主張，三鳳更是堅決。初鳳好生憂急。少時用完酒宴，冬秀因地宮血跡污穢，便命老鐵父子將宮中許多婦女全數放出，本島有家的還家，無家的等到明日另行擇配。只留下四名服侍的宮女。另率人將宮中幾具賊黨屍首抬出掩埋，打掃乾淨聽用。

當晚便請三女離了別殿，宿在王宮之內。出殿時節，島民聞信，齊集別殿宮牆外面，夾道歡呼。一路上香花禮拜，燈燭輝煌，自有一番歡樂氣象。及至到了王宮起居別殿之中，又更華麗非常。真是堂上一呼，階下百諾，起居飲食，無不精美。

第七章　重返珠宮

話說人情大抵喜新厭舊。海底紫雲宮雖是仙宮，一則三女在那裡生息多年，過慣了，不以為奇；二則彼時仙書未得，還有許多靈域奧區未曾開闢；三則人間繁富，尚係初來，三女不能辟穀，海底仙藥猶未發現，每日只吃異果海藻，衣服更談不到，一旦嘗了人間滋味，又穿了極美觀的衣服，未免覺得人間也是一樣有趣。除初鳳質厚心堅外，餘人俱有樂不思蜀之想。初鳳一再重提前事，二鳳、三鳳雖不曾公然反抗，均主暫留。

初鳳見勸說不聽，便對二女道：「你們既願在這裡，明日祭墓之後，我只好獨自回去。紫雲宮中異寶不現，決不再來。冬秀姊姊不能涉水相隨，下去須吃許多苦頭。你二人須記取恩母之言，紅塵不是久戀之鄉，務要早回，以免惹些煩惱，自誤仙根。」二女不假思索，滿口應允。冬秀勸了一陣，見初鳳執意不從，只好由她。因二鳳、三鳳願留，已是喜出望外，便不深勸。

四女在宮中宿了一宵，次日一早起身，宮牆外面已是萬頭攢動，人山人海。冬秀安心顯示島上風光，早命老鐵父子準備舊日俞利所用儀仗，前呼後擁，往方母墓地而去。因為方母葬處地勢偏僻，俞利本沒把此事放在心上，島民又只知往方良夫婦廟中敬獻，方良死後，無人修理，墓地上叢草怒生，蓬蒿沒膝。三女自免不了哭奠一場。

冬秀知三女對於世俗之事不甚通曉，仍然代三人傳令，吩咐如何修葺。祭墓之後，又往昨晚所去的廟中祭奠方良。三女想起父親死時慘狀，不由放聲悲哭起來。冬秀恐島民看出破綻，再三勸慰才罷。祭畢出來，初鳳當時便要告別。冬秀道：「大恩姊當眾回宮，恐為島民所阻。不如晚間無人，悄悄動身的好。」

初鳳道：「你們只不想隨我回去便了，如想走時，何人攔阻得住？你可對他們說，我姊妹三人已選你為島主，留下二妹三妹暫時相助。我宮中無人照料，急須回轉。他們如相攔，我自有道理。」

冬秀沉思了一會，知她去志已決，無法挽留，只得在廟前山坡上，略改了幾句意思，向眾曉諭道：「三位公主原奉方老爹之命，來為你們除害，事完便要回去，是我們再三挽留。如今大公主急須回轉海底仙府向方老爹覆命，留下二、三兩位公主與我為全島之主。命我代向全島人民告辭，異日如有機緣，仍要前來看望。」

島民因昨日三女已允暫留島上不歸，先以為初鳳覆命之後，仍要回來，還不怎樣。及至聽到末兩句，聽出初鳳一時不會再來，不免騷動起來，交頭接耳，紛紛議論。沒等冬秀把話說完，便已一唱百和，齊聲哭喊：「請大公主也留島中為王，不要回去。」

冬秀見眾喧嘩哭留，正在大聲開導，忽見初鳳和二鳳、三鳳說了幾句，走向自己身前，剛剛道得幾句：「姊姊好自珍重，除了妖道餘黨之後，須代我催二妹三妹急速回去，便不枉你我交好一場。」說罷，腳一頓處，平空縱起一二十丈，朝下面眾人頭上飛越而過。接連在人叢中幾個起落，便已奔到海邊。冬秀連忙同了二鳳、三鳳趕到時，初鳳已經縱身入海，腳踏洪波，向著岸上島民含笑舉了舉手，便已沒入波心不見。

島民見大公主已去，挽留不及，一面朝海跪送；又恐二、三兩位公主也步大公主的後塵，紛紛朝著二鳳、三鳳跪倒，哭求不止。冬秀知島眾不放心，忙拉了二鳳、三鳳回轉。島眾見二、三公主真個不走，才改啼為笑，歡呼起來。二鳳、三鳳當日同了冬秀回宮，無話。

第二日，冬秀命老鐵用幾隻小舟，將俞利手下數十個黨羽放入舟內，各給數日糧食逐出島外，任他們漂流浮海，死生各憑天命。一面問了島中舊日規章，重新改定，去惡從善，使島民得以安居樂業。

因知妖道邪法厲害，如等他回來，勝負難測。仗著二鳳、三鳳精通水性，想好一條計策：派佬石選了幾十名精幹武士，駕了島中兵船，請二鳳、三鳳隨了前去，暗藏艙中。由投降的俞利心腹大官中再選一可靠之人，充作頭目，假說俞利壽日，酒後誤食毒果，眼見危急；妖婦因島中出了妖怪，不能分身，接他急速回去，有要事商議。等他到派去的船上，由二鳳、三鳳下手，將他刺死。再傳俞利之命，說從妖婦口中探出妖道謀為不軌，只殺他一人，命妖道船中所有餘黨全數回島，聽候使命。等這些餘黨回到島中，再行分別首從發落，以便一網打盡。佬石領命，便同了二鳳、三鳳，自去不提。

事也真巧，冬秀如晚一天派人，事便不濟。那妖道原本定在俞利生日那天趕回慶祝，偏巧在洋裡遇上一陣極大的颶風，連刮了三日。妖道本領原本平常，本人雖能御風而行，卻不能連那兩隻大船也帶了走。僅仗著一點妖法，將船保住，躲入一個島灣裡面，避了三天。等到海裡風勢略定，俞利、妖婦業已就戮了。

因為俞利壽日已過，這次出門從洋船上打劫了不少玩好珍奇之物，另外還有兩個美女，滿心高興。打算把那兩個女子真陰採去，先自己拔個頭籌，再回島送與俞利享受。歸途中，只管同了盜船中兩個為首之人盡情作樂，一絲也不著忙。

這一面二鳳、三鳳隨了佬石，到了船上，見茫茫大海，無邊無岸，走了半日，還看不見個船影子。一賭氣跳入海中，先想趕往前面探看。無心中推著船底走了一段，覺出並不費什大勁。前行了一陣，仍不見盜船影蹤。姊妹二人嫌船行太慢，便回身推舟而行。

這同去的人，原是俞利舊部，雖說為二鳳姊妹的恩威所服，畢竟同是在島中生息長大，盜船中人大半親故。有幾個膽大情長一點的，因知出海行劫的這一夥餘黨大半是首惡；妖道平時作威作福，不把人放在眼裡：死活自不去管他們。餘人這次要回島去，決無倖理，未免動了臨難相顧之心，各自打算到時與各人的親故暗透一個消息，好讓他們打主意逃生。及見二鳳、三鳳下水以後，船便快一陣，慢一陣，末後竟似弩箭脫弦一般，衝風破浪，往前飛駛，頃刻之間，駛出老遠。

這只兵船，俞利新製成不久，能容二三百人，又長又大，比起妖道乘往洋裡行劫之船還大兩倍。眾人見二鳳、三鳳下水便沒上來，不知她姊妹二人幼食老蚌精液，生就神力，在底下推舟而行，以為是使什仙法。妖道平時呼風行船，還沒她們快。個個驚奇不置，不由有些膽怯起來。

又行了一陣，佬石在舵樓上用鏡筒漸漸望著遠方船影。恐二鳳姊妹還要前進，迎上盜船，出水時被妖道看破，動手費事，船行疾如奔馬，反無法命人打招呼。正在為難，恰巧二鳳姊妹推得有些力乏，嘩的一聲帶起一股白浪，自動躥上船來。佬石便說前面已見船影出沒，恐是盜船，請二鳳姊妹藏入艙底。

二鳳姊妹眼力極強，聞言定睛往前面一看，果然相隔里許開外，洪波中有一隻船，隨著浪頭的高下隱現，船桅上豎著一桿三角帶穗的旗，正與島中的旗相似。佬石知是那盜船無疑，一面請二鳳姊妹藏好，一面忙作準備。兩下相隔半里，便照舊規，放起兩聲相遇的火花信號。

妖道正在船上淫樂，聞報前面有本島的船駛來，知道島中兩隻大兵船業已隨著自己出海，新船要等自己回島之後才行定日試新，怎便駛出海來?便猜島中必有事故，忙命水手對準來船迎上前去。

佬石因新降之人不甚放心，再四重申前令，告誡眾人：兩位公主現在舟中，稍有二心，定殺不宥。等到船臨切近，除那頭目外，暗禁眾人不可到對船上去。自己卻裝作侍從，緊隨那頭目身側，以防萬一洩了機密。眾人中縱有二心，一則害怕二位公主，二則佬石精幹，防備甚緊，暫時俱是無計可施。

佬石監視著那頭目，說俞利誤服毒果，昏迷不醒，島中無人主持，偏巧島岸邊又鬧海怪。現奉牛仙姑之命，用新製好的兵船，前來接他一人回去，搭救島主。至於那隻盜船，最好仍命他在海中打劫，無須駛回。

妖道對於俞利原未安著什麼好心，幾次想將俞利害死，自立為王。只是妖婦嫌妖道貌醜，貪著俞利，說此時害死俞利，恐島民不服，時機未至，再三攔阻。妖道有些懼內，便耽擱下來。此時一聽俞利中毒，不但沒有起疑，反以為是妖婦弄的手腳，接他回去篡位。因盜船上多半是俞利手下死黨，恐同回誤事，故此止住他們，不消幾句話，便已哄信。

依了妖道本心，當時恨不得駕起妖風趕回。一則那頭目說仙姑有話，新船務要帶回；一則也捨不得那隻大船，恐人看破失去。反正那裡離島已不甚遠，見原乘兩船中俞利的黨羽已在竊竊私語，知已動疑，滿心高興，也不去理他們，竟然隨了頭目、佬石縱過新船。

海上浪大，兩船相併，本甚費事，妖道過船，這邊船鉤一鬆，便已分開。妖道想起還有那搶來的兩名美女，二次縱將過去，一手一個，夾縱過來。盜船上人見他什麼都是倚勢獨吞，又聞俞利中毒之言可疑，個個都是敢怒而不敢言。妖道也是運數該終，過船之後，越想越得意，不等人相勸，便命將酒宴排好，命那頭目作陪，兩個美女行酒，左擁右抱，快活起來。他這裡淫樂方酣，艙中二鳳姊妹早等得又煩又悶。三鳳更是心急，不等招呼，拿了一柄快刀，便自走出。二鳳恐有閃失，連忙跟出。

妖道醉眼模糊，方在得趣，忽見側面隔艙內閃出一個絕美女子，一些也沒在意，回身指著那頭目笑道：「你來時在海上得了綵頭，卻不先對我說，此時才放她走出。」一面說著，放開懷抱中女子，便打算起身摟抱三鳳。

說時遲，那時快，三鳳早縱到席前，舉刀當頭就砍。妖道眼前一亮，寒風劈面而至，方知不好，膝蓋一抬，整個席面飛起，朝三鳳打去。口裡剛說得「大膽」兩字，正準備行使妖法，沒防到二鳳乘妖道回頭與那頭目說話之際，早從三鳳身後躥到妖道身後，手起快刀，一聲嬌叱，朝妖道頭頸揮去。

妖道防前不顧後，往後一退，正迎在刀上。猛覺項間一涼，恰似冰霜過頸，連「嗳呀」都未喊出，一顆頭顱便已滴溜溜離腔飛起，直撞天花板上，吧嗒的一聲，骨碌一滾，落在船板上。頸腔裡的鮮血，也順著妖道屍身倒處，泉湧般噴了出來。

妖道一死，佬石便命將船頭掉回，去追兩隻盜船時，偏巧兩隻盜船正疑妖道夫婦鬧鬼，並未疑到旁處，俱打算暗自跟在大船後面，回島看個詳細，並未遠走。反是見大船回頭來追，以為惱了妖道，有些害怕。可又不敢公然違抗，見了大船上旗令，勉強停住。因妖道素日手段凶辣，未免懷著鬼胎。及至船臨切近，聽說妖道伏誅，大稱心意，一些也沒費事，便隨了大船回轉。

那些與盜船上有親故關係的幾個，因為佬石監察甚嚴，誰也不敢暗中遞個消息，見他們俱都中了道兒，只叫不迭得苦。那裡離島原只大半日路程，當時正當順風大起，無須女子下水推行，照樣走得甚快。事已大定，佬石早請二女換了濕衣，在中艙坐定，監督兩隻盜船在前行走。

盜船中人雖然遠遠望見後船中艙坐著二女，因洋裡不比江河，二船雖同時開行，前後相隔也有半里遠近，觀望不清，俱以為大船來時，在洋裡得的綵頭，沒有在意。船行到了黃昏時分，便抵島上。冬秀早將人埋伏停當，船一攏岸，等人上齊，一聲號令，全都拿下。當時將二女接回宮去。將盜船上劫來的兩名美女交給執事女官，問明來歷擇配。一干餘黨押在牢內。

當日無話。第二日，冬秀同了二鳳、三鳳升殿，召集島中父老，詢明了這些餘黨的罪惡。有好幾個本應處死，因第一次處治那些首惡，也曾網開一面，特意選定兩種刑罰，由他們自認一種。第一種是和處治上次餘黨一般，收去各人兵刃，酌給一些食糧，載人小舟，任其漂洋浮海，自回中土，各尋生路。第二種是刖去雙足，仍任他在島中生活，只另劃出一個地方，與他們居住。非經三年五載之後，確實看出有悔過自新的誠念，不能隨意行動。

這夥人平時家業俱在島中，拋捨不開，再加海中風狂浪大，鯊鯨之類又多，僅憑一葉小舟，要想平安回轉中土，簡直是萬一之想，自然異口同聲甘受那刖足之刑，不願離去。

冬秀原是想襲那島王之位，知道全島並無外人，大抵非親即故，想以仁德收服人心，又恐這夥人狼子野心，久而生變。明知他們知道孤舟浮海，九死一生，料到他們願留不願走，才想了這兩種辦法。一經請求，便即答應，吩咐老鐵父子監督執刑。

這時俞利黨羽已算是一網打盡，島眾歸心。二鳳、三鳳只知享福玩耍，一切事兒俱由冬秀處理，由此冬秀隱然成了島中之王。她因島民崇拜方氏父女之心牢不可破，自知根基不厚，除一意整理島政外，對於二鳳、三鳳刻意交歡，用盡方法使其貪戀紅塵，不願歸去。日子一多，二鳳、三鳳漸漸變了氣質，大有樂不思蜀之概。

自古從善政之後，為善政難；從稗政之後，為善政易。島民受俞利十多年的荼毒，稍微蘇息，已萬分感激。何況冬秀也真有些手腕，恩威並用，面面皆到。加以有二鳳、三鳳的關係，愈發懷德畏威，連冬秀也奉如神明了。

冬秀和二鳳、三鳳在安樂島上一住三年，真可稱得起政通人和，百廢俱興。她以一個弱女子隨了老親遠涉洋海，無端遇盜，遭逢慘變，全家被殺，自身還成了俎上之肉，眼看就受匪人的摧殘蹂躪。彼時之心，但能求得一死，保全清白，已是萬幸。救星天降，不但重慶更生，手戮大仇，還作了島中之主，真是做夢也不會想到。滿想留住二鳳姊妹，仗她德威，勵精圖治，把全島整理成一個世外樂園，自身永久的基業。

偏偏聚散無常，事有前定。那二鳳、三鳳先時初涉人世，對於一切服飾玩好貪戀頗深。年時一久，漸漸習慣自然，不以為奇。第三年上，不由想起家來。冬秀本因二鳳姊妹雖然應允留島，卻是無論如何誘導勸進，不肯即那王位。對於島事，更是從不過問。又知她姊妹三人情感甚好，年時久了，難免不起思歸之念，心裡發愁。後來更從三鳳口中打聽出她姊妹二人不問島事，乃是初鳳行時再三叮囑。並說她姊妹三人既救冬秀一場，她又是凡人，不能深投海底，索性好人做到底，由二鳳、三鳳留在島中，助她些時。等過了三年五載，二鳳、三鳳縱不思歸，初鳳也要出海來接。現在三鳳自己去留之計尚未打定，二鳳已提議過好幾次了。

冬秀一聽，越發憂急起來。人心本是活動，二鳳姊妹彼時尚未成道，又很年輕，性情偏浮。起初相留，固是連胞姊相勸都不肯聽；此時想去，又豈是冬秀所能留住？一任冬秀每日跪在二女面前哭求，也是無用，最終只允再留一月。

冬秀明知自從初鳳走後，從未來過。當時二鳳、三鳳要暫留島中，尚且堅持不許，此時二女回去，豈能准其再來？平時聽二女說，紫雲宮裡只沒有人世間的服食玩好，若論宮中景致，島上風光豈能比其萬一？再加宮中所生的瑤草奇葩，仙果異卉，哪一樣也是人間所無。二女這三年中對於人世間的一切享受已厭，萬難望她們去而復返，正在日夜愁煩。

這日昇殿治事，猛想：「初鳳三年沒有信息，莫非宮中金庭玉柱間的瑰寶已經被她發現，有了仙緣遇合？不然她縱不念自己，兩個同胞姊妹怎麼不來看望一次？起初只為海底波濤險惡，壓力太大，自己不精水性，不能出沒洪波。這三年來，日從二鳳姊妹練習，最深時，已能深入海底數十丈，何不隨了二鳳姊妹同去？拚著吃一個大苦頭，有她二人將護，料不致送命。倘若冒著奇險下去，能如願以償，得在地闕仙宮修煉，豈不比做小小島國之主還強百倍？」

冬秀暗自打主意既定，立時轉憂為喜。下殿之後，便往二女宮中奔去。到了一看，二女正在抱頭痛哭呢。冬秀大吃一驚，忙問何故？二鳳還未答話，三鳳首先埋怨冬秀道：「都是你，定要強留我們在島上，平日深怕我們走，什麼地方都不讓去。如今害得我們姊妹兩個全部回不去了。」

二鳳道：「這都是我們當時執意不聽大姊之勸早些回去，才有這種結果，這時埋怨她，有何用處？」說罷，便朝冬秀將今日前往海中探路之事說出。

原來二鳳早有思歸之念，直到三鳳也厭倦紅塵，提議回宮去時，二鳳因冬秀始終恭順誠謹，彼此心意又復相投，情感已無殊骨肉；又知此次回宮，初鳳定然不准再來，此行縱然不算永別，畢竟會短離長，見冬秀終日泣求，情辭誠懇，不忍過拂其意。心想：「三年都已留住，何在這短短一月？」便答應下來。

這日冬秀與二女談了一陣離情別緒，前去理事。二鳳猛想起，自從來到島上，這三年工夫，冬秀老怕自己動了歸心，休說紫雲宮這條歸途沒有重踐，除帶了冬秀在海邊淺水中練習水性，有時取些海藻換換口味外，連海底深處都未去過。當時因想反正來去自如，姊妹情好，何必使她擔心多慮？況且淺水中的海藻一樣能吃，也就罷了。

昨日無心中想取些肥大的海藻來吃，趕巧紅海岸處所產都不甚好，多下去有數十丈，雖說比往日採海藻的地方要深得多，如比那紫雲宮深藏海底，相去何止數十百倍。當時海藻雖曾取到，兀自覺著水的壓力很大，上下都很費勁。事後思量，莫非因這三年來多吃煙火，變了體兒？地闕仙府歸路已斷，越想越害怕，不由急出了一身冷汗。便和三鳳說：「久未往海底裡去，如今歸期將屆，程途遼遠。今日趁冬秀不在宮中，何不前往海底試一試看？」三鳳聞言，也說昨日潛水，感覺被水力壓得氣都不易透轉等語。

二鳳聞言，益發憂急。姊妹兩個偷偷出宮，往海岸走去。到了無人之處，索性連上下衣一齊去盡，還了本來面目，以為這樣，也許好些。誰知下海以後，只比平時多潛入了有數十丈，頗覺力促心跳，再往深處，竟是一步難似一步。用盡力氣，勉強再潛入了十來丈，手足全身都為水力所迫，絲毫不受使喚。照這樣，休說紫雲宮深藏海心極深之處，上下萬尋，無法歸去，就連普通海底也難到達。幼時生長游息在貝闕珠宮，不知其可貴；一旦人天迴隔，歸路已斷，仙源猶在，頗似可望而不可即，怎不悲憤急悔齊上心來。拚命潛泳了一陣，委實無法下去。萬般無奈，只得回上岸來，狼狼狽狽回轉島宮，抱頭痛哭。

恰值冬秀趕來，本想冒著奇險與二女同去，聞言不禁驚喜交集。猛地心中一動，眼含痛淚，跪在二女面前，先把當日來意說了。然後連哭帶訴道：「妹子罪該萬死，只為當初見島中人民初離水火，沒有主子，難免又被惡人迫害，動了惻隱之心，再三留住二位恩姊。只說島中人民能夠永享安樂，那時再行回宮也還不遲。不想竟害得二位恩姊無家可歸，如今已是悔之無及。妹子受三位恩姊大恩，殺身難報。落到這般地步，心裡頭如萬把刀穿一般，活在世上有何意味？不如死了，倒還乾淨。」說罷，拔出腰間佩劍，便要自刎。

三鳳一見，連忙劈手一掌，將冬秀手中劍打落，說道：「你當初原也是一番好意。二姊說得好，此事也不怨你一人。我只恨大姊，不是不知道我姊妹不能久居風塵，不論金庭玉柱中所藏寶物得到手中沒有，也該來接我們一回才是。那時我們入世未深，來去定能自如。那怕我們不聽她話，仍咬定牙關不回去，今日也不怨她，總算她把姊妹之情盡到，何致鬧到這般地步？她怎麼一去就杳無音信，連一點手足之情都沒有？

「我想凡事皆由命定。我姊妹三個，雖說恩母是個仙人，從小生長仙府，直到如今，也僅只氣力大些，能在海底游行罷了，並無別的出奇之處。命中如該成仙，早就成了，何待今日？既是命裡不該成仙，索性就在這島上過一輩子，一切隨心任意，還受全島人民尊敬，也總比常人勝強百倍。大姊如果成了仙，念在骨肉之義，早晚必然仍要前來接引，否則便聽天由命。我姊妹二人，永留此島，和你一同作那島主。譬如我父親沒被俞利所害，我們二人自幼生長在島上，不遇恩母，又當如何？」

冬秀見苦肉計居然得逞，臉上雖裝出悲容，卻暗自心喜，正想措詞答話。二鳳先時只管低頭沉吟，等三鳳話一說完，便即答道：「三妹不怪人，便盡說氣話，當得什用？你又沒見著大姊，怎知她的心意？大姊為人表面雖說沉靜，卻最疼愛我們，斷不會忘了骨肉之情。況且我二人不歸，恩母轉劫重來，也不好交代。焉知不是當初見我二人執迷不返，特意給我們一些警戒？依我看，金庭玉柱中寶物如未發現，她不等今日，必然早來相接同歸了。三年不來，仙緣定已有了遇合。不是在宮中修煉，便是等我們有了悔意，迷途知返，再行前來接引，以免異日又落塵網。我們仍還要打回去主意，才是正理。」

三鳳道：「這般等，等到幾時？反正我們暫時仍做我們的島主。她來接引，更好；不來接引，也於事無礙。我們已不似從前，一入水便能直落海底，哪裡都可游行自如，有什麼好主意可打？」

二鳳道：「話不是如此說。來時路程，我還依稀記得。我們此時知悔，大姊也是一樣深隔海底，未必知道。依我之見，最好乘了島中兵船。我們三人裝作航游為名，將島事托與老成望重之人，一同前往紫雲宮海面之上。以免一路上都在水上游行，泅乏了力，又無有歇腳之所。等到了時，我和你便先下去，能拚死命用力直達海底宮門更好；否則，老在那所在游泳。大姊往日常在宮外採取海藻，只要被她一看見，我們只是吃不住水中壓力過大，別的仍和以前一樣，只須大姊上來兩次，背了我們將水分開，即可回轉宮去。假如她的寶物已得，仙法練就，那更無須為難，說不定連冬秀也一齊帶了，同回海底。大家在仙府中同享仙福，豈不是好？」

三鳳聞言，不住稱善。當下便催冬秀速去準備，預定第二日一早便即起程。論年歲，冬秀原比二女年長，先時互以姊姊相稱。只因受恩深厚，又因二女受島民崇拜關係，冬秀執意要當妹子，所以年長的倒做了妹妹。閒話表開。

冬秀當時聞言，情知未必於事有濟，但是不敢違拗。立刻集眾升殿，說二位公主要往海中另覓桃源，開避疆土。此去須時多日，命老鐵父子監國，代行王事。一切分派停當。第二日天一明，便即同了二鳳姊妹上船，往紫雲宮海面進發。

島民因冬秀私下常說大公主曾在暗中降過，說已稟明方老爹派二、三兩位公主監佐島政，再加親見二鳳姊妹屢次出入洪波，俱是到時必轉，日久深信不會再走。況且此次又與冬秀乘船同出，除集眾鼓樂歡送外，一些也沒多疑。

二鳳以為當初由宮中起身，在海中行路，不消兩個時辰便達島上，行舟至多不過一日。誰知船行甚慢，遇得還是順風，走了一日，才望見當初手戮藍二龍的荒島。三鳳好生氣悶，又要下船推行。

二鳳攔道：「我們來此，一半仍是無可奈何，拿這個解解心煩，打那不可必的主意。遇好玩的所在，便上去玩玩。多的日月已過，也不忙在這一日兩天。我們原因多食煙火，才致失去本能。正好乘這船行的幾天工夫，練習不動煙火，專吃生的海藻，蓄勢養神，也許到時氣力能夠長些。此時心忙則甚？」

說時，又想起那荒島側礁石下面的海藻又肥又嫩，和宮門外所產差不甚多。反正天色將晚，索性將船攏岸，上去採些好海藻，吃它一頓飽的，月兒上來再走，也還不遲。當下便命人將船往荒島邊上行去。一會船攏了岸，二鳳姊妹命船上人等各自飲食，在船上等候。同了冬秀往荒島上去，繞到島側港灣之內。二鳳姊妹便將衣服脫下，交與冬秀，雙雙跳入水內，游向前海，去採海藻。

冬秀一人坐在灣側礁石上面，望著海水出神。暗忖二鳳姊妹歸意已決，雖然她二人本能已失，無法回轉海底，但是還有一個初鳳是她們同胞骨肉，豈能就此置之度外？早晚總是免不了一走。目前島政修明，臣民對於自己也甚愛戴，二女走不走俱是一樣。無奈自己受了人家深恩大德，再加朝夕相處，於今三年，情好已和自家骨肉差不多。自己一個孤身弱女，飄零海外，平時有二女同在一處，還不顯寂寞；一旦永別，縱然島國為王，有何意味？

再說二女以前留島俱非本心，全係受了自己鼓動。起初數月還可說是島民無主，體上天好生之德，使其去憂患而享安樂，就是為了自己打算，也還問心無愧。後來島事大定，不論自己為王或另選賢能，均可無事。彼時如放二女走去，二女本質受害還淺，也許能回轉海底仙府。不該又用權術，拿許多服食玩好去引三鳳留戀。假使真個因此誤了二女仙緣，豈非恩將仇報？想到這裡，不由又愧又悔，呆呆地望著水面出神。

正打不出主意，忽聽椰林內隱隱有群獅嘯聲。猛想起昔年與三女在此宰割藍二龍，受群獅包圍衝襲，險些喪了性命。三鳳那麼大力氣還被獅爪斷去一臂。後來多虧一虎面龍身的怪獸將獅群趕走。雖在方良舊居石屋中尋了刀創藥，將三鳳斷臂醫好，終因當時流血過多，筋骨受損，至今沒有復原。現在二鳳姊妹下去了好一會，天都快黑，怎還不見上來？仗著自己已經學會水性，如果群獅襲來，便跳下水去，也不致遽膏獅吻，心中雖然膽怯，還不怎樣害怕。

又待了一會，獅吼漸漸沉寂，有時聽見一兩聲，彷彿似在遠處，便也不做理會。遠望海心一輪明月，業已湧出波心。只來路半天空裡懸著一片烏雲，大約畝許，映著月光，雲邊上幻成許多層彩片，雲心仍是黑的。除這一片烏雲外，餘者海碧天晴，上下清光，無涯無際。四外靜盪盪的，只聽海浪拍岸之聲，匯為繁響。覺得比起避難那一年晚上所見的景色，雖然一樣的清曠幽靜，心境卻沒這般閒適。屈指一算時間，三年前的今天晚上，正好被難遇救，真是再巧也沒有。

冬秀正在對著月光回首前塵，心中感慨。猛聽海水響動，月光下照見前面港灣轉側處，海水忽然裂了個丈許寬的巨縫，浪向兩旁分開。當中一股黑影高出水面約有丈許，直向離身不遠的海岸邊衝來，嘩嘩連聲大響，海波分處，那股黑影業已衝上岸來。等到全身畢現，方看出那東西長有十丈，形狀似龍非龍，與那年所見虎面龍身之物相似，但要長大些。只是沒有看清，晃眼工夫，竄入椰林之內。方在吃驚，浪花湧處，又竄起兩條白影，持刀定睛一看，正是二鳳姊妹。一見面，便同聲齊問：「冬秀見著那東西麼？」

冬秀見二女同來，心中大喜，便將適才所見說了。二鳳姊妹聞言，更不答話，急匆匆各持兵刃往林內追去。冬秀也隨後追趕，追了半里多路，人獸都沒有追上。恐有獅群在暗中潛襲，獨個兒有些害怕，只得仍回水邊等候。

過了半個時辰，二鳳姊妹方才回轉。三鳳急得直跺腳道：「都怪我不好。我們已合力將牠擒住，偏生我這隻手臂前年為獅所傷，使不上勁。就在二姊伸手取海藻的工夫，被牠掙脫逃走。又不該顧拾這把牢什子刀，沒有追上。這東西先前不知怕人，好捉。如今吃了苦頭，想必見人就躲，一上岸就跑得沒了影子。知道哪年哪月才擒得到呢？」說時甚是惶急。

冬秀不明二女要生擒那東西則甚，正要想問，又聽二鳳道：「三妹總是性急。這東西既以海藻為糧，這島不大，一面有污泥阻路，只要肯費工夫，總擒得到。好在我們無心中已發現牠的短處，有了制牠之法。此時空愁有什用處？」說罷，便將採來的幾片海藻大家分吃，三人坐在石上，邊吃邊說海中遇怪之事。

第八章　虎嘯龍翔

原來二鳳姊妹到了水底，游向前年取海藻之處一看，哪裡還有。暗想：「前年這地方海藻甚多，並且這東西生長極繁，就算被海底魚類吞食，像這方圓約有十里的一大片，也不會被牠們吃盡。」

算計不是事隔三年記憶不真，看錯了地方，便是前面還有。想著想著，不覺游出老遠。間或遇上一些，也都不甚肥嫩，還不如安樂島海濱所產，不值一取，便丟了不採。又往前走有數里，忽見前面翠帶飄動，游魚往來上下，如同穿梭一般。心中高興，便將腰中所佩的刀拔在手內，準備上前割取。

二女天生異稟，幼服老蚌靈液，兩目在水中視物，如同白日之下，觀察甚是敏銳。剛往前穿行沒有幾十步，忽見海藻叢中直打水漩，漩起兩三丈大小的圓圈。四外和上下的水，依舊靜沉沉地停著。漩圈以內，卻是空的。二鳳因這種海底空漩，平生從未見過，先疑是那裡有什海眼。但漩圈上的水卻又不往下壓，好似有什麼無形無質的東西將海水憑空托住，心中奇怪。那一片地方的海藻又是格外長大肥多，目光被藻帶阻住，看不甚清。翠影披拂中，彷彿裡面伏著一個帶角有鱗的東西，卻沒見牠行動。

二鳳比三鳳來得機警，猜是海中蛟龍海怪之類，不敢輕易涉險。正想拉著三鳳同走，不去生事，偏巧三鳳看上當中兩片極肥嫩的海藻，頭往前一低，兩手一分，早平著身子，冒冒失失地往漩圈之內衝了進去。

水中只能以手示意，不能說話。二鳳一個未拉住，見三鳳已經衝進，恐防有失，連忙跟蹤而入。眼看三鳳在前，一手提刀正往那當中的兩片肥大海藻上砍去。就在這一晃眼的工夫，忽從三鳳身旁海藻叢中躥起一條龍形怪物，也沒傷人，逕往側面穿去，連頭帶尾，長有十丈開外，形體甚是長大得駭人。

二鳳姊妹常在海中游行，怪魚如虎鯊鯨、鱷象之類的厲害東西也常遇著，似這樣似龍非龍的東西卻是罕見。先時不敢輕易招惹。後見那東西經行之處，水漩也在跟著移動，離那東西的頭部四外十來丈左近，水竟自然避開。等到緩緩游向側面海藻叢中，才想起似在哪裡見過。細一尋思，正與前年在荒島上趕走獅群，給姊妹三人解圍的虎面龍身怪獸相似。如不虧牠，那些惡獅何止百數，姊妹三人豈不膏了獅吻？

當時因為忙著尋報父仇，也沒再尋那怪獸的下落。後來連問島人，俱說從未見過，日久也就不再提起。不想這東西還有分水之能。因這怪物以前曾給自己解過圍，又未見牠有傷人之意，不由把恐懼之心減了一半。再往牠伏處一看，四外海水依然空漩著。姊妹二人同時想起這東西既有分水之能，看上去又頗馴善，倘能將牠制伏，駕馭著回轉紫雲宮，豈非一樁妙事？

當時因為求歸海底心切，也不暇計及危險。互相一打手勢，仗著那東西行得緩慢，自己天賦本能未曾喪盡，水底游行比魚還快，決計跟蹤過去，試探行事。誰知行近漩圈之內，那東西本似在翹首閉目假寐，偶一睜眼，見有人來，又復警覺避向別處。一連多次，俱是如此。

二女見牠游得較快，有時遇見片肥大的海藻，便順嘴咬去嚼吃。雖說避人，並不見有什惡意，不由膽子越來越大。追逐了好些時候，漸漸越追越近。末一次，三鳳見那東西愛吃海藻，又覺察牠轉折時姿態，只須避開牠後面，不致被長尾掃著，便無妨礙。即使惹翻了牠，也有法躲。便和二鳳打了個手勢，仍由二鳳從側面去驚牠，決計衝入空圈之內試試。自己找了幾片肥大海藻，繞出它的前面，猛地迎頭堵去。右手急握劍柄戒備，左手便準備那兩片大海藻向怪物嘴上遞去。

這時三鳳因為身臨切近，身在空處，腳已踏實在海沙上面，看清那怪物後半身仍在水內，只頭部前半身周圍沒水。三鳳身子離水，便不能和在水中一般自在起落。那怪物卻又生得高大，昂起頭來，離地足有兩三丈高下。三鳳見兩下相差太甚，雖說怪物不傷人，面對面地看了那般獰惡凶猛的形態，未免也有些膽怯，再加身子不在水中，不敢過於大意。就這遲疑之間，那怪物已低頭張開大嘴來咬。

三鳳一害怕，忙把身子往後一退。不料一腳正踏在海底淤泥裡面，將一條玉腳陷進半截，急切間拔不出來。那怪物已經張開血盆大口，緩緩游了過來。三鳳無法，正帶刀準備抵敵，覺著左手一動，怪物的頭忽然停住，不往下落。定睛一看，漂來那兩片海藻比手中刀要長出好幾倍。三鳳因是情急用力，無心中左手也舉了起來。那怪物本不傷人，只是奔了三鳳手中的海藻而來，恰好迎個正著。那怪物竟和養馴了的家畜一般，就在三鳳手裡嚼吃。吃到一半，三鳳將手一鬆，被牠啣了就轉身。同時二鳳也從側面衝入空圈以內。

三鳳忙叫道：「二姊留神！這裡盡是極黏膩淤泥，我已被陷在此。這東西很馴善，你快將牠轟開，放水進來，我好脫身。」

原來海底那一灘並非淤泥，乃是鯨魚的糞，日久年深，沉積海底，又黏又膩。三鳳正踏在上面，所以急切間無法脫身。

二鳳一聽三鳳之言，忙繞到怪物身後，舉手中刀背朝怪物腰間打去。怪物正吃三鳳手中海藻，猛然身痛一回頭，便朝二鳳拱去，來勢甚疾。二鳳恐牠野性發作，身子又站在無水之處，逃遁不速。見怪物血口張開，朝自己衝來，不及躲閃，一著急，順勢橫著刀背朝怪物面部打去，正打在怪物鼻尖上面。二鳳才悔下手匆忙，沒用刀砍，用了刀背，這一下怎能將怪物斫傷？勢必益發將牠觸怒，更難抵敵。想到這裡，猛地靈機一動，順著刀背在怪物鼻間一按之間，就勢騰身一縱，跨上怪物頸間，騎了上去。

說也奇怪，那樣長大，生相凶惡的東西，吃二鳳一刀背打在鼻上，竟然將頭一低，乖乖地全身俯伏下來。二鳳先不知這一刀背正打在怪物的癢處，見牠如此馴善，心中正在奇怪。百忙中舉目朝前一望，三鳳仍在淤泥中掙扎不出。心想將怪物轟開，好使三鳳脫身。好在自己騎上怪物頸間，不怕牠反咬。又舉刀背往怪物頸側拍去，原想將牠趕走。誰知怪物因鼻間受了一刀，竟然伏身地上，動也不動。二鳳連連喝拍，過有一會，怪物才自行起去，往側面海藻叢中游去，好似不知身上還騎著人一般，照舊吃牠的海藻。

怪物一離開，海水依然湧至。三鳳一得了水，拚命用力一掙，便將兩腿拔出。見二鳳已騎在怪物身上，將牠制伏，這一喜真是非同小可，連忙奔了過去。

二鳳知那怪物水陸兩棲，適才赤身下海，沒有帶著繩索，想把怪物趕到海岸上去。見那怪物一任自己用刀背在身上亂拍亂打，牠只顧低頭吃那海藻，不做理會；全不似頭一下，一打下去便貼伏不動。正在無計可施，猛地一使勁，刀背斜了一些，也不知斫在怪物什麼地方，那怪物一護痛，登時野性發作，便在水裡亂轉亂旋起來。

這時正值三鳳趕到，怪物又將頭一昂一低，便要作勢往三鳳身上撞去。二鳳猛地想起剛才，身子騎在怪物頸間，本搆不著怪物的頭面，怪物這次將頭一昂，正好夠著。便將身往前一伏，舉起手中刀背，朝怪物頭面部連打。偏巧頭一下就打中怪物癢處，立時全身癱軟，臥伏下來。二鳳這才看出那怪物的鼻子是牠短處。等怪物停了一會，就抬手照樣又給牠一下，果然依舊貼伏。心中大喜，連喊：「三鳳，你莫上來，只用你手中兵器按著牠的鼻子，牠便不動。」

三鳳聞言，便用刀背去按緊怪物的鼻子。怪物睜著一雙怪眼望著三鳳，一些也不動，似有乞憐之容。三鳳因牠以前有救命之恩，心中老大不忍，手剛鬆了一會，怪物便將頭昂起。刀背一按，重又跪倒。

二鳳說道：「你只隨我到岸上，將你練習熟了，送我姊妹到紫雲宮去，我們決不傷你。」說罷，因怪物喜吃海藻，便命三鳳：「按緊這怪物的鼻尖，不要移動。我去給牠取點海藻來。」一面說，跳下身，奔往海藻叢中，挑那又肥又大的海藻，割了好些游回。正要騎將上去，三鳳見怪物鼻尖為刀背所壓，酸得眼淚長流，不由又動憐惜之心，便叫二鳳給牠些海藻吃，自己並將手鬆開。這次因為按的時間稍長，待了好一會，怪物才將頭昂起，緩緩伸將過來。

二鳳姊妹見牠比先前益發馴善，不由疏了防範。二鳳將手中刀夾脅下，兩手分持海藻，一片一片地遞去餵牠。怪物先就二鳳左手中零的慢慢嚼吃了兩片，猛地張開血盆大口，竟往二鳳右手中那一束多的咬去。二鳳不及躲閃，被牠全數咬住。以為牠貪吃多的，本就是餵給牠的，也沒怎樣在意。

怪物咬住整束海藻一甩，便脫了二鳳的手，大口一張一張，落了滿地。二鳳哪知牠的用意，一面低頭去拾，口中還罵道：「我把你這貪多嚼不爛的畜生，沒的糟踐好東西！」一言未了，誰知那怪物竟使下心計，趁二鳳去拾海藻，三鳳看牠吃得出神之際，猛一伸頭，張開大口直撲三鳳。

三鳳見勢不佳，忙橫刀背去按牠鼻子時，已是不及，被怪物將頭一偏，嘴張處，恰好將三鳳的刀咬住。人力哪裡敵得住神獸，吃怪物咬著只一甩，便已脫手飛去。接著扭轉身，分水逃走。三鳳方喊：「二姊快來！」怪物已逃出老遠。回身時節，差點沒被長尾掃上。三鳳忙就地下將刀拾起，同了二鳳，緊緊追趕。

二女水行，雖比怪物迅速，無奈怪物這次有了機心，邊走邊擺動那條長尾，水浪排蕩如山，不能近前。加上頭昂水外，即使追上，人也搆不著牠的鼻子。繞來繞去，追逐到了二女下水之處，一不小心，吃怪物轉身時節一尾掃到。幸虧二女在水中比魚還要靈活，忙將身往下一沉，緊貼海底，沒被打中。等到起身，怪物已逃到岸上。連忙追上岸去，已經躥入椰林深處，沒有追上。

三女在海岸邊上，算計怎樣才能將那怪物擒住。因這東西身軀龐大，下手不易，商量了一陣，終無善法。最後由二鳳回轉大船，攜了繩索用具酒菜之類，準備就在海邊露宿，不將怪物擒住不休。

去時二鳳一同船上人等，因適才與怪物是在海中爭鬥，除浪大一些，並無別的動靜。二鳳暗喜，便命大家不許上岸，只在船上候命，便即回轉。二鳳、三鳳除飲一點酒外，已決計不再進食煙火之物。

冬秀多吃海藻不慣，便做了飯菜，一人獨吃。二鳳姊妹不時前往椰林之內窺探，盼那怪物出現，不覺到了半夜。這時海岸上月白風清，美景如畫，上下天光，一碧無際。椰樹高達二三十丈，碧蓋亭亭，影為月光照射地上，隨著微風交舞。再加上獅吼虎嘯之聲，時遠時近，越覺添了許多野趣。

三女面向海岸，且談且飲，言笑方酣。冬秀一眼望見適才所見來路上那片烏雲，忽然越散越大，變成一個長條，像烏龍一般，一頭直垂海面，又密又厚。映著雲旁邊的月光，幻成無數五色雲層，不時更見千萬條金光紅線，在密雲中電閃一般亂竄，美觀已極。海濱的雲變幻無常，本多奇觀，尤以颶風將起以前為最。像今晚這般奇景，卻是自來安樂島三年之中從未見過，不禁看出了神。三鳳見她停杯不飲，面向著天凝望，笑問道：「一年四季好月色多著呢。我們商量事，你卻這般呆望則甚？」

冬秀指道：「你看這雲映著月光，卻成了烏金色，有多好看！」一言未畢，便聽呼呼風起，海潮如嘯，似有千軍萬馬遠遠殺來。岸上椰林飛舞擺盪，起伏如潮。晃眼之間，月光忽然隱蔽，立時大地烏黑，伸手不辨五指。猛覺腳底地皮有些搖晃。

二鳳姊妹和冬秀俱都年輕，閱歷甚少，從沒見過什麼大陣仗。方在驚疑慌張之際，猛地又聽驚天動地一聲大震，腳底地皮連連晃動。冬秀首先跌倒。二鳳聞聲，方將她勉強扶起，尚未站定，一股海浪已像山一般劈面打來。三女支持不住，同又跌倒。勉強掙扎起來，高一腳低一腳地往後退去。那一片轟隆爆炸之音，已是連響不絕，震耳欲聾。三女退還沒有幾步，適才坐談之處，忽然平地崩裂，椰樹紛紛倒斷，滿空飛舞。電閃照處，時見野獸蟲蛇之影，在斷林內紛紛亂竄。

這時雷雨交作，加上山崩地裂之聲，更聽不見野獸的吼嘯，只見許多目光或藍或紅，一雙雙，一群群，在遠近出沒飛逝罷了。海岸上斷木石塊被風捲著，起落飛舞，打在頭上，立時便要腦漿迸裂。還算是二鳳姊妹天生著一雙神眼，看得甚真，善於趨避，沒有被牠打中。除身上被驚砂碎石打了不少外，尚未受著大傷。

驚慌逃竄了一會，二鳳猛想起這般地震狂風，岸上飽受驚駭，為何不到水底趨避，就便保全三條生命？想到這裡，連喊數聲，俱為風號地裂之聲所亂，三鳳、冬秀對面無聞。二鳳一著急，只得一手一個，拉了便往前躥。

這一來，三鳳、冬秀也都恍然大悟，一同趕到海邊，冒著浪頭跳下海去。游出港灣，到了前海，探頭出去四下一找，哪裡還有大船影子？

三人在水的深處，雖然水力大出幾倍，還不怎樣難支。身一露出海面，那如山如岳的海浪，便都一個跟一個當頭打到，人力怎生禁受？

最苦的還是冬秀，頭剛出海，見大船不知去向，再回頭一看，一股絕大火焰像火塔一般直沖霄漢。算計海中只有安樂島一片陸地，這場地震，定是火山爆發，全島縱不陸沉，島上生命財產怕不成為灰燼？自己費盡心血，末了仍是一場空。苦海茫茫，置身無地，心中好不酸痛。

正自難過流淚，就這定睛注視的工夫，一片百十丈高的海浪忽又當頭飛來。若非二鳳姊妹知她水性體力相差太遠，隨時護持，就這一浪頭，已經送了性命。

二鳳眼快，見浪頭打來，忙抱著她往下一沉，僥倖避過。同時二鳳也看出安樂島火山崩炸神氣，便將冬秀交給三鳳，比了比手勢，叫她們休要妄動，打算游往回路，看個動靜。前行不及十里，海水漸熱，越往前越熱得厲害。探頭出去一看，遠遠望去，哪裡還有島影，純然一個火峰，上燭重霄。海面上如開了鍋的水一般，不時有許多屍首飄過。

那爆炸之聲加大風之聲、海嘯之聲，紛然交響，鬧得正歡。除火光沸浪外，什麼也觀察不清。漸覺身子浸在熱水中，燙得連氣都透不出來。不敢再事逗留，只得往回游走，直沉到了海底。身子雖覺涼些，那海底的沙泥也不似素常平靜，如漿糊一般昏濁。直到游回原處，才覺好些。

三女聚到一處，先時倒不怎樣。只冬秀一人不能在水底久延時刻，過一陣，便須由二鳳姊妹扶持到海面上換一換氣。

冬秀浮沉洪波，眼望島國，火焰沖霄，驚濤山立。耳邊風鳴浪吼，奔騰澎湃，轟轟交匯成了巨響。宛如天塌地陷，震得頭昏目眩，六神無主。傷心到了極處，反而欲哭無淚，只呆呆地隨著二鳳姊妹扶持上下，一點思慮都無。

過了半個時辰，島上火山忽然衝起一股綠煙，升到空際，似花炮一般，幻成無量數碧熒熒的火星，爆散開來。接著便聽風浪中起了海嘯，聲音越發洪厲。

這時二鳳姊妹剛扶著冬秀泅升海面，換了口氣，往下降落。降離海底還有里許深淺，見那素來平靜的深水中泥漿湧起，如開了鍋灰湯一般，捲起無邊黑花，逆行翻滾，方覺有異，水又忽然燙了起來。

二鳳猜是海底受了火山震盪所及，同時溜塌，倘如被熱浪困住，怕不活活燙死。水裡又講不得活，暗恨眼看島國地震崩裂，如何不早打主意，還在左近逗留？靈機一動，忙打手勢與三鳳，一人一邊夾了冬秀，便往與火山相背之路急行逃走。果然那水越來越熱，海水奇鹹，夾以奇臭，只可屏息疾行，哪能隨便呼吸？

逃出去還沒有百里，休說冬秀支持不住，早已暈死過去，就連二鳳姊妹自幼生息海底，視洪濤為坦途的異質，在這變出非常，驚急駭竄之中，與無邊熱浪拚命搏鬥，奪路求生，經了這一大段的途程，也是累得筋疲力竭，危殆萬分。好容易又勉強掙扎了百多里路，看見前面沉沉一碧，周圍海水由熱轉涼，漸漸逃出了熱浪地獄。才趕緊泅升海面，想找一著陸之處，援救冬秀回生，就便歇息，緩一口氣。

誰知距離火山雖繞出有二三百里，只是海嘯山鳴之聲比較小些，海水受了震波衝擊，一樣風狂浪大。上下茫茫，海天相接，惡浪洶湧，更無邊際，哪有陸地影子。二鳳姊妹情切友誼，雖然累得難支，仍然不捨死友。總想縱不能將冬秀救轉還陽，也須給她擇一好好地方埋骨，不能由她屍骨在海裡漂流，葬身魚介腹內。

姊妹二人都是同一心理，雖然受盡辛苦，誰都不肯撒手。所幸脫了熱浪層中，無須奮力逃生。上面水浪雖大，深水中倒還平靜，不甚費力。二女在水中一面游行，一面不時升出海面探看前途有無島嶼。又將冬秀衣服撕了一塊，塞在她的口內。每出海面一次，便給她吐一次水。

先時見冬秀雖然斷氣，胸際猶有餘溫。隨後胸際逐漸冰涼，手足僵硬，兩拳緊握，指甲深掐掌心，面色由白轉成灰綠，腹中灌了許多海水也鼓脹起來，知道回生之望已絕，好不傷心流淚。水中游了好一會，始終不見陸地影子。只好改變念頭，打算在海底暗礁之中擇一洞穴，將她埋藏在內，萬一異日能回轉紫雲宮，再作計較。

二女在海面上商量停當，便直往海底潛去，尋找冬秀埋骨之所。誰知自從海嘯起了熱浪逃出之後，因水底泥沙翻起，俱在海水中心行走，始終沒有見底。越往前，海水越深，二女通未覺得。及至往下沉有數里深淺，漸覺壓力甚大，潛不下去，後退既不能，前進又水勢越深。為難了一會，猛想起這裡水勢這般深法，莫非已到了紫雲宮的上面？正在沉思，忽見前面有許多白影閃動。定睛一看，乃是一群虎鯊，大的長有數丈，小的也有丈許，正由對面游來。

這種鯊魚性最殘忍凶暴，無論人、魚，遇上皆無倖理。海裡頭的魚介遇見牠，都沒有命。專門弱肉強食，饑餓起來，便是牠的同類，也是一樣相殘。海中航行的舟船，走近出產鯊魚地帶，人不敢在海沿行走，一不小心，便會被牠吞吃了去。二女以前也時常遇到，知道牠的厲害，故此偶然出行，帶著海蝦前爪，以備遇上厲害魚介之用。一則天生神力，遇上可以抵禦；即或遇上成群惡魚，仗著游行迅速，也可逃避。

偏巧這時二女力已用盡，困乏到了極處；再加了島居三年，多食煙火，本來異質喪耗太多，迥非昔比，手上還添了個累贅，哪禁得起遇上這麼多又這麼凶惡的東西，不禁驚慌失色。

就這轉眼工夫，那鯊群何止百十條，業已揚鰭鼓翅，噴沫如雲，巨口張開，銳牙森列，飛也似衝將過來，離身只有十丈遠近了。二女見勢不佳，連忙轉身便逃。就口之食，鯊魚如何肯捨，也在後面緊緊追趕。

二女本就力乏難支，泅行不速，加上手夾冬秀礙手，不消頃刻，業已首尾相啣，最近的一尾大虎鯊相去二女身後僅止二三尺光景。在這危機一髮之際，二鳳心想：「事在緊迫，除了將冬秀屍體丟將出去為餌，姊妹兩個再往斜刺裡拚命逃走，或者還有一線之望外，別無生理。」想到這裡，更不尋思，左手朝二鳳一打手勢，右手一鬆，逕自兩手分波，身子一屈伸之際，用足平生力量，直往左側水底斜竄下去。

二鳳姊妹本是一人一邊夾著冬秀屍體，並肩相聯而行，二鳳正在忘命而逃，見三鳳把手一揚，左側冬秀身體便往下面一沉。再看三鳳也自往斜下面逃走，二鳳知道她是打算棄了冬秀屍體逃生。

暗忖：「冬秀與自己共過患難，情逾骨肉，慢說臨難相棄，於心不忍，而且這些虎鯊非常凶狠，除了像昔年相遇，用蝦爪將牠二目刺瞎外，無論遇上人、魚，向來不得不止。與其將冬秀棄去，仍免不了葬身魚腹，何如大家死活都在一起？」

二鳳想頭甚好，卻不料三鳳一去，冬秀屍體失了平衡，更覺泅行起來遲緩費事。說時遲，那時快，就在二鳳尋思一瞬之間，後面那尾大虎鯊業已越追越近，前唇長刺鬚有一次已挨著二鳳的腳。

二鳳覺得腳底微痛，百忙中偶一回顧，身後虎鯊唇上刺鬚高翹，闊口開張，露出上下兩排又尖銳又長的白牙，正向自己咬來。同時身子受了魚口吸力，也已有些後退。稍遲絲毫，便要被牠吞噬了去。手中兵刃早已失去，更是無法抵禦，不由嚇得亡魂皆冒。手中拉著的冬秀受了鯊魚口裡呼吸衝動，又往側面沉去，拉行更覺費勁。奇危絕險中，猛地靈機一動，情知再回頭轉身逃走已是無及，忙就冬秀屍體下沉之勢，一個金鯉撥浪姿勢，往下一躥。

那虎鯊追了好一會，俱是平行，眼看美食就可到口，鼓鰭揚翼，疾如穿梭般躥近二鳳身前，剛張口想咬，卻不料二鳳急中生智，竟然整個翻滾，恰巧將魚頭讓過。二鳳原是死中求活，也不知自己究竟脫險了沒有，斜肩單手拉著冬秀屍身往下一衝，兩腿一拳，用盡平生之力，雙足踹水，往上登去。

這一下正登在魚項上面，二鳳覺得腳底踹處堅硬如鐵，以為身離魚身已近，暗道一聲：「不妙！」情急逃命，也無暇再作尋思，兩手一分水，不由將手中冬秀也脫了手。兩腳越發用力，拚命往下一衝，疾如電閃，往海心深處逃去。

鯊魚來勢太猛，身子又非常長大，雖游行迅速，轉側究竟不便，等到折身追尋，二鳳逃走已遠。後面許多凶惡同類，見前面美食快到為首大魚口中，個個情急。大魚再一翻身，海面上浪花激盪，高湧如山，水心也如雲起霧騰，聲勢浩大。

後面群魚在波濤洶湧中，沒有看清美食已經逃走，以為落在大魚口中，俱都憤怒，本有奪食之心，蜂擁一般趕到。內中另有兩條長大不相上下的，恰被為首這條大的突然回頭，一魚尾打中，彼此情急，各懷忿恨。後兩條不肯甘伏，朝為首那條張口便咬，無心中又將後面幾條撞動，彼此圍擁上來，撞在一起。此衝彼突，口尾並用，咬打不休，反倒捨了美食不追，竟然同類相殘起來。

第九章 神奴依主

這些惡魚個個牙齒犀利，勝如刀劍。無論魚大魚小，咬上便連鱗帶肉去掉一大塊。這一場惡戰，由海面直打到海心，由海心又打到海面。只見血浪山飛，銀鱗光閃，附近里許周圍海水都變成了紅色。這些惡魚拚命爭噬，強傷弱亡，不死不休，這且不去管它。

且說二鳳死裡逃生，一躥便逃出里許。想起逃時情急，撒手冬秀屍體，必已葬在惡魚口內。三鳳在先只想往海心逃走，也不知她的生死存亡。心裡一痛，不禁回頭往上一看，只見上面波濤翻滾中，有無數條白影閃動，看出是群鯊奪食惡鬥，越猜冬秀沒有倖免之理，只不知三鳳怎樣？

正在難受，尋擇方向逃走，猛地又見頭上十多丈高下處有一人影，飄飄下沉。定睛一看，正是冬秀屍體，後面並無惡魚追下。不禁悲喜交集，忙即回身上去，接了下來。冬秀屍體既然無恙，上面魚群所奪，便是三鳳屍體無疑。越想越傷心，心中忿怒。欲待拚命回身與三鳳報仇，一則手無寸鐵，二則上面惡魚太多，就是平常遇見，除逃避外，也是束手無策。事已至此，徒自送死無益，只得一手拖了冬秀屍體，尋覓方向逃遁。

行沒多遠，又見一條人影，從斜刺穿梭一般飛泅過去，遠遠望去，正是三鳳，喜出望外。正待上前去，再往三鳳身後一看，後面還跟著一條兩丈長短的虎鯊，正在追逐不捨，兩下裡相隔也僅止十丈遠近。這條虎鯊比起適才所遇那些大的雖小得多，若在平時，只須有一根海蝦前爪在手當兵刃，立時可以將牠除去。無奈此時姊妹二人精力用盡，彼此都成了驚弓之鳥，哪裡還敢存敵對的心思？

三鳳先時原是捨了冬秀屍體，一個斜翻，往水底穿去。當時為首那條大魚已近二鳳，噴起浪花水霧，將後面群鯊目光遮住，三鳳逃得又快，本沒被這些惡魚看見。偏巧三鳳心機太巧，滿想二鳳也和她一樣無情，不顧死友，冬秀屍體勢必引起群魚爭奪，便可乘空脫身。所以往下逃的時節，立意和冬秀屍體背道而馳。卻沒料到忙中有錯，驚慌昏亂中，只顧斜行往下，方向卻是橫面，並未往前衝去。下沒多深，後面魚群便已追到，互相殘殺起來。

這些東西專一以強凌弱，鬥了多時，較小一點的不死即逃。內中有條小的所在位置較低，因鬥勢猛烈，一害怕，便往下面躥去。本想轉頭往回路逃走，一眼望見前面三鳳人影，不由饞吻大動。又無別的同類與牠爭奪，不比適才魚多食少，現成美食，如何肯捨，鐵鰭一揚，便往前面追來。

幸而三鳳發覺還早，一看後面有魚追逐，這才想起逃時忘了方向，連忙加緊逃遁。幾次快要追上，都仗轉折靈巧避開。一路上下翻折，逃來逃去，忽見二鳳帶了冬秀屍體在腳前橫側面往前游行。不等近前，忙打手勢。二鳳也在此時發現了她，姊妹二人不敢會合，互相一打手勢，一個左偏，一個右偏，分頭往前逃走。後面惡魚見前面又添出兩人，貪念大熾，益發加緊往前追趕。逃了一陣，二鳳姊妹精力早已用盡。尤其二鳳手上拉著一個冬秀屍體，更是累贅遲緩。追來追去，三鳳反倒抄出前面。

那惡魚追趕三鳳不上，一見側面二鳳相隔較近，人還多著一個，便捨了三鳳，略一撥轉，朝二鳳身後追來。二鳳這時已累得心跳頭暈，眼裡金星直冒。猛一回望，見惡魚已是越追越近。心想：「平游逃走，必被惡魚追上。只有拚命往下潛去，只要到底尋著有礁石的地方，便可藏躲。如今已逃出了老遠，不知下面深淺如何？」明知水越深，壓力越大，未必潛得下去。但是事已萬分危險，人到危難中，總存萬一之想。因此，拚命鼓起勇氣，將兩手插入冬秀肋下，以防前胸阻力；用手一分浪，頭一低，兩腳蹬水，亡命一般直往海底鑽去。

二鳳原是一時情急，萬般無奈，反正冬秀回生無望，樂得借她屍體護胸，去抵住前胸阻力，即使她受點傷，也比一同葬身惡魚腹內強些。先以為下去一定甚難，不料下沒十來丈，忽見下面的水直打漩渦，旋轉不休。此時因惡魚正由上往下追趕甚急，也未暇想起別的，仍是頭朝下，腳朝上，往下穿去。因這裡已逃出了紫雲宮左近深海範圍，水的壓力阻力並不甚大，卻是漩子漩得又大又急，身子一落漩中，竟不由自主，跟著漩子旋轉起來。

二鳳猜定下面必是海眼，只要漩進去，休想出來。先還拚命掙扎，甚是焦急。轉念一想：「葬在海眼之中，總比死在惡魚腹內強些。何況精力交敝，縱想逃出漩渦，也是萬萬辦不到。」立時把心一橫，索性翻轉身，抱住冬秀屍體，兩腳平伸，先緩過一口氣，死心塌地由著水力漩轉，不再掙扎，準備與冬秀同歸於盡。眼花撩亂中，猛見離身十多丈的高處，那條惡魚也撞入漩渦，跟著旋轉起來，想是知道厲害，不住翻騰轉側，似想逃出又不能夠的神氣。

二鳳被水漩得神昏顛倒，呼吸困難，死生業已置之度外。看了幾眼，越看上面魚影越真。自知無論是海眼，是惡魚，終究不免一死，便也不去理牠。又被漩下十數丈，越往下，漩子越大。正以為相隔海眼不遠，猛地想起一事：剛才身外忽然一鬆，昏惘中恍惚已離水面，身子被人抱住似的。接著一陣天旋地轉，便已暈死過去。

醒來一看，身已落地，臥在海底礁石之上。存身之處，並沒有水，周圍海水如晶牆一般，上面水雲如蓋，旋轉不已。一眼看見面前不遠，站定地震前所見的虎面龍身怪獸，靜靜地站在當地，張著大嘴，正吃幾片海藻，鼻子裡還穿著一條帶子。因為適才在漩渦中動念，便是想起此物，一見便知所料不差。猛又想起落下時節，兩手還抱著冬秀未放，怎地手中空空？那惡魚也不知何往，本想掙扎起身，只是飽受驚恐，勞乏太甚，周身骨節作痛，身子如癱了一般，再也挪動不得。

這時二鳳已猜出適才上面漩渦是怪獸分水作用。惡魚虎鯊不見，必已逃出漩渦。知道怪獸不會傷人，但盼牠不要離開，只要如那日一般，騎上牠的頸項，休說不畏水中惡魚侵襲，說不定還可借牠之力，回轉紫雲宮去。

想到這裡，精神一振，又打算勉強站起。身子剛一轉動，便覺骨痛如折，不由「噯呀」了一聲，重又跌倒。耳邊忽聽一聲：「二妹醒了！」聽去耳音甚熟。接著從礁石下面躥上一條人影，側目一看，來的女子竟是初鳳。穿著一身冰綃霧縠，背後斜插雙劍，依然是三年前女童模樣。只是容光煥發，儀態萬方，項前還掛著一顆茶杯大小的明珠，彩輝瀲灩，照眼生花。

二鳳心中大喜。正要開言，初鳳已到了面前，說道：「我因跟蹤靈獸到此，剛將牠制伏之後，忽見前面海水中人泅影子，隨見水漩亂轉，你頭一個抱了冬秀妹妹屍體落下。我剛接著，那惡魚也落了下來。被我一劍殺死。因不見三妹同來，又有惡魚追趕，便將你和冬秀妹子屍體匆匆分開，口裡各塞了一粒丹藥。飛身上去尋找，不想她也失去知覺，誤入漩渦裡面，正往下落。我將她接了下來，與冬秀妹子屍體放在一起。連給她二人服了好幾粒仙府靈丹，雖然胸前俱有了溫意，如今尚未完全醒轉。正要再給你些靈丹服，不料你已緩醒過來。

「此丹是我在紫雲宮金庭玉柱底下，晝夜不離開一步，守了一年零三個月才得到手。照仙籙上所載，凡人服了，專能起死回生，脫胎換骨。你和三妹只是驚勞過甚，尚無妨礙。冬秀妹子不但人已氣絕，還灌滿了一肚海水，精血業已凝聚，靈丹縱有妙用，暫時恐難生效。所幸靈獸現已被我制伏，只等將三妹救醒還陽之後，我們三人帶了她的屍首，回轉紫雲宮去，見了金鬚奴再作計較吧。」說罷，便將二鳳扶起。

二鳳一聽金庭玉柱的寶物已經出現，初鳳既能獨擒靈獸，本領可知，不由喜出望外，身上疼痛便好了許多。急於回宮之後再行細說，當時也不暇多問。由初鳳扶抱著縱下礁石一看，果然適才追逐自己的那一條虎鯊身首異處，橫臥在礁石海沙之內，牙齒開張，森列如劍，通體長有二丈開外，形態甚是凶惡。若非遇見初鳳，怕不成了牠口中之物。想起前事，猶覺膽寒。

繞過礁石側面，有一洞穴甚是寬廣，冬秀屍體便橫在洞口外面。三鳳已經借了靈丹之力醒轉，正待掙扎起身，一眼看見兩個姊姊走來，好不悲喜交集，一縱身，便撲上前來，抱著初鳳放聲大哭。

初鳳道：「都是你們當初不聽我勸，才有今日。我如晚來一步，焉有你三人命在？如今宮中異寶靈藥全都發現。又在無心中收了一個金鬚奴，他不但精通道法，更善於辨別天書祕籙。因感我救命之恩，情願終身相隨。仗他相助，地闕金章，我已解了一半。因等你們三年不歸，甚是懸念。又因金鬚奴避他仇家，須等數日後方能出面。我便留他守宮，獨自從水底趕往安樂島探望你們下落。

「出宮不遠，見海水發熱，正覺奇怪。後來看出安樂島那一面海嘯山崩，先疑心你們三人遭了劫數。後來一想，金章仙籙上曾有『三鳳同參』的偈語，你二人又能出沒洪波，視大海如坦途，事變一起，難道不會由水裡逃走？冬秀妹妹縱然難保，你二人決不會死，才略放了一點心。算計你二人必在海底潛行，找了好一會，也未找到，忽然遇見那頭靈獸。仙籙偈語中也曾有牠，並曾注有降伏之法。這獸名為龍鮫，專能分水，力大無窮。我便照仙籙預示，將牠擒住，居然馴善無比。不多一會，便見你二人先後降落，業已驚勞過度，暈死過去。話說起來甚長，我們先回宮去，再作長談吧！」

說罷，便走過去抱起冬秀屍體。姊妹三人高高興興往怪獸龍鮫身前走去。

初鳳將繫龍鮫的一根絲絛，從礁石角上解下，將手一抖，那龍鮫竟善知人意，乖乖趴伏下來。初鳳抱著冬秀屍體，先縱上去，騎在龍鮫項間。然後將二鳳、三鳳也拉上去騎好，重又一抖手中絲絛。那龍鮫便站起身來，昂首一聲長嘯，放開龍爪，便往前面奔去。所到之處，頭前半步的海水便似晶牆一般，壁立分開，四圍水雲亂轉，人坐在上面，和騰雲相似。晃眼工夫，便是老遠。不消多時，已離紫雲宮不遠。

二鳳、三鳳一看，三年不歸，宮上面已換了一番境界：海藻格外繁茂，翠帶飄拂，沉沉一碧。稀珍魚介，往來如織。宮門卻深藏在一個海眼底下，就是神仙到此，也難發現。漸漸行近，初鳳將冬秀屍體交給三鳳抱住，自己跳下騎來，手拉絲條，便往當中深漩之內縱去。那靈獸龍鮫想已識得，也跟在主人身後，把頭一低，鑽了下去，水便分開。下有四五十丈，路越寬廣。又進十餘丈，便到了避水牌坊面前。再走進十餘丈，便達宮門。

初鳳一拍金環，兩扇通明如鏡的水晶宮門便自開放。一個大頭矮身，滿頭金髮下披及地，面黑如漆，身穿黑衣的怪人，迎將出來，跪伏在地。初鳳命他領了靈獸前去安置。自己從獸背上接過冬秀，姊妹三人一同回到宮裡。二鳳、三鳳連經災難，自分身為異物，不想珠宮貝闕依然舊地重來，再加所服靈丹妙用，周身痛苦若失，俱都欣喜欲狂。三鳳連聲喊：「大姊快引我們去看看金庭玉柱。」

初鳳道：「你也是此地主人，既然回來，何必忙在一時？我們且先談別後之事，等金鬚奴回來。想法救了冬秀妹子，再去不遲。」說罷，便將回宮苦守，怎樣發現仙籙、奇珠之事，一一說出。

原來初鳳自從在安樂島苦勸兩個妹子不聽，只得獨個兒回轉紫雲宮來。同胞骨肉，自幼患難相依了十多年，一旦離群索居，形影相弔，蹈蹈涼涼，心中自是難受。但是一想起老蚌臨終遺命和前途關係的重大，便也不敢怠慢。每日照舊在後宮金庭玉柱間守視，除了有時出宮取些海藻外，一步也不離開。眼看玉柱上五色光霞越來越盛，只不見寶物出現，直守了一年零三個月，仍無影響。一面惦記著柱中異寶，一面又盼望兩個妹子回來。這日想到傷心處，跑到老蚌藏蛻的池底，抱著遺體，一經悲號，老蚌立時現形，容態如生，與在宮時一般無二，只是不能言笑。

初鳳痛哭了一場，回時本想採些宮中產的異果來吃。剛一走近金庭，忽見庭內彩霧蒸騰，一片光霞，燦如雲錦，照耀全庭，與往日形狀有異，不禁心中一動。跑將進去一看，當中一根最大的玉柱上光焰瀲灩，不時有萬千火星，似正月裡的花炮一般噴起。猜是寶物快要出世，連忙將身跪倒，叩頭默祝不已。

跪有幾個時辰過去，柱間雷聲殷殷，響了一陣，光霞忽然斂盡，連往日所見都無。正在驚疑之間，猛地一聲爆音過處，十九根玉柱上同時冒起千萬點繁星，金芒如雨，灑落全庭。接著，當中玉柱上又射出一片彩霞。定睛一看，十九根大可合抱的玉柱，俱都齊中心裂開一個孔洞，長短方圓各個不同。每孔中俱藏有一物，大小與孔相等。只當中一個孔洞特長，裡面分著三層；上層是兩口寶劍；中層是一個透明的水晶匣子；下層是一個珊瑚根雕成的葫蘆，不知中藏何物？

再看其餘十八根玉柱內所藏之物，有十根內俱是大大小小的兵器，除有三樣是自己在安樂島見過的寶劍、弓、刀外，餘者形式奇古，通不知名。另外八根玉柱孔內，四根藏著樂器，兩根藏著兩個玉匣子，一根藏著一葫蘆丹藥，一根藏著三粒晶球。這些寶物都是精光閃耀，幻彩騰輝。知道寶物業已出現，驚喜欲狂。恐玉柱開而復合，重又隱去，匆促間也不暇一一細看，急忙先取了出來，運往前面。

因寶物太多，連運幾次，方得運完，且喜無什變故。先拔出寶劍一看，一出匣，便是一道長約丈許的光華。尤以當中大柱所藏兩口，劍光如虹，一青一白，格外顯得珍奇。便取來佩在身旁，將其餘兩口收起。再看別的寶物，哪一件也是光華燦爛，令人愛不忍釋，只是多半不知名稱用處。算計中柱所藏，必是箇中翹楚。那珊瑚葫蘆，小的一個雖也是珊瑚所製，卻是質地透明，有蓋可以開啟，看出藏的是丹藥。惟獨中柱這一個，雖一樣是珊瑚根所製，卻是其紅如火，通體渾成，沒有一絲孔隙。拿在耳邊一搖，又有水聲，不知怎樣開法。

那透明晶匣裡面，盛著兩冊書，金籤玉笈，朱文古篆，是一細長方整的水晶，看得見裡面，拿不出來。書面上的字，更認不得一個。那兩個玉匣長約三尺，寬有尺許，也是無法打開。想起老蚌遺命，異寶出現，不久自有仙緣遇合，且等到時再作計較。紫雲宮深藏海底，不怕人偷。除幾件便於攜帶的，取來藏在身上外，餘者俱當陳列一般，妥放在自己室內。

寶物到手，越盼兩個妹子回來。欲待親自去尋，又恐宮中寶物無人照看，又不能全帶了出去。雖說地勢隱祕，終是不妥。盤算了多日，都未成行。每日守著這許多寶物，不是一一把玩，便是拔出寶劍來亂舞一陣。

這日舞完了劍，見那盛書的晶匣光彩騰耀，比起往日大不相同。看著奇怪，又捨不得用劍將晶匣斫破。想了想，沒有主意，便往老蚌藏骨之處默祝了一番。這回是無心中繞向後園，走過方良墓地，採了點宮中的奇花異草供上。一個人坐在墓前出神，想起幼年目睹老父被害情形，假使此日父母仍然睦在，同住在這種洞天福地，仙書異寶又到了手，全家一同參修，豈非完美？如今兩個妹子久出不歸，在得了許多寶物不知用處，仙緣遇合，更不知應在何日？越想心裡越煩，不知不覺中，竟在墓前軟草地上沉沉睡去。

睡夢中似見方良走來喚道：「大女，門外有人等你。你再不出去將他救了進來，大事去矣！」初鳳見了老父，悲喜交集，往前一撲，被方良一掌打跌在地。醒來卻是一夢。心想：「老父死去多年，平日那等想念，俱無夢兆，適才的夢來得古怪。連日貪玩寶物，也未往宮外去採海藻，何不出去看看？如果夢有靈驗，遇上仙緣，豈非大妙？」想到這裡，便往宮外跑。

初鳳自從安樂島回來之後，平時在宮中已不赤身露體。僅有時出來採海藻，一則嫌濕衣穿在身上累贅；二則從安樂島回來時忘了多帶幾件衣服，恐被水浸泡壞了，沒有換的。好在海底不怕遇見生人，為珍惜那身衣服，總是將它脫了，方始由海眼裡泅了上去。這次因為得了夢兆，走得太忙，走過宮門外避水牌坊，方才想起要脫衣服時，身子已穿進水中。反正渾身濕透，又恐外面真個有人相候，便不再脫，連衣泅升上去。

鑽出海眼一看，海底白沙如雪，翠帶搖曳，靜影參差，亭亭一碧，只有慣見的海底怪魚珍介之類，在海藻中盤旋往來，哪裡有什人影？正好笑夢難作準，白忙了一陣，反將這一身絕無僅有的衣履打濕。隨手拔出身後寶劍，打算挑那肥大的海藻採些回宮享受。劍才出匣，便見一道長虹也似的光華隨手而起，光到處，海藻紛紛斷落。只嚇得水中魚介紛紛驚逃，略挨著一點，便即身裂血流，死在海底。

初鳳先時在宮中舞劍，只覺光霞閃耀，虹飛電掣，異常美觀，卻不想這劍鋒利到這般地步，生物遇上，立地身死。不願誤傷無辜魚介，見劍上一繞之間，海藻已經斷落不少，正想將劍還匣，到海藻叢中拾取，猛覺頭上的水往下一壓。抬頭一看，一件形如罈甕的黑東西，已經當頭打下，離頂只有尺許。忙將身往側一偏，無心中舉起右手的劍往上一撩，劍光閃處，恰好將那罈甕齊頸斬斷，落在地上。低頭一看，罈口內忽然冒出一溜紅光，光斂處，現出一個金髮金鬚，大頭短項，凹目闊口，矮短短渾身漆黑的怪人，跪在初鳳前面，不住叩頭，眼光望著上面，渾身抖戰，好似十分害怕神氣。

初鳳有了夢中先人之言，只有心喜，並沒把他當怪物看待。因水中不便說話，給怪人打了個手勢，往海眼中鑽了下去。怪人一見有地可藏，立時臉上轉驚為喜，回身拾了那來時存身的破罈，連同碎瓦一齊拿了，隨了初鳳便走。過了避水牌坊，又回身伏地，聽了一聽，才行走向初鳳身前，翻身跪倒，重又叩頭不止。

初鳳這時方想起他生相奇怪，行蹤詭祕，有了戒心。先不帶他入宮，一手按劍，喝問道：「你到底是人是怪？從實招來，免我動手！」

怪人先時見了初鳳手持那口寶劍掣電飛虹，又在海底游行，感激之中，本來含有幾分懼意。一聞此言，抬頭仔細向初鳳望了一望，然後說道：「恩人休怕。我乃南明礁金鬚奴，得天地乾明離火之氣而生。一出世來，便遭大難。幸我天生異稟，長於趨避，修煉已歷數百餘年，迭經異人傳授，能測陰陽萬類之妙。只因生來的火質，無處求那天一真水，融會坎離，不免多傷生物，為造物所忌。日前閒遊海岸，遇一道人，鬥法三日，被他用法壇禁制，打算將我葬入海眼之中，由法壇中所儲巽地罡煞之氣，將我形骸消化。不想遇見恩人，劍斬法壇，破了禁制，得脫活命。情願歸順恩人門下，作一奴僕，永世無二。不知恩人意下如何？」

初鳳不知如何答對，正在籌思，那怪人又道：「我雖火性，生來好鬥，卻有良心。何況恩人於我有救命之恩，而且此時我大難未完，還須恩人始終庇護，方可解免。如不見信，願將我所煉一粒元丹奉上，存在恩人手內。如有二心，只須將此元丹用這劍毀去，我便成了凡質，不能修為了。」說罷，將口一張，吐出一粒形如卵黃的金丸，遞與初鳳。

初鳳接過手中，見那金丸又輕又軟，彷彿一捏便碎似的。見他語態真誠，不似有什詭詐。又因適才萝兆先人之見，便問道：「我姊妹三人在這紫雲宮中修煉，本須一人守門服役。你既感我救命之恩，甘為我用，也無須以你元丹為質。只是那道人有如此本領，倘如尋來，怎見得我便能抵敵過他，求我護庇？」

那怪人道：「小奴初見恩人在這海底修煉，也以為是地闕真仙。適才冒昧觀察，方知恩人雖然生具異質仙根，並未成道，原難庇護小奴。不過小奴一雙火眼，善能識寶。不但宮中寶氣霞光已經外露，就是恩人隨身所帶，連這兩口寶劍，哪一樣不是異寶奇珍？實不瞞恩人說，以小奴此時本領，休說甘與恩人為奴，便是普通海島散仙也非我主。只緣當年小奴恩師介道人羽化時節留下遺言，應在這兩日內超劫離世，得遇真主，由此自有成道之望。「先見海岸所遇道人異樣，以為是他，不想幾乎遭了毒手。恩人收留，雖說助小奴成道，便是恩人也得益不少。既承恩人見信，將元丹歸還，越令小奴感恩不盡。此後小奴也不敢求在宮中居住，只求在這宮外避水牌坊之內棲息，聽候使命，但求不驅逐出去。那道人的鐔一破，必然警覺，用水遁入海尋找，但不知海眼下面還有這樣地闕仙府，以為小奴已經遁往別處，免為所擒，於願足矣。」

初鳳道：「他既當你遁走，你還怕尋來則甚？」

怪人答道：「小奴先不知他便是那有名狠心的鐵傘真人。此人脾氣最怪，人如惹惱了他，當時雖然逃走，他必發誓追尋三年五載。如不過期，遇上必無倖理。一則這裡深藏海底，便是小奴如非恩人引路，當時也未看出，可以隱身；二則恩人有許多異寶，就是尋來，也可和他對敵，所以非求恩人庇護不可。」

初鳳因聽他說善能識寶，正合己用，只是心中不無顧慮。一聽他自請不在宮中居住，更合心意，當時便答應了他。等過些日子，察透他的心跡，再將寶物一件一件取出，命他辨別用法。

過有月餘工夫，道人始終不曾尋上門來。那金鬚奴處處都顯出忠心勤謹可靠。初鳳先問他可會劍法？金鬚奴答稱：「所會只是旁門，並非正宗。」初鳳要他傳授。金鬚奴早已看出初鳳形跡，因知她仙根仙福太厚，又因前師遺偈，自己成道非靠她不可，恐她疑忌，也不說破，一味裝作不知，只是盡心指點。初鳳自是一學便會。漸漸將各樣寶物與他看了，也僅有一半知道名稱用法，初鳳俱都記在心裡。最後初鳳取出當中玉柱所藏的水晶寶匣。金鬚奴斷定那是一部仙籙，非用他本身純陽乾明離火化煉四十九日，不能取出。除此之外，任何寶物皆不能破。

初鳳因許久無法開取，聞言不信，試用手中寶劍，由輕而重，連斫了幾十下，劍光過處，只斫得匣上霞焰飛揚，休想損傷分毫，只得將匣交他去煉。金鬚奴領命，便抱了晶匣，坐在避水牌坊下面，打起坐來。一會胸前火發，與匣上彩光融成一片，燒將起來。初鳳連日出看，俱無動靜。直到四十九天上，金鬚奴胸前火光大盛，匣上彩光頓減，忽聽一陣龍吟虎嘯之聲起自匣內，琤的一聲，兩道匹練般的彩光沖霄而起。金鬚奴也跟著狂嘯一聲，縱身便捉，一道彩光已是化虹飛走，另一道被金鬚奴抓住，落下地來，晃眼不見。初鳳趕過去一看，乃是上下兩函薄薄的兩本書冊。金鬚奴微一翻閱，歡喜得直蹦。隨又連聲可惜道：「這是《地闕金章》，可惜頭一函《紫府祕笈》被它化虹飛走。想是我主僕命中只該成地仙。」初鳳忙問究竟。

金鬚奴道：「這仙籙共分兩部，第一部已經飛走。幸虧小奴手快，將這第二部《地闕金章》抓住。此書一得，不但我主僕地仙有分，宮中異寶的名稱用法以及三位主人穿的仙衣雲裳，俱在宮中何處存放，一一註明。便是小奴數百年來朝夕盼望，求之不得的天一真水，也在其內。豈非天賜仙緣麼？」初鳳聞言，自然越發心喜。這些日來業已看出金鬚奴心地忠誠，委實無他，便也不再避忌。問明了仙籙上所指示的各種法寶名稱及用法之後，逕領他同入宮內，前去辨別。

原來這紫雲宮乃千年前一位叫做地母的散仙舊居，不但珠宮貝闕，仙景無邊，所藏的奇珍異寶更不知有多少。自從地母成道，超升紫極，便將各樣奇珍靈藥、天書寶劍封藏在金庭玉匣之中，留待有緣，不想卻便宜了初鳳姊妹。

金庭當中，頭一根玉柱的珊瑚葫蘆內所盛，便是峨嵋派諸仙打算用來煉化神泥的天一真水。初鳳同金鬚奴先認明了各樣寶物，首先照仙籙所注藏衣之處，將旁柱所藏的兩玉匣用仙籙所載符咒，如法施為。打開一看，果然是大小二十六件雲裳霞裾，件件細如蟬翼，光彩射目，霧縠冰紈，天衣無縫。不由心花怒放，忙喚金鬚奴避開，脫去濕衣，穿將起來。

穿完，金鬚奴走進，跪請道：「小奴修煉多年，對於天書奧妙，除第三乘真訣須主人到時自行參悟外，餘者大半俱能辨解，不消十年，便可一一煉成。至於各種異寶，仙籙上也載有符咒用法，短時間內亦可學會。只可惜上乘劍術不曾載在仙籙之內，暫時只能仍照小奴所傳旁門真訣修煉，是一憾事。小奴托主人福庇，對於成道有了指望，一切俱願效指點微勞。但求第七年上，將那珊瑚葫蘆中的天一真水賜與小奴一半，就感恩不盡了！」

初鳳此時對於金鬚奴已是信賴到了極點，當時便行答應。便問他：「既需此水，何不此時就將葫蘆打開取去？」金鬚奴道：「談何容易。此水乃純陰之精，休說頭一部天書業已飛去，沒有解法，葫蘆弄它不開；即使能開，此時小奴災劫尚未完全避過，又加主人道力尚淺，無人相助，取出來也無用處。既承主人恩賜，到時切莫吝惜，就是戴天大德了。」

初鳳道：「我雖得了如許奇珍至寶，如不仗你相助，豈能有此仙緣？縱然分你幾件，也了此心願。豈有分你一點仙水助你成道，到時會吝惜之理？如非你那日再三自屈為奴，依我意思，還要當你師友一般看待的呢！」

金鬚奴愁然道：「主人恩意隆厚，足使小奴刻骨銘心。只是小奴命淺福薄，不比主人仙根深厚。有此遇合，已出非分，怎敢妄居雁行？實不瞞主人說，似主人這般心地純厚，小奴原不虞中途有什麼變故。只是先師昔日偈語，無不應驗，將來宮中尚有別位仙人，只恐數年之後，俱知此水珍貴，萬一少賜些須，小奴便功虧一簣。事先陳明，也是為此。」

初鳳搶答道：「無論何人到來，此宮總是我姊妹三人為主。你有此大功，就是我恩母回來，我也能代你陳說，怎會到時反悔？」

金鬚奴聞言，重又跪謝了一番。從此初鳳便由金鬚奴講解那部《地闕金章》，傳授劍法。

初鳳早就打算將兩個妹子接回宮來，一同修煉。因金鬚奴說：「二位公主早晚俱能重返仙鄉。一則她二位該有此一番塵劫，時尚未至；二則這部天籙說不定何時化去，我們趕緊修煉尚恐不及。萬一因此誤了千載良機，豈非可惜？」初鳳把金鬚奴奉若神明，自是言聽計從。卻不料金鬚奴既因前師遺偈，知道三鳳是他命中魔障，不把天籙煉完，決不敢接回三鳳，以免作梗。更因初鳳是自己恩主，那天籙不久必要化去，意欲使初鳳修煉完成，再接二鳳姊妹，好使她的本領高出儕輩。將來二鳳回宮，再由初鳳傳授，也可使她們對初鳳多一番崇敬之心，省得又如在安樂島時諸事不大聽命。

他對初鳳雖極忠誠，此舉卻是含有私心，初鳳哪裡知道？無奈人算不如天算，金鬚奴枉自用了一番心機，後來畢竟還是敗在三鳳手裡。可見事有前定，不由人謀。這且不言。

初鳳和金鬚奴主僕二人，在紫雲宮中先後煉了年餘光景，一部天籙只煉會了三分之一。二鳳姊妹仍是不歸，屢問金鬚奴，總說時尚未至。

初鳳先還肯聽，後來會了不少道法之後，心想：「安樂島相隔並不甚遠，當日恩母行時，曾命我姊妹三人報仇之後，急速一同回轉，此後不要擅出。雖然她二人不聽母言，沉迷塵海，一別三年，島中難保不有仇敵餘孽沒有除盡，萬一出點什麼不幸的事，豈非終身大憾？天籙既由仙人遺賜自己，想必仙緣業已注定。如果仙緣淺薄，自己即使守在這裡，一樣也要化去，看它不住。難道去接她們，這一會就出變故？」於是行意漸決。

金鬚奴先是婉勸，後來竟用言語隱示要挾，不讓初鳳前去，雙方正相持不下。這日金鬚奴領命出宮採取海藻，剛出漩渦，忽覺海底隱隱震動，正由安樂島那一面傳來。知道紫雲宮附近，除近處一座荒島外，數千百里陸地火山，只有安樂島這一處。猜定是那裡火山崩陷，發生地震海嘯。算計二鳳姊妹一樣能海底游行，山崩以後，無處存身，不去接也要回來。只得長嘆一聲，取了海藻回轉宮去。

紫雲宮貝闕仙府，深藏地底，初鳳在宮中並未覺察外面地震。吃完海藻，待了一會，又提起去接二鳳姊妹之事，以為金鬚奴又要像已往一樣力爭。誰知金鬚奴並來和往日一般攔阻，只請主人速去速歸。初鳳心中大喜，立即持了雙劍，帶了兩件寶物，起身往安樂島去。

第十章　生擒異獸

初鳳行沒多遠，便即發覺地震。初鳳不常出門，還不知道就是安樂島火山崩陷，震況又那般強烈。又往前走有數十里，忽覺海水發熱，迴異尋常，漸漸望見前面海中風狂浪湧，火焰沖天。默計途程，那日去時，沿途並無陸地，那根火柱正是安樂島的地界。這一驚非同小可，連忙加速前進。好在身旁帶有寶珠，寒熱不侵。

漸行漸近，只見黑雲如墨，煙霾蔽空，狂飈中那根火柱突突上升，被大風一捲，化成無數道火龍，分而復合。海中駭浪滔天，驚濤山立。沿途所見浮屍斷體，零碎物品，隨著海水逆流捲走，更覺聲勢浩大，觸目驚心。

初鳳一心惦記同胞骨肉憂危，心膽皆裂，只顧疾行前進，海水已是熱如沸湯。行近安樂島一看，已成了一座通紅火山。樹木房舍俱都成了灰燼，哪裡還有一個人物的影子。左近礁石遇火熔化，成了紅漿，流在海內，猶自沸滾不休。若換常人，休說這樣爍石流金的極熱溶液，便是落在那比沸湯還熱的水之內，也都煮成熟爛了。

初鳳雖因帶有寶物，不畏炎威，這般狂烈的火勢，畢竟見了膽怯。繞著火島邊沿游行了半周，煙霧瀰漫中，望見山地都被火化成了軟包，不時整塊陷落。估量自己既難登攀，島上此時也決無生物存在。冬秀想已遇難身死。兩個妹妹俱都會水，如還未死，定然逃向別處。此時在火焰中尋找她二人下落，豈非白費心力？她二人如已逃出，必往紫雲宮那一面逃去無疑。只是來時又未相遇，看來凶多吉少。越想越傷心，暗恨都是金鬚奴攔阻自己，如早兩天將她們接回宮去，何致她二人遇此大難？事已至此，留此無益，只得往回路仔細去尋找她二人的下落。

初鳳哪知她二人同冬秀事前出遊，無心脫險，並未在島上遇難。只是所去之處，偏向一角，不是正路，一個由正東往西南，一個由正西往東北。二鳳姊妹又因冬秀累贅，時上時下，本質已弱，不敢老在狂飈駭浪中掙扎。初鳳目力雖佳，偌大海面，哪能上下觀察得纖細不遺？

常言說得好：「事不關心，關心者亂。」初鳳一路搜尋，仍是沒有尋見二鳳姊妹影子，真是心亂如麻，不由悲慟已極。眼看行離紫雲宮不遠，猛想起昨日自己曾出宮外，到海底採取海藻，並未發覺地震。看適才海面浮屍神氣，這火山震裂，為時尚不甚久。如今自己在海中游行，已比從前快有十倍，她二人說不定還未到達這裡。這一路上海水上熱下涼，她二人也不會在海面游行。自己只顧注意四外，卻未深尋海底。她們如能逃到了紫雲宮，定會回去。最怕是逃時受傷，中途相左，需要自己接應。

想到這裡，復又翻身，往火島那一面的海底尋去。一會工夫，走出有百十里路，忽見前側面水中漩渦亂轉，頗與紫雲宮外漩渦相似。暗忖：「莫非這裡面又有什麼珠宮貝闕？」救妹心急，雖在尋思，並沒打算入內去觀察。誰知那漩渦竟是活的，由橫側面倏地改道，逕向自己衝來，來勢更是非常迅疾。方在詫異，已被漩渦包圍。

初鳳也沒去理它，仍自前進。猛地身子一衝，已出水面，面前站定一個虎面龍身的怪物，後半身仍在水內，前半身相隔數丈的水，上下左右，全都晶牆也似地分開。定睛一看，正是那年安樂島為獅群所困，趕來相救，逐走猛獅的怪獸。

她靈機一動，想起日前天籙上曾說此獸名為龍鮫，角能辟水分波，生來茹素，性最通靈，專與水陸猛獸惡魚為敵，遇上必無倖理。又能口吐長絲，遇見強敵，或到緊迫之時，便吐出來，將對方困住。那絲和細瀑布相似，通體晶明，卻是又黏又膩，不經牠自己吸回，無論多厲害的東西，沾上休想解脫。僅鼻間有一軟包，是牠短處。知道牠底細的人，只須將牠鼻端用東西緊緊按住，立時蹲趴地上，渾身癱軟，再也動彈不得。相遇時可如法將牠制服，用一根絲條從牠天生鼻環中穿過，便可順從人意，要東便東，要西便西了。此獸一得，不但可充紫雲宮守戶之用，還可借牠分水之力，採取海眼中的靈珠異寶。天籙上並說：「這種天生靈獸，千載難逢，極為少有，異日相遇，不可錯過。」等語。

那龍鮫遇見行人，並不走開，也無惡意，只顧低頭揀海底所產的肥大海藻嚼吃。初鳳心裡還惦記著兩個妹子的安危下落，急於將牠收服。忙將腰繫一根長條解下，拔劍在手，走上前去，仰頭用劍指著龍鮫大喝道：「昔日我姊妹三人被困獅群，多蒙你趕來相助，頗感大德。似你終日在海陸遊蕩，難成正果。我姊妹所居紫雲宮，乃是珠宮貝闕，仙家宅第。如肯隨我回去，乖乖降服，將來造化不小。否則我奉仙籙金敕，少不得親自動手。我這仙劍厲害非凡，那時你受了重傷，反而不美。」

那龍鮫原是因安樂島地震山崩，熱浪如火，存不住身，逃到當地，見海藻繁茂，動了饞吻，正在嚼吃。初鳳剛一說，便住了嘴，偏頭朝下注視，好似能通人意，留神諦聽。等到初鳳話一說完，倏地撥轉身往側面逃去。初鳳記準仙籙之言，如何肯放過去，連忙隨後追趕，一口氣追了有二三十里途程。因牠以前曾有解圍之德，只打算好好將牠收服，不願加以傷害，始終沒有用劍，總想趕在牠頭裡，給牠鼻端一下。

那龍鮫何等通靈！先前在安樂島海底已吃過二鳳姊妹的大苦頭，知道人要算計牠的要害之處，一面昂首飛逃，一面將身後長尾亂搖亂擺，竭力趨避，不使頭部與人接近。

初鳳既決計不肯傷牠，這東西又如此生得長大，在水中穿行又是異常迅速，初鳳追了一陣，只在牠身側身後打旋。有時趕到牠頭前，剛一照面，牠便撥頭又往側面穿去。打算去按牠的鼻端，簡直成了夢想。長尾過處，排蕩起的水力何止數千百斤。如換常人，休說被牠長尾打中，單這強大水力，也被擠壓成為肉餅了。

似這樣上下左右，在這方圓二三十里以內往返追逐，初鳳老不能得便下手，好生焦急。末後一次，正要得手，龍鮫因敵人追逐不捨，也發了怒。猛地將頭一偏，身子往側一穿，長尾一擺，照準初鳳前胸打來。兩下裡都是勢子太疾，初鳳一個躲避不及，眼看就要打中。這一下如打在身上，任是此時初鳳得了仙籙傳授，也是禁受不起。

初鳳正想飛身越過龍鮫頭前，給牠一個迅不及防，縱上去照鼻端來那一下。沒料牠這次改了方式，沒等人越過頭，竟然旋身掉尾打來。一轉側間，便覺水力如山，從側面壓到，那條長尾也已離身甚近。知道再像先前一樣，沉身海底躲避，萬分不及。忽然急中生智，不但不往下沉躲，反順著水的排力，一個黃鵠沖霄，往前面上方飛起，升約十餘丈高下，恰好長尾從腳下掃到離腳不過半尺，居然躲過。

百忙中再低頭一看，龍鮫身形已經掉轉，頭前尾後，長蛇出洞般，一顆大頭昂出水外，分波劈浪，往前飛走。暗忖：「這樣前後追逐，何時可以將牠制服？並且還有危險。怎不騎在牠的身上，慢慢挪向前面，豈不比較可以安全下手？」念頭一轉，身子往下一落，正騎在龍鮫後半身近尾之處。那龍鮫見敵人騎上身來，身子搖擺得益發厲害，前躥更速。走了一陣，倏地將長尾一甩，往自己背上打去。

初鳳知牠野性發作，想將自己打死，此舉正合心意。便也將身一起，順著牠長尾之勢，一個鯉魚打挺，蹿出前面水外，落在龍鮫項上。更不怠慢，一手攀著龍鮫頭上長角，身子朝前一探，左手舉劍，逕向牠鼻端按去。眼看龍鮫闊口張處，剛噴起半個晶明水泡，被這一按，立時將嘴閉緊，渾身抖戰，趴伏在地，絲毫也不動彈。

初鳳知已將牠制服，低頭一看，大鼻孔中果有天生的環眼。忙回左手解下雲裳上的一根絲條，右手長劍仍然按緊牠的鼻端不放。身子從牠頭上滑了下去，滑到鼻前，用雙腳鉤住牠的長角。再將絲條從鼻環中穿過，打了一個緊結。然後鬆手，跳下身來，將龍鮫鼻端所按之劍收回。龍鮫緩緩站起身來，一雙虎目淚汪汪望著初鳳，大有可憐之容。

初鳳見牠已經馴服，迥不似先前桀驁神態，甚是心喜。試將絲條輕輕一抖，龍鮫跟了就走；微一使勁，便即趴下身來。知牠鼻間負痛，忙即停手。又見牠經行之處，每遇肥大海藻，便即偏頭注視，猜牠定是腹餓思食。雖然救妹情殷，畢竟初得神物，心中珍惜，便即對牠說道：「我兩個妹子也從安樂島逃出，如今不知去向。你可急速在此飽餐一頓，我自在左近先去尋找她們。如找尋不著，我再回到此地，騎你同去尋找。找著之後，同歸仙府，隨我修煉，日後也好謀一正果。」說罷，就在海藻肥盛之處，尋了一個海底潛礁，將絲條繫好。

正待穿入水中，先在附近搜尋，猛一抬頭，看見上面水漩亂轉中有一條白影，隨著漩渦旋轉而下。心中一動，忙即縱身上去一看，正是二鳳和冬秀摟抱在一起，業已氣絕身死，僅只二鳳胸前還有餘溫，冬秀已是骨僵手硬，死去多時。二鳳既然無心相遇，三鳳想必也在近處遇難。同懷良友，俱遇浩劫，雖然身藏靈藥，可以希冀還生，到底心酸。況且三鳳下落還無把握，怎不難過。悲慟中，匆匆取出身藏靈丹，給二人口中強塞了幾粒進去。

手足之情，總比外人厚些。因要上去尋找三鳳，恐龍鮫無心中移動，海水將二鳳沖走，便將二鳳屍身放在繫絲絛的礁石之上，冬秀屍身卻安置在礁石左側崖洞外大石上面。剛放好，二次待要穿上水去，又見上面水中白影旋轉，只是比起二鳳下來時長大得多，旋起來時疾時緩，好似在漩渦中掙扎神氣。心中奇怪，定睛一看，竟是一條大虎鯊。知道這種惡魚非常殘忍，定是追蹤二鳳、冬秀屍體到此，不禁大怒。說時遲，那時快，就在初鳳注視尋思之際，那條惡魚已從水漩中落了下來，雖然失水，見了人還想吞噬。大嘴剛一張開，初鳳隨手就是一劍，劍光過處，立時齊頸斬為兩截。

初鳳斬魚之後，便即飛身往水漩中穿了上去，行沒多遠，便見三鳳順水漂來。因離海底甚近，上面水的壓力太大，不易翻浮上去。適才逃命時節用力過度，忽然昏迷，又灌了一肚子海水，業已氣絕身亡。所幸人已尋到，還可設法挽救。當時驚喜交集，匆匆抱了回轉。因二鳳存身之處太窄，便與冬秀屍身放在一處。同時塞了靈丹，先將她姊妹二人救轉。回到宮中，互說經過。

初鳳因她二人當初不聽良言，今番已受了許多險難，只溫言勸慰了幾句，不再埋怨。

一面談說間，早將玉匣中仙衣雲裳取了出來，與她二人更換。又將宮中異果海藻之類，取些與她二人吃了。

二鳳一聽宮中金庭玉柱果然發現，得了許多奇珍異寶，還有一部仙籙，照此虔修，便可成仙得道，不由欣喜欲狂。只三鳳性情褊狹，雖然心喜，總以為姊妹俱是一樣，卻被大姊佔在頭裡，好生後悔，不該在安樂島貪戀了這三年，以致鬧得幾乎耽誤仙緣，葬身魚腹。所幸天書尚在，只要虔心修煉，仍可和大姊一樣，否則豈不大糟？她只管如此想，誰知事偏不如人意，以致日後魔劫重重，幾乎又鬧得身敗名裂。此是後話不提。

且說冬秀畢竟是個凡體，元氣在水中傷殘殆盡，仍無回生之望。初鳳見她回宮這麼多工夫，面色已逐漸由蒼白轉成紅潤，只是仍未醒轉。雖不似二鳳姊妹般骨肉關心，終以昔日共過患難，是出生以來所交的第一個朋友，既有幾許之望，不願使其獨個兒化為異物。龍欲待尋金鬚奴商量解救之策，卻自從宮外一見，將龍鮫交他前去安置，一直沒有進來。龍鮫置放何地，也未來覆命。心中詫異，便讓二鳳姊妹各自觀賞宮中所有奇珍異寶，自己起身前去尋找。剛剛轉過外面宮庭，便見晶牆外面金鬚奴獨自一人滿面含愁，背著雙手，徘徊往來於避水牌坊之下，時而仰天長嘆，時而舉手搔弄頭上金絲般的長髮，好似心中有萬分為難，又打不出主意神氣。

初鳳因他自從來到紫雲宮，每日恭謹服役，總是滿面歡容，只有適才初動身去救二鳳姊妹時，臉上有些不快，似這般愁苦之色，從未見過，不禁懷疑。知道這宮中晶壁外觀通明，內視無睹，索性停步不前，暗中觀察他的舉止動作。待了一會，見他盤旋沉思了一陣，並無什麼異狀。忽然跪在地下，朝天默祝了一番，然後起身垂頭喪氣，緩步往宮前走來。恐被他看出不便，便開了宮門，迎將出去，問道：「你怎地這麼久時候不進宮來？龍鮫安放何處？我還等你來商量救轉一個朋友。」

金鬚奴躬身答道：「那龍鮫乃是靈獸，稍加馴練，便可役使。已暫時先將牠繫在宮後瓊樹之下，那裡有不少花果，如今正貪著嚼吃。小奴也知同來的另一位姑娘仙根本來不厚，周身骨脈臟腑俱被海浪壓傷，非小奴不能救轉。既是主人好友，不能坐視。怎奈適才拆看先恩師所賜錦囊，知不救此女，縱難飛昇紫闕，還可在這貝闕珠宮之內成為地仙；如救此女，雖有天仙之望，但是極其渺茫，十有九難望成就。而且此女正是小奴魔劫之根，稍一不慎，即此地仙亦屬無望。但是她又與三位主人非常有益。為此遲疑不決，在宮外盤算好些時，主人想已看見了。」

初鳳聞言驚道：「我看你動靜，並無別意，只緣你向來忠謹，平時總是滿臉高興，自我今日去接二位公主起，你便一時愁過一時，心中不解。我和你雖分主僕，情逾師友。她們三人，兩個是我妹子，一個受我兩次救命之恩。你日後縱有錯處，我已無不寬容，她們還敢怎地使你難堪？至於有甚災劫的話，我等同學這部天書，本領俱是一樣，你的道力經驗還比我們勝強得多。休說外來之災，據你說，只須道成以後，行法將宮門封鎖，天仙俱難飛渡。就使自己人有甚爭執，也未必是你敵手，何況還有我從旁化解，你只管愁它則甚？」

金鬚奴道：「如今主人道法尚未煉成，哪裡得知。仙緣俱有分定，這一部天籙雖然一樣，並無二冊，但是修過中篇，主人能自通解時，便無須由小奴講解。那時上面的符籙偈語，便視人的仙緣深淺，時隱時現。主人學會以後，也須遵照上面仙示，不能因小奴以前有講解傳習之功，私相授受。便是二、三兩位公主的道行本領，也比主人要差得好幾倍，怎能由人心意？小奴明知只一推說返魂無方，日後便少許多魔障。一則對主不忠，有背前誓，將來一樣難逃應驗；二則小奴以荒海異類，妄覬仙業，命中注定該有這些災難，逃避不脫。就按先恩師遺偈之意，也無非使小奴預先知道前因後果，敬謹修持，以人定勝天罷了！」

初鳳聞言，總覺他是過慮，雖然著實寬勉了幾句，並未放在心上。當下又問解救冬秀之策。金鬚奴道：「這姑娘服了許多靈丹，元氣已經可以重生。將來體質只會比前還好的。不過她受水力壓傷太重，五官百骸無法運轉。此時她已經有了知覺，但言語不得，所受苦痛，比適才死去還要厲害。小奴既已情願救她，不消三日便可復原。請主人先將金庭玉柱靈丹再取一十三粒，用宮後仙池玉泉融化，給她全身敷上，暫時先止了痛。小奴自去採取千年續斷和紅心補碎花來，與她調治便了。」

初鳳因兩種靈藥俱未聽見金鬚奴說過，以為他要出宮採取，便問道：「你常說你的對頭鐵傘道人尚要尋你，此去有無妨礙？可要將宮中法寶帶兩件去，作防身禦敵之用？」

金鬚奴笑道：「小奴此時出宮，天膽也是不敢。主人哪裡知道，這兩種靈藥全都在我們這紫雲宮後苑之內，其餘靈藥尚多。小奴起初也是不知底細，自主人今日走後，獨自詳看天書，才行悟得。這千年續斷，與人間所產不同，除紫雲宮外，只有陷空島有出產。雖比這裡年代還久，用處更大，但僅由列仙傳說，自來無人發現。這紅心補碎花，卻是這裡獨一出產，別處無有。這兩種靈藥，一有接筋續骨之功，一有補殘生肌之妙，再加用了若干地闕靈丹，豈有不能回生之理？」

初鳳喜道：「我以前僅覺後苑那種奇異花卉終年常開，可供觀賞，不想竟有這般妙用。如此說來，其餘那些花草也都是有用的了？」

金鬚奴道：「雖不全是，也大半俱是塵世所無咧！」

初鳳又問道：「你說那紅心補碎花，我一聽名兒，便曉得那生著厚大碧葉，花形如心，大似盈缽，一莖並開的小紅花。續斷名兒古怪，可是那墨葉長梗的矮樹？」

金鬚奴道：「那卻非續斷，乃是玉池旁和藤蔓相似的小樹，出產甚少，只有一株。這兩種靈藥取法用法俱都不同，少時取來，一見便知。此時救人，以速為妙。」說罷，二人分手。初鳳便照金鬚奴所說，先取玉泉化了靈丹，與冬秀敷勻全身。一摸胸前，果然溫暖。

撥開眼皮一看，眼珠靈活，哪似已死之人。只是通體柔若無骨，軟癱在床，知道全身大半為水力壓碎，不知身受多少苦痛，好生代她難過。

敷完靈丹，金鬚奴早採了藥來，在外相候。初鳳將他喚了進來，問明用法。先將周身骨節合縫之處，用續斷搗碎成漿塗了。再取紅心補碎花照樣搗碎，取出丹汁，由二鳳、三鳳幫同給她全身擦遍。然後取了一襲仙衣與她穿了。未滿三日，冬秀逐漸復原，她的五官百骸早已有了知覺。在她將醒未醒之際，已經得知就裡。這一來，不但起死回生，而且得居仙府，有了升仙成道之望，自然是喜出望外，對於初鳳姊妹感激到肝腦塗地。

由此，冬秀每日與二鳳、三鳳隨著初鳳，照仙籙傳授修煉。閒來時便去宮中各處遊玩。貝闕珠宮，仙景無邊，倒也享受仙家清福。只是一件美中不足，仙籙所有道法，俱是循序漸進。四女的天資稟賦有了厚薄，所學的程度也因之有了高下。初鳳生具仙質，六根無滓，靈府通明，一學便悟，又是首先入門，自然領袖群倫。二鳳因受紅塵嗜欲污染，多服煙火，但本質尚可，僅只所學日期較晚，不如乃姊，學時還不十分顯出費力。三鳳自為猛獅傷了一臂，流血過多，體氣已有損耗，再加這幾年的塵欲錮蔽，她的私心又重，休說初鳳，比起二鳳已是不及。

冬秀更是本來凡體，從患難百死之際，僥倖得遇仙緣。她為人雖是聰明好勝，饒有機智，因為心思大雜，於修道人反不相宜。先時同學，不甚覺得，日子一多，所學益發艱深，漸有相形見絀之勢。她不想自己因資稟有限，反以為是初鳳同金鬚奴對她和二鳳姊妹有了厚薄，不肯盡心相傳。初鳳於己有幾次救命之恩，還不敢心存恨意。對金鬚奴卻是嫌隙日深，只是胸有城府，不曾外露罷了。

又過了數月，初鳳對於那部《地闕金章》已能自己參悟，無須金鬚奴從旁解說。並且書上的字也是時隱時顯，除初鳳外，連金鬚奴有時也不能看出字來，由此初鳳日益精進。

他主僕五人，原本定有功課，每當參修之時，俱在子夜。照例由初鳳領了四人跪祝一番，然後捧了仙籙，在宮庭當中團坐。初鳳分別傳了二鳳姊妹與冬秀的練法，然後由金鬚奴持劍侍側，自己對書虔心修悟。等自己習完，再將可傳的傳給金鬚奴修煉。

這日習到天籙的末一章，剛剛通悟，還未練習精熟，上面的字忽然隱去。末章後頁忽現數行偈語，將初鳳姊妹三人和冬秀的休咎成就略微指示。並有「初鳳照所得勤修，不久便可成為地仙。以後欲參上乘正果，全仗自己修持，積修外功，萬不可少。餘人仙緣較淺，全視各人自己能否虔心參悟，力求正果為定，不可妄多傳授，因而自誤」等語。

初鳳看完，剛剛起身跪謝，那書忽從手上飛起，化成一片青霞籠罩全庭，頃刻消散。初鳳知道自己道將學成，仙籙先期化去，便將書上偈語當眾說了。二鳳雖然失望，知道仙緣注定，還不怎樣忿怨；但別人不然。

冬秀和三鳳俱知金鬚奴火煉玉匣，搶去天籙之事。這次天籙飛去，見他滿面笑容，躬身侍立在側，並未動手，若無其事一般。猜他已將天籙學全，必有防它化去之策，卻故意不讓大家學全，由它化去。情知所學還不及初鳳的一半，原想只要書在，日久自和初鳳一般，能夠自己參悟。這一化去，雖說初鳳厚愛同懷，情重友深，也未必敢違了天籙偈語，私相授受。越想越恨，越想越難受，竟然放聲大哭起來。經初鳳勸勉了一陣，才行悶悶而罷。冬秀更因哭時金鬚奴未來解勸，好似面有得色，越發把他恨在心裡。

光陰易過，轉眼十年。二鳳雖然比初鳳相差懸遠，因為始終安分虔修，倒也不在話下。惟獨三鳳和冬秀俱是好強爭勝之人，除平時苦心練習，磨著初鳳傳授外，總恨不能有點什麼意外機緣遇合，以便出人頭地。初鳳受她二人纏繞不過，也曾破例傳授。二人意總未足，幾次請求初鳳准她二人出海雲遊，尋訪名師，以求正果。初鳳記著老蚌之言，歸期將屆，再三勸阻，好歹等恩母回來，再行出外。冬秀表面上還不違抗，三鳳哪裡肯聽，姊妹二人鬧了好幾次，終究三鳳帶了冬秀不辭而別。

她二人走沒多日，老蚌居然重回地闕，初鳳、二鳳自是心喜。接進宮中，一問經過，才知老蚌蛻解後，便投生到浙江歸安縣一個姓仇的富戶家中為女。因乃母生時，夢見明珠入懷，取名慧珠。生後一直靈根未昧。七歲上父母雙亡，正遭惡族欺凌，遇見天台山白雲庵主明悅大師看出她的前因，度往庵中，修煉道法一十二年。大師因她不是佛門弟子，命中只該享受地闕清福，始終沒有給她剃度，傳了許多小乘法術。圓寂之時，指明地點，命她仍舊回轉紫雲故里。她領了遺命同幾封密偈，尋到紫雲宮海面，用小乘佛法，叱開海水，直達宮中與初鳳等相見。

此時慧珠已是澈悟前因，一見只有三鳳不在，便問何往。初鳳便將姊妹三人安樂島報完父仇，以及二鳳、三鳳貪戀紅塵，在島上一住三年，自己勸說不聽，回宮苦守，玉柱開放得了許多奇珍；後來收金鬚奴和龍鮫，救回二鳳姊妹和冬秀；三鳳性傲，不聽約束，日前與冬秀私自出走，說去尋師學道，曾命金鬚奴出宮追趕，也未尋回等事，一一說了。

慧珠道：「三鳳真想不開。我常聽師父說，我們這座地闕仙宮深居地心，為九地靈府之一。只須等你將那部《地闕金章》中修道之法煉成以後，我同你姊妹三人帶了宮中異寶，再出去將外功積修圓滿，那時重歸仙府，縱不望飛昇紫闕，一樣可求長生不老，永享地闕清福，比起天仙，相去能有幾何？她這一出去，萬一誤入歧途，豈非自誤仙業？你說那冬秀一個尋常凡女，遭遇仙緣，也這等不知自愛，跟著胡行，尤其大是不該！

「我本想回宮以後從你煉法，道未煉成，不再出世。她這一走，我便放心不下，只好趁她二人迷途未遠以前趕去，將她們追了回來，以免一落左道旁門，便無救藥。我經此番塵劫，僅學了點小乘法術。在我未把天籙道法煉成，元神重孕嬰兒之前，本不願出海問世。只因你的道力雖已有了根柢，無奈自幼隱居海底，塵世閱歷太淺，對於目前正邪各派中人物無甚聞知，恐遇上時難以辨別。二則三鳳心性既變得如此倔強，先不聽話而去，豈肯出海之後再隨你回來？有我同去，畢竟要聽話些。

「我雖無什高深本領，但是自幼隨了師父雲遊天下，哪一派的人物差不多都有一半面之緣。就是不認得的，也能一望而知。再者師父臨飛昇以前，曾傳我內照前知之法，為日尚淺，縱難及遠，對於目前事物，一經湛定神明，歸心反視，便能略知未來。適才聽你說話之際，我因思念三鳳，潛心默參吉凶，得知她二人已離海岸，漫遊中土，行蹤當在嵩岳泰岱之間，頗有因禍得福之象，故此非去不可。

「不過尚有一事為難：地闕仙府根本重地，況有許多不能全數攜帶的寶物在此，雖說深居海底，暗藏地府，外人不易知曉，終須留一自己人在此，以防萬一。二鳳留守，自是當然，但她法力淺薄，最好留下金鬚奴與她同守，再加神獸龍鮫守護宮門，定可無慮。無奈金鬚奴他對我說，魔障將臨，去留於他均有妨害。此人功高苦重，恐誤了他的功果，令人委決不下。」

正說之間，金鬚奴忽從門外走進，面帶愁容，朝著慧珠跪下道：「小奴近些日來，忽然道心不靜，神明失了主宰。算計先恩師遺偈暗示，想是大難快要臨頭。就是主人此次不出外，小奴也請假暫離此地，以求免禍。地闕仙府非無外魔覬覦，但是尚非其時，照小奴默參運數，約在諸位主人將來二次出遊歸來之後，方有一番紛擾。過此，仙府即由主人用法術封鎖。從此碧海沉沉，仙濤永靜，不到百年後末次劫運降臨，不會再與生人往還。

「此時休說還有二公主與龍鮫留守，縱使全數離開，也絕無一些事變發生。倒是小奴魔劫重重，依次將臨。明知逃到哪裡都難避免，不過與主人同行，一旦遇上外魔，不能與之力抗，尚有主人德庇，還可脫險。只有這內欲一起，卻難強制，一個把持不住，不但敗道喪生，還負了主人再造深恩。思來想去，只有同行稍好一些。望求主人俯允，感恩不盡！」

此時慧珠道行尚淺。便是初鳳雖然今非昔比，對於金鬚奴的出身來歷和天生的異稟，也是一樣茫然。因知金鬚奴素來忠誠，又善前知，與慧珠、二鳳商量了一番，便放放心心由二鳳在宮中留守。又將龍鮫喚來，囑咐了幾句，命牠就在避水牌坊下面看守門戶，不許擅自離開一步。

那龍鮫本是神獸，自經初鳳姊妹這些年馴練，已是通靈無比，聞言點首長鳴，轉身自去。慧珠、初鳳便帶了金鬚奴，出宮直升海面，同駕遁光，先往嵩岳飛去。

第十一章　撒手煙雲

慧珠等三人到了嵩山，遍尋三鳳、冬秀二人蹤跡，一點影子也無。慧珠隨師多年，熟悉寺廟中規條。因來時算出二女是往嵩岳一帶，估量尚未遠去。便命初鳳帶了金鬚奴在少室等候，以免驚駭俗人耳目。獨向少林寺一帶庵觀中尋覓禪友，打聽下落。

那少林寺在元明之際，正是極盛時代，能手甚多。慧珠原從後山趕向前山，因寺中方丈智能以前曾有一面之緣，打算尋他，詢問門下僧徒，在每日樵蘇挑水之時，可曾見過像二女打扮的女子。不料行近少林寺還有三數里遠近，見前面懸崖陡立，上出重霄。崖側一條深澗擋住去路，寬約二丈。正欲飛身越過，忽聽木魚之聲起自天半，心中詫異。抬頭一看。

懸崖危壁上面附著一片灰雲，雲影裡映現著一株古怪松，斜坐崖隙，那梵唄之聲，便從那裡發出。慧珠知道當地異人甚多，見那僧人故炫精奇，來路不正，不願招惹，裝作不知，逕直縱過澗去。身才立定，便聽洪鐘也似的一聲「阿彌陀佛」，眼前現出一個紅衣赤膊、相貌極其凶惡的番僧，左手持著一柄鐵禪杖，背著一個大盆般的鐵缽，右手單掌當胸，指著慧珠道：「此山豺虎甚多，女檀樾孤身獨行，意欲何往？可要和尚護送一程麼？」

慧珠知他來意不善，暗中留神，合掌當胸答道：「弟子因來此遊玩，中途失去兩個伴侶，欲往前面少林寺中探聽有無人見。自幼曾學過少許薄藝，雖是獨行，倒也不畏豺虎。前行不遠，即可到達，無須煩人保護。禪師好意，只有心領了。」

番僧聞言獰笑道：「女檀樾竟與少林寺智能賊和尚是舊相識麼？我奉大力法王之命，來此已有九日。每日早晚功課完畢，便到寺前尋他。他卻縮頭不出，弄些障眼法兒將寺門封鎖，不敢出面。本當衝了進去，又覺我和尚老遠到此趕盡殺絕，未免有些不好。昨日我已遞了法牒，限他三日將全寺讓出，由我住持。今日已是第二天了，還沒見他動靜。且等三日過去，仍沒回音，我便用佛家禪火將全寺一火燒個精光。

「昨日我已在寺前大罵，你那兩個同伴不知輕重，竟敢出言和我頂撞，被我略施佛法，將她二人鎖在後山天蕩崖洞底之內。預備這裡事完之後，將她二人獻與法王享受。我看你生得比她二人還要美貌，又是她二人的同伴，正好打做一路，乖乖由我送往崖洞之內等候，免得丟醜。」

慧珠一聽，以智能那般道行，竟由他在本山猖狂胡為，這個番僧必非易與，如若力敵，恐怕不是對手。三鳳、冬秀被他攝去，又不知天蕩崖在後山什麼所在。莫如將計就計，等他到了崖前，再用師父所傳遁法脫身回去，告訴初鳳、金鬚奴，想主意救人除害。想到這裡，剛要張口答話，那番僧已好似看出她心意，兩道濃眉倏地往上一皺，罵道：「你這賤婢！目光不定，想在大和尚面前搗鬼，哪裡能夠？你這個賤貨，好好善說，叫你隨我到天蕩崖去；若然不聽，非出乖露醜不可。」說罷，將袍袖往上一舉。

慧珠見勢不佳，暗道一聲：「不好！」正待行法遁走，猛覺眼前一亮，一片黃雲已將身子罩住。知道逃走不及，連忙手中捏訣，盤膝坐定，將小乘法術中的金剛住地之法施展出來。先將身子定在山石上面，化為一體，以免被敵人的妖雲捲走。然後虔神內照，一拍命門，放起一片銀光，將身子護住。這佛門小乘法術專備修道人在深山中修道防身之用，專一以靜制動。雖不善攻，卻極善守，只要心不妄動，神不亂搖，任你多厲害的邪術也難侵害。

那番僧原是西藏大力法王妖僧哈葛尼布的大弟子，所煉邪法妖術甚是厲害。因為路過嵩山，想起少林寺方丈智能為人正直，劍術高強，法王手下紅衣妖僧屢次吃他大苦，氣忿在心，又覬覦寺中那片基業，仗著自己新近煉成了一種毒火紅砂，親往寺中尋仇。誰知智能早已得了能人報警，知道一時難以抵敵，一面用飛缽傳書，各處求救；一面約束手下徒眾禁止出外，緊閉寺門，外用法術封鎖，以待救援。

番僧見全寺均被雲封，知道內藏奇門妙用，攻不進去。連在寺前辱罵了幾日，始終不見人出來。又防中了誘敵之計，不肯輕易施展毒火，好不氣悶。

那三鳳同了冬秀離了紫雲宮，原打算遊歷天下名山古洞，尋訪仙師。無奈一個是自幼深居海底，各地名山勝域均無聞知；一個雖是自幼隨了父親保鏢，闖蕩江湖，僅知道一些有名的江湖好漢，至於神仙居處，仍是茫然。二人先在海外閒遊了幾處島嶼，覺得景致平常，不似仙人所居，好生掃興。末後冬秀想起幼時曾聽父親說起，嵩山少林寺慣出能人異僧，名頭高大，有一次曾親見寺中一個和尚放出飛劍，斬人於數十里外等語。不知事隔多年，寺中還有這種能人無有？便和三鳳說了。

三鳳笑道：「我們姊妹幾個，哪個不會？何況我們深居海底仙宮，出入驚濤駭浪。大姊曾說我們本領道法已和散仙差不多了，尋常能放飛劍的人，尋他有什用處？」

冬秀道：「話不是如此說。天外有天，人外有人。就拿金鬚奴說，他的本領已比我們二人高強得多，如論道行，還遠在大姊之上。但是每一提起他那對頭鐵傘道人，事雖過去，還在膽寒。我們此次出門，原為爭這口氣，不成不歸，有志者事竟成。且不必單說前往嵩山，你我把天下名山，人跡不到之處，全走一遭，早晚必能遇上。即使我們真個仙緣淺薄，開開眼界，長點見識也是好的。」

三鳳本無目的，因在安樂島時常聽冬秀說中土山川雄秀，如何好法，早就神往。既然嵩山常有異人劍仙來往，便先往嵩山一遊，到了再議行止。當下說定，同往嵩岳進發。一入中土，遇見繁華城鎮，也曾降下去遊覽，就便訪問嵩山少林寺的途徑。

冬秀因二人所著都是仙家衣履，惹人注目，想起乃父在日之言，江湖上行走，不宜過事炫奇。雖說現在所學已離仙人不遠，到底還怕遇見能手。一落地，首先將從紫雲宮中帶出來的兩枝珊瑚，向大城鎮中去換些金銀備用。

那珊瑚，紫雲宮後園中到處皆是，冬秀所帶雖是兩枝極小的，在塵世上已是無價之寶，立刻便將金銀換來。先買了兩身尋常衣履，與三鳳一齊換了。有了前車之鑑，仗有靈丹辟穀，除打聽出附近有什名山勝跡，必去登臨外，大都無甚耽擱。不消數日，已達嵩山。先在山麓降下，商量了一陣。然後往少林寺中走去。

此時少林寺聲望雖稱極盛，但是山徑崎嶇，猶未開闢。除慕名學藝和有本領的人來往外，尋常人極少問津。

二人在來路上已屢聽人說起少林寺的威名遠震，寺中和尚如何勤苦清修。有了先人之見，不由起了幾分敬愛之心。冬秀更是滿心記著昔日江湖上尋師訪友的步數。因寺廟中不接待女施主，原打算到了寺前遇著本僧，略顯身手，將寺中人引了出來，看看有無真實道法，再行定奪。

起初以為這大一座叢林，縱不接待女客，進香的男子必不在少。誰知入山走了好一程，一個人影俱未遇上。二人也未覺奇異，仍往前走。沒有頓飯光景，已經望見前面樹林隙裡，紅牆掩映，知離寺門不遠。正待前行，耳邊忽聽喝罵之聲。再往前幾十步，便出樹林，半山崖上現出一座大廟，牆宇高大，殿閣重重，看去甚是莊嚴雄偉。只是廟門緊閉，廟前岩石上坐定一個身背大鐵缽，手持鐵禪杖的紅衣蠻僧，正在戟指朝著寺門大罵。三鳳還要前進，還是冬秀機警，忙把三鳳一拉，同時止步，躲在一株古樹後面，看那番僧動作。

那番僧說話聲如洪鐘，所罵之言俱都不堪入耳。罵了一陣，想是罵得火起，猛將手中禪杖一起，一脫手，便化成一道半紅不黃的光華，龍蛇一般直往寺門衝去。轉眼衝到，倏地寺前起了一片粉紅色的雲煙，瀰漫開來，將全寺罩住。光華只管左衝右突，休想前進一步。氣得番僧口中喃喃念那梵咒，滿頭鬚髮皆張，狀如醜鬼，仍是無用。只得將手一招，收了回來。光華才斂，寺前雲煙也跟著隱去，依舊大門緊閉，廟貌莊嚴，巍立在半山之上，沒有絲毫傷損。

那番僧二次持杖大罵了一陣，又將禪杖化成光華飛起，在雲煙中衝突了些時，又重飛回。如是者好幾次。三鳳越看越氣，大憤。便向冬秀道：「這賊和尚同人家有何仇恨？他罵了這半天，人家關上門不理他也就是了，為何這般辱罵不休？待我去問他去。」

先時番僧臉朝寺門，本不知道二女藏處。罵得正在起勁，忽聽二女說話聲音，便即回身尋視。三鳳本是初生犢兒不怕虎，隨說便走了出來。冬秀雖因生長江湖，除聰明機警外，歷練也甚尋常，在樹後看出了神，三鳳說話時節，也未攔阻。及見番僧聞聲回視，知要出事，想拉三鳳，已是不及，只得跟著迎了上去。

三鳳指著番僧問道：「廟中和尚，與你何仇？人家怕了你，不出來，為何還要苦苦辱罵則甚？」

番僧也未還言，睜著一雙怪眼，只管上下打量二女。三鳳見他神色鬼祟，越發不耐，正要喝問。番僧獰笑著答道：「聽你說話，你莫非與智能賊和尚相好麼？我奉法王之命，到處尋找美貌女子，數日以來，並未尋著一個可意之人，不想無心相遇。識時務的，快快歸順，等我破了少林寺，殺了智能，帶你二人去到法王那裡，叫你快活不盡。」

一言未了，三鳳早已怒氣填胸，按捺不住，嬌叱道：「賊和尚！死在眼前，還敢胡言！」說罷，左肩搖處，一道青光直往番僧頭上飛去。冬秀見三鳳業已動手，知道番僧凶橫，決難善罷干休，也將飛劍跟著放出，上前夾攻。

番僧見二女同時放出飛劍，哈哈大笑道：「難怪賤婢猖狂，原來還會這些伎倆。禪師面前須容不得爾等。」隨說，隨將手中禪杖拋起，化成一道半黃半紅的光華，疾如閃電，將二女飛劍接住。

三鳳見飛劍無功，正想探懷取寶，番僧口中念動梵咒，倏地大喝一聲，手揚處，一片烏黑雲煙飛向二女頂上。二女還未及施為，已被雲煙罩住，猛聞一股奇膻之氣，立時頭暈眼花，再也支持不住，只覺身子懸空，半晌方才落地。等到醒來一看，身子已在一個石洞之內，四外陰黑。幾次想行法衝出，誰知番僧業已用了妖法，將石洞封閉禁制，洞壁比起百煉精鋼還要堅硬十倍，一任二女用盡生平本領，休想損傷分毫。

妖僧將二女困入少室石洞以後，因寺門有智能法術封鎖，攻不進去。心中貪戀二女美貌，本想先用一個。又因法王這次所須有根基的少女正是兩名，恐日後知道怪罪，只得作罷。仍回崖壁上面，算計寺中不見人出，不是等候救兵，便是設有埋伏，想誆自己毒砂。決計再等數日，寺僧不肯投降，便用魔火化煉全寺，逼他出來。那時再用毒砂，一個也難漏網。自己仍不攻進去，以免中了敵人奇門遁法。

正在唪誦魔咒，忽見崖壁轉角又走來一個絕色美女。慧珠本是千年老蚌轉生，麗質仙根，比起初鳳姊妹還要美貌得多。番僧見了，如何捨得放過。便飛身下去，攔住去路，以為也和前日兩個美女一樣，手到擒來。不想慧珠雖不善攻，卻精於守，坐在地上，身子竟似與山合體，生了根的一般。番僧連用妖法，但都未能將她攝走。兩下相持了大半日工夫，番僧想去少林寺前惡罵，不能分身。崖下面不比崖壁之上，可以遠觀寺中虛實，又恐智能乘機逃走，就此罷手，心又不甘，好生委決不下。

這一面，慧珠雖仗小乘佛法，用禪功入定，屏禦百魔。無奈這種法術只能防身，不能衝出妖雲氛圍逃走，除了靜以待變外，別無善策。還算自幼出家，心神澄定，不為恐懼憂危所擾；否則心神一亂，真靈失了主宰，定遭毒手無疑。

兩下正在相持，忽聽暴雷也似一聲長嘯，空中飛下四道光華，直取番僧。番僧見來的敵人是三個絕色少女和一個腦披金髮、相貌奇醜的怪人。三女當中，一個穿著一身仙衣霞裳，另外兩個正是日前被自己擒住，囚禁少室的女子。那封鎖少室的魔法極其厲害，不知怎能到此？心中大吃一驚。那仙女裝束的一個，劍光尤其厲害。一面飛起手中禪杖，化成一道紅黃色的光華迎敵；一面口誦真言，打算行使妖法取勝。誰知新見一男一女的劍光，疾如電掣虹飛，自己一柄禪杖竟然應付不了，急迫中大有有力難施之勢。知道稍一疏虞，被敵人飛劍攻進身旁，不死必傷。不敢怠慢，連忙轉攻為守，先將禪杖招回，護住全身，再做計較。

這來的正是初鳳、三鳳和冬秀、金鬚奴四人。原來初鳳、金鬚奴自慧珠走後，二人便在山頭閒眺，等候慧珠回音。初鳳忽然想起金鬚奴得道多年，便問他嵩山可曾來過，少林寺中可聽說有什能人？

金鬚奴道：「小奴生長極荒寒海之地，距離中土甚遠，先時所知俱是海外散仙。後來因為心懷遠志，也曾數遊中土名山勝境，訪求正道。這嵩山雖是舊遊之所，還在數十年前來過兩次，彼時少林寺僅有幾個精通武藝的高僧，無甚出奇之處。倒是末次重遊此山，在少室絕頂遇見兩個矮子在那裡對弈，小奴不合欺他們生得矮小，貌不驚人，躲在他二人背後，暗用禁法，將棋子移亂取笑。不料棋子沒有移動，如非那兩個矮子意在儆戒，不肯傷人，險些喪了性命。就這樣，還吃他們用劍光將小奴圈住，跪在他二人下棋的石旁七天七夜，直等那一盤殘棋終了，才行釋放。

「後來一打聽，才知二人是有名的嵩山二矮白谷逸和朱梅。他們年紀不大，學道日子更是不久，卻是得了真仙傳授，不但劍法高深，彼此已有半仙之分。只恨緣慳眼拙，遇見異人不去跪求度化，反而意存戲弄，自找無趣，後悔了好些年。如今不知可在那裡隱居沒有。除此以外，四川峨嵋山還有一位極厲害的正派劍仙，名叫長眉真人，宋初已經得道，只為發下宏願，要創立一個正派教宗，積修十萬外功，才行出世，所以至今還未飛昇。別的正邪各派異人能手雖多，據小奴所知，當以此人為目前在世正邪各派散仙中的魁首了。」

初鳳聽得高興，便想叫金鬚奴領往少室，一尋仙蹤。問他以前曾經開罪，此去可有妨害？

金鬚奴道：「小奴被他二人收去劍光釋放時，曾聽他二人說，小奴雖是異類，平日尚知自愛，看去沒有惡意。自隨主人在海底仙府修煉天籙祕笈，不僅道行增長，心地愈覺光明正大。這類仙人大都除惡獎善，自問無過，至多無緣不見，否則不在此地隱居，決無別的妨害。不過我們離開這裡，恐老主人回來相尋費事罷了。」

初鳳道：「這有何難？」說罷，放出飛劍將路旁大樹的皮削去數尺，劃上幾行字跡，請慧珠回來，前往少室相晤。當下同了金鬚奴同往少室飛去。劍光迅速，相隔又近，轉瞬便即到達。剛一落地，金鬚奴首先驚「咦」了一聲，同時初鳳也看出山頂四圍隱隱妖氣籠罩。情知有異，再一尋找少室的門戶，竟是無門可入。初鳳猜是內中必有妖人盤踞，悄問金鬚奴：「洞中潛伏的人雖然路道不正，一則他沒有招惹我們，不犯多事；二則我們俱是初次出門，不知外面各派中人深淺，萬一抵敵不住，豈非求榮反辱？還是回到原處去等母親吧。」

金鬚奴聞言，仔細向四外看了一陣，答道：「話不是如此講。仙家內外功行並重，主人此時內功已經修成了十之八九，外功卻一件未立，除惡去害，分所當然。這妖氣如此濃厚，洞中決非安分之人。如今我們明明算出三公主現在此山，到此卻遍尋無著，說不定陷落洞中妖人之手，也未可知。再加我們既然到了他的門戶，他在洞中不會不知道，卻不出面，又將洞門用妖法封閉，情更可疑。主人不可大意，被他瞞過。萬一三公主真個被陷，夜長夢多，如為妖人所害，那時悔也無及了！」

初鳳聽他說得有理，不禁著起急來。《地闕金章》中原有撥雲破霧之法，連忙禹步立定，施展起來。不消頃刻，妖雲盡掃，現出洞門。入內一看，裡面還有一層門戶，門外有一玉屏風，將出入道口堵得嚴嚴實實。試用手推了一推，覺出堅固異常。一心惦著同懷好友的生死下落，也不再尋洞中有無能人，左肩搖處，放出劍光，直往玉屏上射去。眼看劍光飛近玉屏，倏地眼前一晃，現出一個矮子，一伸右手，便將劍光接去。初鳳大吃一驚，忙又將第二道劍光放出，才一飛近矮子面前，那矮子只笑了一笑，一伸左手，又將第二道劍光接去。

初鳳痛惜至寶，忙運玄功，打算收回。誰知一青一白兩道光華，只管似龍蛇般在矮子手上亂掣亂動，一任初鳳用盡心力，哪裡收得回來。

正在著忙，忽聽金鬚奴在旁高叫道：「主人快請住手！這位真人便是我說的那位矮仙師。」一言未了，猛地又聽矮子笑道：「你們既無本領去破別人妖法，沒得將我們這座玉屏風毀去，你們賠得起麼？這劍還你，還不快些進去救你妹子。」說罷，影子一晃，兩道劍光已經飛回，矮子蹤跡不知去向。再看當門的一座玉屏風，已於轉眼工夫移向壁間。

初鳳雖然道法已非尋常，因為初逢異人，似這般神龍見首，也鬧了個迷離倘恍，不知如何是好。金鬚奴畢竟懂得事多，見初鳳還在遲疑，忙道：「仙人已走，三公主定在裡面，還不快去解救！」

初鳳被他提醒，不暇答話，匆匆往洞內便走。行沒幾步，忽聽洞內深處隱隱有兩個女子怒罵之聲，頗似三鳳、冬秀口氣。心中怦地一動，忙即搶先衝了進去。剛一起身，忽然一道劍光從黑暗中劈面飛來。幸而初鳳劍術煞有根底，知道來勢太猛，不及迎敵，忙用遁法避過。身剛立定，又是一道劍光接踵而至。跟著衝出兩個女子，定睛一看，果是三鳳和冬秀二人，已是急得滿頭大汗，神色甚是狼狽。同時金鬚奴也由外趕到，彼此認清面目，俱都喜出望外。

三鳳道：「我們在少林寺前，被一個紅衣妖僧用妖法困此洞內，已經二日，用盡法術飛劍，俱難脫身。本來都絕了望，準備妖僧再來，用劍自殺。適才猛覺洞壁虛軟，死中求活，拚命往前一衝，竟然空若無物。不想卻是姊姊親來解救。二姊可同來麼？」

初鳳一聽困她二人的果非適才所見矮子，對頭是另一個紅衣妖人。一同出洞，各將前事一說。金鬚奴又重將矮子來歷及適才所聽語氣，解說了一遍，這才明白封洞妖法還是矮子所破。只不知這洞既是矮子清修之所，何以又容妖僧將人困入洞內？因聽三鳳、冬秀說那紅衣妖僧正與少林寺中和尚為難，又那般好色作惡，恐慧珠前往遇上也遭了他的毒手，話一說畢，便即領了眾人直往少林寺前飛去。行至中途，便望見下面妖雲蒸騰。低頭仔細一看，那紅衣妖僧正站崖下，面前一幢雲霧凝聚不散。

金鬚奴目光厲害，斷定霧中被困的人正是慧珠，必有防身法術，所以尚未被妖僧擒去，快救還來得及。三女聞言，同仇敵愾，忙即招呼一聲，各自將手一揮，紛紛將劍光飛起，直取妖僧。

論四人此時的道力法寶，初鳳雖然最好，也非妖人對手。偏是佔了人多勢眾的便宜，妖僧驟不及防，又是滿腹輕敵之心，這才鬧了個手忙腳亂。縱有一身妖法和毒火神砂，不但一時施展不開，收回禪杖護身時，略一心慌疏忽，還幾乎為初鳳飛劍所傷。好生咬牙痛恨，一面暗想惡毒主意，報仇雪忿。

且緩說妖僧暗中施為。只說初鳳等四人用劍光困住了妖僧，忙即行法驅散妖雲，與慧珠相見。母女難中重逢，自是驚喜交集。初鳳因妖僧有光華護住身體，不能將他除去，正待另想法寶取勝，忽見妖僧身旁飛起一團綠陰陰的妖焰，裡面夾雜著許多紅黃火星，風捲殘雲般往上直升。四人的飛劍光華竟阻它不住，眼看飛入空中，布散開來，就要往四人頭上罩下。猛地想起仙籙上曾載有各派邪法異寶中，有一種都天毒火神砂，厲害無比，遇上須要速避，一沾身上，立時把道行打盡，化成膿血而亡。但並未載著破法。所說形狀與此相似。同時又聽慧珠、金鬚奴同聲高喊道：「妖法厲害，你們還不快躲！」

大家正在忙著，忽然身後一陣風聲吹到，眼前人影一晃，現出一僧一道。慧珠見那僧人穿著法衣，相貌甚是莊嚴，正是少林寺的方丈住持智能。那道人不認得，生得形容古怪，凹鼻凸眼，兩顴高聳，骨瘦如柴。面目手足比墨還黑，一張闊嘴唇卻比胭脂還紅。微一張口，露出上下兩排雪也似白的密齒，三色相映，越顯分明。手持一柄鐵傘，一縱到便即將傘撐開，大有丈許。先時傘上起了一股濃煙，煙中火星四外飛濺，佈散開來，遮蔽了數畝方圓的地面，恰好連慧珠等四女一男一齊護住。

這時上面番僧的毒火神砂也自天空布散飛下。兩面剛一接觸，道人鐵傘上的火星黑煙越來越濃，倏地往上一起，立刻煙火消散，化成一片烏光，將毒火紅砂托住，往上直升。

對面番僧想已看出不妙，急得滿頭大汗，口中梵咒念個不住。放出去的毒砂兀自收不回轉，眼看被敵人那柄鐵傘越托越高，變得越來越小，漸漸都附到傘上，凝在一處。

猛聽道人大喝道：「大膽妖僧！我師姪智能在此清修，與你有何仇恨，你每日上門欺人？他不與你計較也就是了，你還倚強逞能，限他三日之內獻出少林寺，否則便用魔火將全寺僧徒煉化。你不過憑著老禿驢的妖勢胡作非為，有何本領道行，敢口出狂言，把數百年清淨禪林化為灰塵？今日祖師爺特地從海外追來，領教你佛教中的妖火，到底有多大狠處，原來也只如此微末伎倆。本當暫饒你的狗命，由你歸報老禿驢前來送死。只是情理難容，此時想逃，焉得能夠！」說罷，袍袖揚處，飛出七道尺許長的烏金華光，直取番僧。

當道人初來時，初鳳姊妹和冬秀三人看出來了幫手，不但未將飛劍收回，反倒運用玄功指揮飛劍，將番僧困了個水洩不通。

妖僧一柄禪杖護身已覺不支，加上毒火神砂被道人鐵傘托住，飛入雲空，不見蹤影，知被收去，越發心亂著忙，哪裡再禁得起道人的異門散仙多年修煉的至寶修羅神釘。看見七道烏光飛來，剛暗道得一聲：「不好！」打算棄禪杖不要，借了遁光逃走，已是不及。被那七道烏金光華分光直入，相次打在身上，「哎呀」一聲，翻身栽倒。道人更是狠毒，接著將手一指，那烏光便似七道小電閃一般，圍著番僧屍首亂閃亂竄，不消頃刻，便刺成一堆鮮血爛肉，才行收了回去。

慧珠忙領眾人上前參見時，忽然一眼看到金鬚奴跪在道人身側，嗦嗦嗦抖個不住，心中好生奇怪。智能見慧珠朝他行禮，只打了個問訊。那道人竟連理也不理，慢騰騰先從身後葫蘆內倒出一些粉紅色的藥粉，彈向番僧死屍的腔子裡。然後指著金鬚奴罵道：「當年我在極海釣鼇，你竟敢無故壞我大事。後來被我用法壇將你封閉，原想將你永埋海底，萬劫不得超生。不想海底潛伏著你的同類，將我法壇毀去，潛藏海眼之內。

「那時我因忙著擒鼇，不暇尋你算帳。你這孽畜偏也靈巧，在我禁期之內，居然潛伏了九年沒有出世。今日相遇，你以為我的限期已過，可以饒你？誰知我那九首金鼇自從被你驚走，再也不肯上鉤，累我多年不能飛昇靈空天闕。非用你這千年得道魚人的靈心，不能將那金鼇鉤住。你如知事，等我寶傘飛回，乖乖地隨我回轉極海，由我取用。我恩開一面，當可助你轉劫托生；否則形神一齊消滅，化為烏有，悔之晚矣！」

初鳳見道人裝束打扮和所用的一柄鐵傘，又見金鬚奴伏地害怕神氣，已猜出他是金鬚奴的對頭鐵傘道人，聞言正在驚惶無計。

旁邊三鳳始終不知番僧毒火厲害，因看道人倨傲，已是不悅，還念在他有解圍之德，沒有發作。及聽了道人這一席話，竟要強取金鬚奴的性命。平時和金鬚奴雖有嫌隙，到底是自己人，不由敵愾同仇，勃然大怒，走上前去，對道人說道：「這個金鬚奴平日在海底潛修，從不出外生事。此番隨了家姊來到嵩山，也未做過一樁壞事。你執意要傷他的性命，是什緣故?」

道人朝著三鳳冷冷一看，答道:「無知女娃，曉得天有多高，地有多厚?誰不知我鐵傘真人言出法隨?休說你們這幾個小女孩子，便是各派群仙，誰敢與我違拗?念你年幼無知，不屑與你計較，快些住口，少管閒事!以免自找無趣。」

三鳳正要發作，慧珠和初鳳見智能那般恭謹，及金鬚奴害怕樣子，深知道人難惹，剛在彼此用目示意，一同跪下，代金鬚奴乞命，一見三鳳神色不善，怕她闖出禍來，越發不妙，正要上前禁阻。忽聽叭的一聲，道人手摀著左臉直跳起來，四下觀望，目露凶光，似有尋仇之意，心中不解何故。忙先把三鳳拉開時，道人右臉上也叭地響了一下，登時兩面紅腫起來。氣得道人破口大罵道:「何方妖孽，竟敢暗箭傷人?少時叫你死無葬身之地!」

隨說，袍袖展處，早飛起一片紅雲，將身護住，睜著一雙怪眼，四外亂看。一眼望到地下跪著的金鬚奴倏地縱身起來，駕遁光便要逃走，益發暴怒如雷，口裡喝得一聲:「大膽孽障，往哪裡走!」袍袖展處，一隻漆黑也似的鐵腕平伸出去，有數十丈長短，一隻手大有畝許，一把將金鬚奴抓了個結實，撈將回來。

慧珠、初鳳等人見道人用玄功幻化大手擒回金鬚奴，知他性命難保，俱都捏著一把冷汗，又想不出什麼解救之策。正在憂急，還未上前，道人「哎呀」一聲，接著便聽一個生人發話道:「好一個不識羞的牛鼻子，挨了兩下屈打，還不知悔悟，專門欺負天底下的苦命東西，你也配稱三清教下之人？」

大家循聲注目一看，道人面前不遠站定一人，正是初鳳在嵩山少室外面所見的那個矮子。金鬚奴好端端地站在矮子身後，面有喜容，並未被那道人的大手抓去，心中奇怪。再朝道人一看，不知何時鬧了個滿頭滿臉的膿包，護身紅雲業已消盡。氣得連口都張不開來，手一指，便飛起七道烏光，直取矮子。

那矮子卻不慌不忙，笑嘻嘻站在當地，眼看烏光飛臨頭上，也不放甚法寶飛劍迎敵，只將小腦袋一晃，立時蹤跡不見，眾人並未看出他是怎麼走的。方疑道人不肯罷休，必要遷怒旁人，猛聽叭的一聲，矮子又二次在道人身前出現，打了道人臉上一巴掌。這一巴掌想是比前兩下還要厲害，直打得道人半邊臉特別高腫起來。

道人連吃大虧，越發暴怒如雷，也顧不得收回飛劍，手一伸處，一把未抓住，眼看矮子一晃身形，從手臂下鑽了過去。剛暗道得一聲：「不好！」撲的一聲，背心上又吃矮子打了一拳。拿這樣一個天下聞名的鐵傘道人，這一下竟會禁受不住，好似一柄重有萬千斤的鐵鎚打在身上一般，立時覺著心頭吃一大震，兩眼直冒金星，身子連晃數晃，幾乎栽倒在地。這才知道矮子用的是金剛大力手法，厲害非常。幸是自己，若換道行稍差一點的人，這一拳，怕不立時打死。情勢不妙，不敢再次輕敵。一面收回劍光，先護住了身子，靜等那鐵傘在空中化完毒砂魔火飛回，再打報仇主意。

矮子想已看出他的心意，也不再上前動手，仍是態度安詳，笑嘻嘻地說道：「你這牛鼻子，全靠那柄破傘成名。我今日原是安心領教，你無須著忙，由那破傘將砂托升靈空二天交界之處，受乾天罡氣化盡之後，再行回來與我爭鬥也不為遲。你的傘如不飛回，我是決不會走的。」

此時矮叟朱梅剛剛成道，不過數十年光景，新奉師命下山積修外功。本領雖高，還未成大名。這一席話，把道人氣得咬牙切齒，當時又無奈他何。明知敵人既會金剛大力手法，必已盡得玄門祕奧。適才見他那般神出鬼沒，變化無窮，就是鐵傘飛回，也未必能把他怎樣。不過以自己多年的威望，一旦當著人敗在一個無名小輩之手，如不挽回一點顏面，日後怎好見人？越想越恨，越難受。

偏那番僧的毒砂，雖能用鐵傘收去，無奈那砂也是魔教異寶，除將它送往雲空，任乾天罡煞之氣化去外，無法消滅。但是二天交界之處，距離地面約有數千百里。法寶上升雖快，到底相隔太遠，往返需時，不是片刻之間可以回轉。只得耐心忍辱，飽受這人的冷嘲熱諷罷了。

待有半個時辰，那傘仍未飛落。這期間只苦了一個智能。他和嵩山二老同居一山，平時原本相熟。當朱梅剛一現身之際，本想上前招呼，為兩下引見。誰知朱梅一到，便叭叭連打了道人兩個嘴巴。知道道人性情古怪，素來惟我獨尊，從未吃過人虧，萬萬不肯干休，哪敢再作和解之想。後來見道人雖吃大虧，暴怒如雷，而朱梅直朝他笑，智能益發嚇得低頭合掌，休說出聲，連人都不敢去看一眼。

初鳳等四人見矮子如此神奇，個個佩服欣喜。金鬚奴在奇危絕險之中，憑空救星自天外飛來，一交手便看出雙方高下，不禁喜出望外。除智能外，都想看個水落石出，事完之後，上前與矮子拜見。又候了一會，矮子倒在一塊山石上面熟睡起來，人雖矮小，打起呼來卻如雷鳴一般，襯著山谷回音，甚是震耳。

道人料他存心裝睡，不知又用什法兒誘敵，上前定中他的詭計。一心想等法寶回來，只將劍光緊護身子，不去理他。又相持了個把時辰，那傘卻望不見一絲影子，不禁動起疑來。暗忖：「寶傘自將毒砂托入雲空，先後已有了兩個時辰，怎麼還不見它回轉？看那矮子詭計多端，莫不是他故意裝作熟睡，卻運用元神升入天空，半路打劫？自己卻在這裡呆等，倒中了他的暗算？」又一想：「那傘經過自己多年心血修煉，別人不知口訣，無法運用。即使被矮子打劫了去，也該有點朕兆才對。」剛一寬心，忽聽身後有人哈哈大笑。回頭一看，身後又出現了一個矮子，裝束身量均與先前對敵的矮子相似，手裡持著一柄鐵傘，正是自己的法寶。

道人一見大驚，連忙運用玄功將手一招，打算將那傘收回時，那矮子道：「牛鼻子，你可認識嵩山二矮白谷逸與朱梅麼？今日叫你見識見識。你不必鬼畫桃符，嘴裡嘟嘟囔囔，我把這傘插在地下，你有本領的，只管來拿了去。」說罷，便將傘朝地上一擲，石火光濺處，端端正正插在地上。

道人口誦真言，將手連招。那傘好似靈氣已失，不但光焰全無，一任道人施為，竟是動也不動。道人情急萬分，不問青紅皂白，將手一指，飛出劍光，直取敵人，身子便往傘前飛去。誰知敵人也和先見矮子一樣，並未用法寶飛劍迎敵，身形一晃，便已不見。

道人一心顧傘，方寸已亂，竟未想到世上哪有這樣便宜的事？見敵人遁走，也沒顧到別的，恰好飛臨傘前，伸手便要拾取。剛一低頭想將那傘拔起，就在這一轉瞬間，猛地又聽空中呼呼風響，有人高叫道：「白矮子，大功已成，牛鼻子法寶已被我劫到了手。我現在月兒島等你，你打發了他，可去那裡，同入火海取那玩意吧！」

道人情知不妙，抬頭往上一看，一片金霞擁著一團烏光。先前與自己對敵的那一個矮子，正拿著自己的鐵傘，在光霞圍繞中疾如電掣，往東南方飛去。再看石上熟睡的矮子，業已不知去向。一時情急萬分，也顧不得再辨別地下那柄假傘是什麼東西幻化，一縱身形，收回飛劍，駕遁光便想去追。身子離地不過丈許，猛地眼前一黑，喊聲：「不好！」想躲已是不及，被人打了個正著。立時覺著胸前一酸，耳鳴心跳，撞出去老遠才得停止。再看空中，先見那矮子已經不知去向。後出現的那矮子卻叉手站在面前，朝著自己笑個不住。

道人情知法寶已失，再無法追趕，不由把敵人恨到極處。暗忖：「這兩個矮鬼雖長於幻化，卻始終未見他使什飛劍法寶。每遇自己放出飛劍，總是運用玄功，隱形遁去。明來不能傷他，就此罷手，留得他日報仇，一則心裡不甘，二則當著智能面子難堪。心中一橫，頓生毒計。便趁敵人叉手不動之際，裝出負傷難耐，低頭緩氣之態，暗使都天羅刹赤血搜形之法，拚著自己真元受傷，去制敵人死命。

於是他默誦真言，左右捏訣，猛一抬頭，右手一指，劍光先行飛起。接著咬破舌尖，一口鮮血化成無量數豆大火星滿天飛灑，逕往矮子頭上罩去。

道家精血非同小可，用上一回，至少修煉十餘年才得將元氣修復。這都天羅刹赤血搜形之法更是厲害，不遇深仇大敵，生死存亡關頭，從不輕易使用。

鐵傘道人縱橫一世，極少敵手，與人拚命，還是初次，因是煉就真靈元氣所化，與本身靈元相為感應，由行法人心神所注，專找敵人下落，不得不止。加以化生無窮，不是尋常法寶所能破。沾身便攻七竅，勾動敵人三昧真火，將敵人化成灰燼。一經發出，頃刻之間，方圓十里內，仇人休想避開，任是遁法多快，也難逃躲。

道人見自己暗自施為，矮子毫未覺察，心中暗喜，且先報了這一半仇，日後再找那劫寶的仇人算帳。原打算先飛劍光出去，覷準矮子隱身的方向，再下毒手，比較容易些，以免搜形遲緩。誰知這次劍光飛到矮子身前，矮子並未躲閃，只一伸右手，便將劍光捉住，似一條烏銀長蛇一般，在手中亂閃亂躥。道人滿嘴鮮血，剛化成火光噴出，見飛劍被敵人赤手收去，才知敵人不但玄功奧妙，還會分光捉影之法。正在大吃一驚，火星已如雨點飛臨矮子頭上。

說時遲，那時快，就在火星將落未落之際，矮子早將左手也伸出來，捉住道人劍光，合掌一揉。然後舉向頭上，一口真氣噴將出去，再將雙手往上一揮，劍光立時粉碎，化作成千累萬的烏光銀珠飛起，與空中火星迎個正著。只聽絲絲連聲，兩下裡一遇上，便即同時消滅，化為烏有。

道人猛想起自己那道劍光為要出奇制勝，乃是採取海底萬年寒鐵，水母精華，千提百煉而成。不想被人收去毀了不算，還把它化整為零，用真水克制真火，使其同歸於盡。自己辛苦修煉，多年心血煉成兩件至寶奇珍，一旦遇見一個未成大名的勁敵把它們毀的毀，收的收。更因報仇心急，用那狠毒的法術，結果白白損了自己的真元，敵人一絲也沒有受著傷害。這一場慘敗，怎不急怒攻心，痛徹肺腑。加上連中敵人金剛大力手法，又在運用元神行法之際受了這般重創，立時靈府無主，神志昏迷，怪嘯一聲，暈倒在地。

智能連忙上前將他抱住，滿臉悲苦，想要回走。矮子將他喚住道：「這牛鼻子雖然可惡，卻是一向在海外窮荒欺凌異類，總算沒有為惡人間；又看在你這禿兒分上，是你焚千年龍腦，引他來此助陣，故爾饒他不死。他真元已破，不久必要走火入魔，仍難活命。我討得有長眉真人仙丹在此，可拿去與他服用。

「牛鼻子心腸褊狹，我雖然手下留情，他日後也未必知道改悔。你扶他回寺，救醒之後，加以告誡。那番僧的妖師終須尋他報仇，命他早晚仔細。鐵傘待朱道友用完必定還他。他如不服，十年之後，我在衡山嶽麓峰候他報仇便了。」

智能知道白谷逸厲害，哪敢多言。匆匆接過丹藥，扶著道人，自駕遁光走去。

第十二章　脫骨換胎

智能一走，金鬚奴知道矮子必要起身，忙和眾人一使眼色，一同上前跪倒在地，叩請收錄。

白谷逸對大家看了一眼，哈哈笑道：「你們這一群都是海怪，我矮子門下哪能收容？姑念誠求，相遇總算有緣，且隨我同往月兒島走一回，看你們各人造化如何。如遇機緣，將來休忘了我的好處。」說罷，將手一揮，一片金光紅霞將眾人擁起，直往天空飛去。

別人還在其次，連初鳳一部《地闕金章》雖然還未參入微妙，已經煉會了十之六七，道行法術也算不淺，這一起身空中，覺得身子被金光紅霞圍擁，用盡目力，什麼也看不見，直如電閃星馳一般，頃刻千里。

不消多時，猛覺一陣熱風吹來，光霞收處，身已落地。定睛往四外一看，大家都落在一個寒冰積雪，山形異常危峻的孤島上面。矮子不知何往。

那島一面瀕海，想是鄰近北極窮荒之地。海裡面盡是些小山一般大的小塊，順著海潮風勢往來激撞，轟隆之聲不絕於耳。海中大魚像一二十丈長的巨鯨，三五成群，不時昂首海面。呼吸之間，像瀑布一般的水箭噴起數十丈高下。加以波濤險惡，靠山那一面紅光燭天，把四外灰濛濛的天都映成了暗赤之色，越顯得淒厲荒寒，陰森可怕。正不明矮子把大家帶到此島則甚，忽見金鬚奴在前面山腰上高喚道：「主人們，快到這裡來！」

初鳳等聞言，連忙扶了慧珠，駕遁光跟蹤過去，落在山頭。往山那面一看，那山高有千丈，下面乃是數百里方圓的一片盆地。中間有一火海，少說也有百里大小。因為那火發自地底，那山又高，所以山那邊只見滿天紅雲，看不見火。

這時全景當前，才看了個大概。只見烈焰飛揚，時高時低，時疏時密。偶然看清一根火柱由地面往下，足有百十多丈長短。再往下看，火已混合在一處，熊熊呼呼，打成一片。連慧珠、金鬚奴生就神目都望不到底。盆地上石頭，近山腳處，比墨還黑。越往前，挨近火海之處越紅，彷彿地是鐵鑄的一般。

三鳳好奇，嫌相隔太遠，看不甚清，拉著冬秀硬要往火海邊上飛去。金鬚奴忙喊仔細時，三鳳、冬秀已經駕遁光往前飛起。才一飛近火海上空，便覺炙威逼人，熱不可耐，只得升高往下注視。

盤旋了一陣，除火勢時大時小外，並未看見其他異狀。偶一回顧來路山頭，初鳳、慧珠俱在招手，喚她二人回去。正待返身，忽見火海中衝起一道畝許大的烏光金霞，甚是眼熟。定睛一看，正是適才在嵩山所遇的白、朱二位矮仙，已從火海中飛出，同執著得自道人那柄鐵傘，腳底踏著一片畝許方圓的金霞，落在火海岸上。

三鳳猛地心中一動，用手朝冬秀一打招呼，不顧炎熱，便要往下降落。傘下矮子想已知覺，忽聽一個高喝道：「兩個女娃子要作死麼？」

二女本覺渾身都似火烤，奇熱難耐，還想冒險下落。聞言剛一停頓，下面烏光金霞已經飛迎上來，才一近身，立覺周體清涼。身子被那烏光吸住，一同往來路山頭上飛去，轉眼落下，烏光便已收去。

那後去的矮子說道：「這火海中有當年長眉真人的師叔連山大師遺蛻。當年大師曾發宏願，想將諸方異派化邪為正，不惜身入旁門，親犯險惡。不出百十年，居然作了異派宗主。誰知成道時節，萬魔嫉視，群來侵擾。終致失了元胎，以身殉道，在這月兒島火海之中火解化去。

「未解化以前，用無邊妙法，將遺留下的數十件仙籙異寶，連同遺蛻，封存海底。並留遺偈，每逢五十二年的今日，開海一次，到期准許各派有緣能手入海尋珍。只是此海乃地竅洪爐，非同凡火。每次開海，為期只得一日。每人每次，只准挑選一件，多則必為法術禁制，陷身火海之內。不知底細的人，算不準開海日期；知道底細的人，又須有避火奇珍護體，方能下去。

「故此連山大師解化三百餘年，只有第一次開海時節，長眉真人因見大師寶物中有一雙仙劍，是個至寶，恐為外人得去，入海將它取走。此後幾次，雖不斷有人問津，俱是失望而歸。

「日前我二人方蒙長眉真人指示玄機，各人來此尋取幾件待用之寶。因為真火猛烈，只有鐵傘道人那鐵傘可以相助護身，他本人又非善良之輩，才將它強劫了來。且喜一到，便即功成大半。一則你們該有這次仙緣遇合；二則此次得那寶傘，也由你們身上引起；三則我二人須用之寶，還差一件，須要借助你們，所以才將你們帶到此間。

「如想下去盜寶，單仗那柄鐵傘，下雖容易，上來卻難。你們五人中，如能選出一人下去代我們將火海中墨壁上連山大師遺容下面那兩個朱環取來，我二人便依次用劍光護送其餘四人下去，憑仙緣目光深淺，各取一件至寶到手，豈不是好？」

初鳳等聞言，退下來一商量，金鬚奴首先聲言：「願為二位仙人效勞，不要寶物。」正打算由他先入火海取那墨壁上面的朱環，三鳳、冬秀忽然同時不約而同起了機心，私下計議：偽稱情願放棄所得，讓與金鬚奴，由三鳳先下去取那壁間朱環，等到環取到手，交與二矮。實則是想由冬秀末後取了寶物出來，乘二矮不備，搶了鐵傘，便駕遁光逃回紫雲宮去，等到下次開海，再一同仗傘來取，豈不可以多得？

二女只顧利令智昏，止住金鬚奴，和二矮說了。二矮含笑點了點頭，好似並沒有看出二女心意。三鳳越發放心，高高興興地從白谷逸手上接過寶傘。白谷逸令她駕遁光，頭上腳下往海中飛落。然後將手一指，一片金霞將三鳳護住，往火海中射去。

三鳳見身外火焰雖然猛烈，寶傘頭上那片烏光所到之處，竟會自然分開，身子也不覺熱，心中大喜。及至下有千丈，穿透火層，落到地底一看，地方甚大，也是漆黑，和上面地皮顏色一般。四外空無所有，僅正中心地上，冒起一股又勁又直的青焰，直升上空，離地百十丈才化散開來，變成烈火。

三鳳更不思索，逕往洞中走去。那洞異常高大，洞外立著兩個高大石人，手執長大石劍，甚是威武，當門而立。正想從石人身後鑽將進去，那石人倏地自動分開，讓出道路。三鳳本想還在遺容前禱告，試探著多取一兩件寶物。一見這般神異，才想起二矮那般本領，何必借助於人？恐怕弄巧成拙，稍息了無厭之想。

先朝把門石人行禮禱告了兩句，然後入洞一看，洞內甚是光明寬敞，四壁俱如玉白，光華四閃。只盡頭處是塊墨壁，壁當中印著一個白衣白眉的紅臉道人，那一對朱環乃是道人條上佩帶之物。暗想：「這個寶物只是畫的，如何取得？」

方一尋思，忽然一道光華一亮，「噹」的一聲，那一對朱環竟自墜落地上。不禁嚇了一跳，連忙拾起，朝道人遺容跪叩了一番。起身再往側面壁上細看，果然寶物甚多，還有一部天書。心剛一動，猛覺腦後風生。回頭一看，門外石人面已朝裡，石劍上冒起一道光華，正指自己。不敢怠慢，連忙退出，準備上升。再看石人，已復原位。匆匆飛昇，穿出火外，到了山頭，將那對朱環交與白谷逸。

第二個輪到初鳳。慧珠自知法力較淺，便問二位真人：「可否弟子等二人同下？」二矮含笑點了點頭道：「火海法寶俱是身外之物，中有靈丹，不可錯過。」

慧珠福至心靈，聞言警悟，便和初鳳接過寶傘，如法下去。到了洞中一看，除法寶仙書之外，果有兩個碧玉匣子，各盛著一粒通紅透明、清香透鼻、大如龍眼的丹丸。二女略一商量，決計不要寶物，各自朝遺像跪謝，將仙丹服了。入口隨津而化，立時神明朗澈，周體輕靈，心中大喜。記著二矮之言，不敢再覬覦別的寶物，一同飛昇而上。

三鳳見了，自不免問長問短。初鳳、慧珠便將得丹之事說了。三鳳毫不在意，反說初鳳、慧珠太不聰明，現放著洞中許多寶物，不一人取它一件。紫雲宮金庭玉柱所存靈丹甚多，自己已是仙根仙骨，要它何用？說時金鬚奴正在旁邊，早留了心。這次本該冬秀下去，末一個才是金鬚奴。

冬秀因為早與三鳳定下詭計，未安好心，硬要金鬚奴先下。金鬚奴此次離宮出來，本知必有災劫，果然一到嵩山，便和鐵傘道人狹路相逢。正在危急之間，偏巧嵩山二矮趕來相救。雖說脫去險難，無奈命宮魔蠍決無如此便宜，所以逐處都在留心。

當眾人未入火海以前，見三鳳和冬秀這兩個命中注定的對頭又在鬼鬼祟祟，竊竊私語。他的耳目本靈，略一潛心諦聽，早明白了個大半，知她二人必難討好。一聽冬秀讓他先下，正合心意。先謝了僭妄之罪，從初鳳手上接過寶傘，飛身到了下面。入洞一看，寶物甚多。

暗忖：「身外寶物，不過用以防身禦敵，總不如靈丹脫骨換胎，可以增長道力。何況自己以異類成道，更比別人需要。」便先在遺像前潛心叩祝了一回。起身往四壁尋視，別的寶物全未放在心上，但希冀也能尋它一粒服用。偏偏洞中靈丹只有兩粒，已為初鳳、慧珠二人得去，哪裡還有？

金鬚奴只顧在洞中細找，不由便耽延了好些時候，末後實覺絕望，只得改取別的寶物。金鬚奴也是審慎太過，因為這種機緣曠世難逢，總想尋著一樣特奇的異寶。看這件好，那件更好，總是拿不定主意。末後看到一柄銅扇，金霞閃耀，照眼生穎，懸嵌在洞壁上隱祕之處。別的寶物均少註釋，只有這扇柄上不但鐫有「清寧」兩個古篆文，旁邊壁上還注有朱文的偈語用法，說此扇專為煉丹伏魔之用。知是一件至寶，便叩了一個頭起來，先用手取，並未取出。後照壁間偈語將手一招，一道金光飛入手內。

寶扇剛一到手，那守洞石人便走將過來，石劍上發出光焰，直指自己。金鬚奴知旨，連忙退了出來，飛身上去。這上時原應手持寶傘，撐向頭上，外由白、朱二人的飛劍光霞護住足下，衝破火層上去，與下來時勢子順逆倒置，越迅速越好。否則那洪爐真火異常厲害，稍慢一點，縱有劍光護住下半身，那裡奇熱，也是難耐。

金鬚奴一手持傘，一手持扇，上時心中高興，略一尋思，便顯遲慢了些。猛覺一股奇熱的上身來，一著慌，不暇尋思，順手使扇一揮，一片霞光飛起，那火便似狂風捲亂雲般，成團往四外飛開，同時身子也在寶傘劍光籠繞之下飛身到了上面。不禁心中一動，又驚又喜。先和眾人一般，去見白、朱二人稱謝。

二矮見他手上持著那把寶扇，面上頓現驚詫之容，彼此互看了一眼。冬秀早已等得難耐，怒目微睜，瞪了金鬚奴一眼，接過寶傘，如法飛下。冬秀剛一動身，三鳳便趕向白、朱二矮面前，提著心靜候冬秀一出火海，便即照計行事。

初鳳、慧珠各人服了一粒靈丹，俱覺神智益發清靈，心滿意足，也沒想到三鳳、冬秀二人會有什麼舉動。正在談論火海中的奇景，忽見金鬚奴苦著一張臉，悄聲說道：「白、朱二位大仙道行高深，無微不照。適才小奴聽見三公主與冬姑商量，等到末次在火海中取了寶物出來，便要乘白、朱二仙不備，盜了那柄寶傘逃走。小奴之見，此舉甚是不妥，一個弄巧成拙，大家都不得了。本想事前勸阻，勢必使三公主與冬姑更恨小奴入骨，如今事已急迫，轉眼就要發生，還請主人早點打個主意，站定腳步才好。」

初鳳、慧珠聞言，大吃一驚。一看三鳳，果然站在二矮旁邊，兩眼注定前面火海，面帶焦急，神色甚是可疑。正要飛身過去勸阻，忽見火海中一片金霞擁著一團烏光升起，冬秀業已飛身上來。身剛離火，那片金霞倏地向白、朱二矮身旁飛去。冬秀並未朝眾人立足的山頭飛來，一道光華一閃，竟然帶了那柄寶傘，駕起遁光，破空逃走。

初鳳方喊一聲：「不好！」正要飛身追去將她趕回，猛聽耳旁有人大聲喝道：「且慢起身，到這裡來，我有話說。」

同時便覺身子被一種絕大力量吸住，不能往上飛起。回頭一看，白、朱二矮滿面含笑，若無其事般站在原處，正用手相招，叫自己和慧珠、金鬚奴三人過去呢。再看三鳳，跪在二矮身旁，正在不住懇求。

冬秀盜傘逃走，二矮既未攔阻，又不許追，不知是何用意。只得硬著頭皮，一同飛身過去，跪下聽候吩咐。

朱梅道：「你們這群蠢丫頭，快些起來說話，我們見不慣這個。」金鬚奴以前在嵩山嘗過味道，知二矮脾氣古怪，忙請大家起身侍立。

白谷逸先指著金鬚奴道：「你雖是個冷血異類，卻有天良。你三番大劫，已逾其二，還有一劫，回去便當應驗。那水乃地闕靈泉，不可妄費，用後可將它覓地保存，以待有緣。三劫完後，次年八月中秋，我二人在嵩山少室相候；可持你所得寶扇，前往赴約。事成之後，自有你的好處。」

說罷，又對初鳳道：「地闕三女，只你一人仙根深厚。此番服了靈丹，又得一部天書副冊，不出十年，必有大成。如不妄為，地仙有望。望你姊妹好自修持，也不枉我成全一場。你那二妹人較忠厚，雖難比你，將來卻也不差。只你三妹天性既是涼薄，慣愛使奸行巧，終將弄巧成拙，惹火燒身。

「十二年後，你們剛有成就，必有異派能人前去尋事。到時如果緊閉宮門，仗著天籙法術封鎖，來人決難混入，他也無奈你們。否則便是異日一個隱患。我二人奉了長眉真人仙敕，特地傳諭告誡，須要緊記在心。你們得為地闕散仙，全仗此行。適才你說了許多感恩圖報之言，有什意思？如能飲水思源，須知火海奇珍乃是長眉真人師叔連山大師所遺留，將來峨嵋門下後輩如有人入宮侵犯你們，須念成道淵源，留一點香火情面。至於鐵傘道人，惡行不多，雖然身在旁門，所殺全是天地間的害物。今日吃了我二人許多苦頭，靈元受傷，已算懲治其罪。

「那把鐵傘原說暫借，正無人與他送還。恰好你的同伴生心，乘機盜走。我二人正好假她的手送還。再待片刻，必在途中的鐵門嶺山頭與鐵傘道人相遇，她如何是牛鼻子的對手？吃虧原是咎由自取。只是她還在火海中得有一本天書副冊，關係著你全宮諸人成敗，不可不速去救援，以免落在牛鼻子的手內。

「你們此番追去，雖然人多，也未必是牛鼻子對手。所幸金鬚奴新得那柄寶扇，乃是連山大師煉丹降魔的第一件至寶。此扇被大師另用仙法封鎖，不比別的寶物懸嵌壁上，一望而知，不遇有緣，不會出現。連我二人兩入火海，雖知此寶，俱未尋到。大師既以此寶相傳，必然還有深意，應在未來。此去與牛鼻子交手，不可戀戰，乘其不備，暗使仙傳妙法，舉扇連揮，便可將他逐走。你們便即回宮，好好潛修便了。話已說完，急速去吧！」

初鳳聞言，方知二矮不追之意。因白谷逸說冬秀有難，又氣又急，匆匆拜別二矮，問明方向，正當歸途所經，忙即率眾追去。

三鳳弄巧成拙，也是又羞又急，癡心還想急速趕上相助冬秀，不使寶傘失去，恨不得舉步便到，才稱心意。偏偏那鐵門嶺和月兒島雖然一樣孤懸海中，卻是一東一北，相隔既是遙遠，眾人又從未到過，冬秀已飛行些時，哪能一說便到？且不說眾人心中焦急。

那冬秀原與三鳳商量了一條苦肉計：先由冬秀將傘劫走，三鳳便照預定步驟，向二矮跪求說，為代二矮取那朱環，眾人都得寶物，只自己一人向隅。冬秀盜傘逃走，必是為了自己打算。求二位大仙憐念，將那寶傘借上數十年，以作防身禦魔之用。一俟道成之後，定行送往嵩岳奉還等語。

原想二矮答應固好，即使不答應，這一糾纏，冬秀飛行已遠。萬一二矮執意不允，再將冬秀追了回來，念在代取朱環之功，也不好意思把她二人怎樣。二人只顧打著如意算盤。及至冬秀末次下了火海，走入連山大師藏寶的洞內一看，寶物甚多，先也不知取那樣是好。後來看到那本玉葉天書，見上面有「祕魔三參，天府副冊」八個朱書篆文。暗忖：

「別的寶物盡足防身禦敵。初鳳在紫雲宮金庭玉柱得了一部《地闕金章》，從此道行精進，可惜還未學會便即化去。這書既是仙府副冊，想必還要強些，何不將它取回宮修煉？豈不較比別的寶物強些？」

主意一定，便朝連山大師遺容跪祝了一番，那書便從壁間飛下，連忙恭恭敬敬接在手內。回頭見守洞石人劍上火光直指自己，不敢貪得無厭，想連忙叩兩個頭退身出洞。正要衝破火層上升，猛想起：「二矮飛劍何等神奇，自己打算乘機盜傘逃走，怎未想到那片護身金霞？少時飛到上面，二矮只一變臉，指顧之間，性命難保。」不由為難起來。

復又一想：「自己奸謀並未被人覺察，且等到了上面再行相機行事，舉動放從容些。如願更好，即使所打主意成為畫餅，至多寶傘還他，也不致有什麼凶險。」

誰知飛身到了上面，剛剛離卻火層，正在遲疑，腳底金霞忽被二矮收去，不由喜出望外。暗想：「此時不走，等待何時？」

暗運玄功，駕遁光電駛雲飛，拚命往歸路逃走。起初還怕二矮劍光迅速，前來追趕，飛行了一會，忍不住一看身後，竟是一點動靜都無。冬秀人極機智，雖猜三鳳苦肉計成功，還不敢絲毫怠慢，就此減緩速度，反倒越發緊催遁光，加緊飛逃。算計成功頃刻，正在患得患失，憂喜交集，忽見前面海中一座高嶺橫亙海中，半山以上，全被雲封，山頂積雪皚皚，長約千里。下面波濤浩蕩，觸石驚飛，越顯山勢險惡。

冬秀雖在紫雲宮從初鳳修道多年，已能排雲馭氣，絕跡飛行，到底根骨太薄，不耐罡風。飛到後來，因見始終無人追趕，不由把遁光降低了些。一見前面山高，去路被阻，須要飛越過去。剛把遁光往上一升，眼看就要貼著嶺脊飛過，忽聽一聲斷喝，一道烏油油的光華劈面飛來。

冬秀一見有人暗算，大吃一驚。也未及看清來人是誰，一面飛劍暫行抵擋，身子早駕遁光縱避開去。等到飛落嶺脊之上，定睛朝敵人一看，對面站定兩個道人：一個生得又瘦又長，黃衫赤足，手持拂塵；那另一個和自己交手的人，正是嵩山所遇的鐵傘道人。明明在嵩山吃了二矮大虧，被少林寺方丈智能救走，不知怎地到此？

她知道厲害，不由又怕又急。暗忖：「自己這口飛劍雖說是紫雲宮仙家至寶，但是月兒島火海藏珍無算，有了這柄鐵傘，將來就能陸續取到手內。」想來想去，還是傘合算。盡自籌思，怎樣才能捨劍遁走。

忽又聽對面鐵傘道人喝道：「大膽賤婢！竟敢盜去我的寶傘。快快跪下還我，饒你不死，否則叫你死無葬身之地！」

冬秀明知好歹都難脫身，猛生一計，便激怒他道：「你真枉稱作前輩有名的仙長，也不想想，你的傘是我盜去的麼？自己道行淺薄，遇見能手吃了大虧，眼睜睜被人將寶傘奪去。是我看著不服，跟蹤前去，從矮子手內又將它盜了回來。不過是暫借一用，日後少不得仍要送還原主。你沒本領奈何仇人，卻來欺凌我一個女子。異日傳將出去，也受各派道友笑話。」

說時，暗從懷中將這次和三鳳出走，由紫雲宮帶出來的幾件寶物取出，持在手內。原打算乘一空隙，暗算敵人，能將飛劍同時收回更好，否則便連飛劍也棄了逃走。

冬秀人雖機智，畢竟經歷太少。她也不想想，自己遁光怎能有敵人迅速？那傘又經敵人多年心血祭煉，與身相合，除了得傘的人道行勝他許多，否則休想據為己有！

冬秀正打算伺隙而動，道人怒罵道：「好一個大膽賤婢！明明兩個矮賊怕我日後報仇，命你前來送還，你竟敢昧心吞沒。原想由你親手交還，成全矮鬼面子。你卻不知好歹，竟敢信口胡說。不令你乖乖獻上，你也不知道我的厲害！」

說罷，用手朝冬秀一指。冬秀覺手持寶傘重如泰山，再也擎它不起。傘上光華大盛。喊聲：「不好！」連將飛劍收回時，全身已被罩住。烏光閃閃，冷氣森森，四外光圍，休想動轉一步。

道人喝道：「賤婢看這柄寶傘，你能劫去麼？快快跪下降伏，饒你活命。」

冬秀萬不料寶傘不在道人手內，一樣聽他運用。好生後悔，不該妄起貪心盜此寶傘，落得身入羅網。知道道人狠毒，逼著自己降順決無好意，只得運用玄功，將劍光護住身子，以防意外。一心只盼三鳳同了眾人回來的時候，也打此島經過，或者有救。此外除了挨一刻是一刻外，別無善策。

兩個相持不多一會，忽然聽見黃衫道人說道：「白、朱兩個矮鬼，我們終不與他干休，道友要這虛面子則甚？此女如此倔強，把她擒回山去，交與徒兒他們享受便了。」說罷，手中拂塵一指，發出千萬點黃星，直撲冬秀。

冬秀眼看那些黃星風捲殘雲，一窩蜂似撲到面前。正在危急之際，忽然一片紅光從來路上飛來。轉眼籠罩全山，上燭霄漢，嶺脊上罡風陡起，海水群飛，似要連這橫亙滄海的千里鐵門嶺都夾以俱去一般。

就在這自分無倖，驚惶駭顧之間，那萬千黃星首先爆裂，化為黑煙消散。緊接著又聽一聲長嘯，一黑一黃兩道光華閃過，便覺手上一輕，那柄鐵傘倏地凌空飛起。

抬頭一看，紅光中飛下三女一男，正是初鳳、三鳳、慧珠和金鬚奴四人。那紅光便從金鬚奴手持一柄寶扇上發出。再看對面敵人，連那柄鐵傘俱都不知去向，僅剩遙天空際微微隱現著一點黑影，轉眼沒入密雲層中不見。驚魂乍定，似夢初回。

眾人相見，未說經過，三鳳先暴躁道：「都是那矮子促狹，要是少說兩句話，豈不早些到此？況只略遲了一步，枉用許多心機，那柄鐵傘仍被那牛鼻子奪了回去，真是可惜。」初鳳看了她一眼，便問冬秀，那本天書副冊可曾失落？

冬秀忙說：「不曾。」把書從懷中取出，交與初鳳。初鳳翻開看了看，嘆口氣道：「昔日《地闕金章》曾載此書來歷，此是天魔祕笈。聽白、朱二位之言，我等此後雖可幸求長生，也不過成一地闕散仙，上乘正果恐無望了。三妹此行總算不虛。如今平空添了一個對頭，異日還有人尋上門來，不可不加緊潛修。我們急速回宮去吧。」說罷，一行五人同駕遁光，直往紫雲宮飛去。

二鳳正在宮外避水牌坊下面，用海藻引逗靈獸龍鮫，一見大家安然歸來，好生歡喜，連忙迎了入內。金鬚奴看出三鳳、冬秀二人心意，不願他在側侍立，便即託詞避開。好在重劫又脫過了一關，又得了一件至寶，一心記著白谷逸嵩山少室之約，每日除苦心修煉外，靜候到日，取用天一真水，再往赴約不提。

三鳳、冬秀始終憎恨著金鬚奴，回宮以後，便提議：那部天書副冊可是她和冬秀二人費了許多心血，自己還白丟了一件寶物未要，才得到手。大家空入寶山，只金鬚奴一個便宜，獨得了一柄寶扇，回宮又不交出。此書不能和他一同修煉，方顯公平。

初鳳、慧珠自在火海中服了靈丹，神明朗澈，照白、朱所說，料定金鬚奴異日別有仙緣。聞言只笑了笑，也未勸說。三鳳見大姊不攔，越發逞強，索性與金鬚奴說明，眾人練習，不准入內。金鬚奴原本志不在此，也未介意。二鳳人較忠厚，看了倒有些不服，因為初鳳不說話，雖不相勸，由此卻對金鬚奴起了憐意。

眾人在宮中潛修到了第三年上，金鬚奴功行大進，已深得《地闕金章》祕奧。這日開觀他師父留的最後一封遺偈，得知還有數日，便是天地交泰，服真水之期，服後便可脫胎換骨，有了成道之分，忙和初鳳說了。初鳳便告知眾人，定日行法，助他服用。

這三年工夫，除三鳳、冬秀仍是與他不睦外，二鳳已是另眼相看，聽說他服了真水便可換形，真是欣喜。照這偈上說，服水那一天，須要一人在旁照應，七日七夜不能離開一步。

初鳳看了三鳳一眼，然後問：「哪位姊妹願助他一臂之力，成全此事？」

三鳳道：「他一個奴才，又是個男的，據說服後赤身露體，有許多醜態，你我怎能相助？除非叫他另尋一個人來才好。」

初鳳也知道此事非同小可，金鬚奴固是關係著他一生成敗，便是在旁照應的人，因為當時法壇封閉，不到日子，無法遁出。金鬚奴服水之後，要待第三日上才能恢復知覺。醒來這三四天工夫，本性全迷，種種魔頭都來侵擾，不到七日過去開壇時節，不能清醒。一個受不住他的糾纏引誘，立時壞了道基。自己要主持壇事，別人無此道力。三鳳和金鬚奴嫌隙甚深，如允相助，金鬚奴素來畏她，易於自制，比較相宜。偏又堅不肯允，聞言好生躊躇。

二鳳見三鳳作梗，初鳳為難神氣，心中不服，不由義形於色道：「助人成道，莫大功德。何況金鬚奴與我們多年同過患難，他是自甘為奴，論道行還在我等之上。當他這種千年難遇的良機和畢生成敗的關頭，怎能袖手不管？我們以前終日赤身露體，也曾在人前出現，都不知羞，現時都是修道人，避什男女形跡？以他功勞而論，便是我們為他受點罪，吃點虧，也是應該，何況未必。就是等他初次換形醒轉之時，為魔所擾，有什麼不好舉動，我們也並非尋常女子，可以由他擺佈。再說他靈性既迷，平時本領決難施為。事前我們既知那是應有之舉，而且彼此有害，更無與他同毀之理。如真無人照應，我情願身任其難便了。」

初鳳一想，二鳳雖然天資較差，沒有三鳳精進，但是這三年的苦修，天書副冊上的法術已經學會不少，防身本領已經足用。金鬚奴昏迷中，如有舉動，想必也能制住。除她之外，別人更難。便即應了，仍囑小心行事，不可大意。

金鬚奴參詳遺偈，以為到時有人作梗，不許他使用天一真水，不想只是三鳳不肯相助。自信年來頗能明心見性，但能得水，有人照應固好，真是眾人不肯相助，又無處尋找外人，說不得只好甘冒險難行事，也決不肯誤卻這千載一時的良機。見初鳳為難，正想開口，不料二鳳竟能仗義執言，挺身相助。不由喜出望外，走上前去，朝二鳳跪下道：「大公主對小奴恩同覆載，自不必再說感激的話。不想二公主也如此恩深義重，小奴真是粉身難報了。」

二鳳忙攙起道：「你在宮中這些年來，真可算是勞苦功高。我姊妹除大姊曾救你命外，對你並無什麼好處。今當你千鈞一髮之際，助你一臂，分所當然。但盼你大功告成，將來與我們同參正果便了。」

金鬚奴感激涕零地叩謝起身。他平日對人原極周到，這時不知怎的，心切成敗，神思一亂，竟忘了朝別人叩謝。初鳳、慧珠俱都倚他如同手足，只有關心，倒未在意。旁坐的三鳳和冬秀好生不悅。尤其是三鳳，因金鬚奴得道年久，此次換形之後，以他那般勤於修為，必能修到金仙地步，比眾人都強得多，本已起了忌刻之心。再見他獨朝二鳳跪謝，不理自己，明顯出懷恨自己作梗。好人俱被別人做去，越覺臉上無光，又愧又憤，暗思破壞之策不提。

初鳳分派好了一切，法壇早已預定設在後宮水精亭外，到時便領了眾人前往。由慧珠取來天一真水交與初鳳，照遺偈上所說，行法將壇封鎖。命慧珠、三鳳守壇護法。二鳳早領了金鬚奴朝壇跪下，先行叩祝一番，然後請賜真水。

初鳳道：「紫雲仙府深居海底，無論仙凡，俱難飛進，本無須如此戒備。無奈諸天界中只有天魔最是厲害，來無蹤影，去無痕跡，相隨心生，魔由念至，不可捉摸，不可端倪，隨機變幻，如電感應。心靈稍一失了自制，魔頭立刻乘虛侵入。因此我奉令師遺偈，以魔制魔。照天府祕冊所傳，設下這七煞法壇，凡諸百魔悉可屏禦。行法以後，你到了這座水精亭內，立時與外隔絕，無論水火風雷，不能侵入。我用盡心力求你萬全。你當這種千年成敗關頭，也須自己勉力，挨過七日，大功即可告成了。」

金鬚奴原本深知厲害，聞言甚是感激警惕，忙稱：「小奴謹領法諭。」初鳳便將真水三滴與他服了，又取一十三滴點那全身要穴。命二鳳扶導入亭。

那真水原是至寶，一到身上，立即化開，敷遍全身。金鬚奴猛覺通體生涼，骨節全都酥融，知道頃刻之間便要化形解體，忙隨二鳳入亭。亭中已早備下應用床榻，金鬚奴坐向珊瑚榻上，滿心感激二鳳將護之德，想說兩句稱謝的話，誰知牙齒顫動，遍體寒噤，休想出聲。眼看亭外紅雲湧起，亭已封鎖，內外隔絕。同時心裡一迷糊，不多一會便失知覺。

二鳳見狀，連忙將他扶臥榻上，去了衣履，自己便在對面榻上守護。一連兩日，金鬚奴俱如死去一般，並無別的動靜。

第三日上，二鳳暗想：「金鬚奴平日人極忠厚，只是形態聲音那般醜惡。這解體化形以後，不知是什樣兒？」

正在無聊盤算，忽覺榻上微有聲息。近前一看，金鬚奴那一副又黑又紫，長著茸茸金毛的肉體，有的地方似在動彈，以為日期已到，快要醒轉。無心中用手一觸，一大片紫黑色的肉塊竟然落了下來。

二鳳嚇了一跳，定睛一看，肉落處，現出一段雪也似白的粉嫩手臂。再試用手一點別的所在，也是如此。這才恍然大悟，金鬚奴外殼腐去，形態業已換過。知將清醒，忙用雙手向他周身去揭，果然大小肉塊隨手而起。一會工夫，全身一齊揭遍。地下腐肉成了一大堆，只剩頭皮沒有揭動，猜是還未化完，只得住手。暗想：「這般白嫩得如女人相似的一個好身子，要是頭面不改，豈不可惜？」

第十三章　難為比翼

二鳳正在好笑，忽聽金鬚奴鼻間似有嗡嗡之聲，彷彿透氣不出。人中間隱現出一根紅線，漸久漸顯。猛地心中一動，試用手一撕，嗶的一聲，從人中自鼻端以上直達頭腦全都裂開，肉厚約有寸許。心中大喜，手揑兩面皮往左右一分，竟是連頭連耳帶著腦後金髮，順順當當地揭了下來。最後才揭向口邊，往上微微使力一起，一張似分還合的人面皮便揭了下來。同時眼前一亮，榻上臥的哪裡是平日所見形如醜鬼的金鬚奴，竟變了一個玉面朱唇的美少年。

正在驚奇，榻上人的一雙鳳目倏地睜開，雙瞳剪水，黑白分明，襯著兩道漆也似的劍眉斜飛入鬢，越顯英姿颯爽，光彩照人。二鳳呆了一會，只見金鬚奴口吻略動，似要說話，又氣力不支神氣。

二鳳問道：「你要坐起麼？」金鬚奴用目示意。二鳳便過去扶他坐起，玉肌著手，滑如凝脂，鼻間隱聞一股子溫香氣息。又見他彷彿大病初回，體憊不支神氣，不由添了憐惜之念。及至將他扶了坐起。背後皮殼業已自行脫落，粉光緻緻，皓體呈輝，真是明珠美玉，不足方其朗潤。這時金鬚奴脫形解體之後，除身高未減外，餘者通身上下俱已換了形質，只是起坐須人，暫時還不能言笑罷了。

二鳳先笑朝他稱賀道：「你如今已是換形解體，變了一身仙骨。再有四天靜養，便即大功告成了。」

金鬚奴將頭點了點，不住用目示意，看向兩腿。二鳳猜他是要打坐入定，運用玄功，便代他將雙膝盤好。起初忙著代他揭去外皮，一見變得那般美好，雖然出乎意外，因為一心關注他的成敗安危，還不覺得怎樣，僅止讚美驚奇而已。及至扶他安然坐起，玉膚相親，香澤微聞，心情於不知不覺中已經有些異樣。再給他一盤腿，猛一眼望到對方龍穴之下垂著一根玉莖，丹菌低垂，烏絲疏秀，微微有兩根青筋，從白裡透紅的玉肉之中隱現出來，更顯出豐潤修直，色彩鮮明。不禁心中起了一種說不出的感覺，立時紅生玉靨，害起羞來。

二鳳忙把金鬚奴適才所脫的衣服取過，因為變體以後，衣服顯得肥大，再加元氣未復，不便穿著，只得先將他腹部上下圍掩。再看人時，已在榻上緊閉雙目，入定過去。這才退回自己榻前坐好，好生無聊。知道金鬚奴初次回醒，這一打坐，須等真元運行新體，滿了十二周天，到當夜子時，天地交泰之際，才能言動自如，暫時還不需人照料扶持。閒著無事，便也用起功來。

坐了一會，不知怎的，覺出心神煩亂，再也收攝不住。兩三個時辰過去，正在勉強凝神定慮，猛想起金鬚奴入定已經好久，他現時舉動須人相助，不知還原了沒有？今日心緒偏又這般亂法。想到這裡，睜眼一看，金鬚奴依然端坐在對面珊瑚榻上，鼻孔裡有兩條白氣，似銀蛇一般，只管伸縮不定。知他玄功運行已透十二重關，再不多時，便可完成道基。

正暗讚他根行深厚，異日成就必定高出眾人之上，猛覺一陣陰風襲入亭內，不由機伶伶打了一個冷戰。知道這亭業經初鳳行法封鎖，無論水火聲光都難侵入。那陣陰風明明自外而入，說不定要生什麼變故。一面施展防身法術，仔細四下觀察時，什麼跡兆都無。再看榻上金鬚奴，依舊好端端地坐在那裡，一絲未曾轉動。只是鼻孔間兩道白氣吞吐不休，其勢愈疾。

二鳳哪知危機業已潛伏，還以為他功候轉深，不久便能下榻，言動如常。又待了一會，才看出金鬚奴渾身汗出如漿，熱氣蒸騰，滿臉俱是痛苦愁懼之容，神態甚是不妙，不由大吃一驚。暗忖：「他已是得道多年的人，雖說這次剛剛解體換骨，真元未固，那也是暫時之事。只要玄功運行透過十二重關，不但還原，比起往日道力靈性還要增長許多。適才見他坎離之氣業已出竅往復，分明十二重關業已透過，怎便到了這種難忍難耐的樣兒？」越看越覺有異，心中大是不解。看到後來，那金鬚奴不但面容愈加愁苦，雙目緊閉，牙關緊咬，竟連全身都抖戰起來。自己沒有經過這類事，雖知不是佳兆，無奈想不出相助之法。

再一轉眼工夫，適才所見那般仙根仙骨的一個英俊少年，竟是玉面無光，顏色灰敗，渾身戰慄，宛如待死之囚一般。二鳳平素對他本多關注，自從解體變形以後，更由讚美之中種了愛根。目睹他遭受這種慘痛，哪裡還忍耐得住，一時情不自禁，便向他榻前走去。

這時金鬚奴原正在功將告成之際，受人暗算，偷開法壇，將魔頭放了進來。如換旁人，真元未固，侵入魔頭，本性早迷，不由自主，什麼惡事都能做出。還算他平日修煉功深，當那真元將固，方要起身與二鳳拜謝之際，猛覺陰風侵體，知道外魔已來，情勢不妙。連忙運用玄功屏心內視，拚著受盡諸般魔難挨過七日。那怕誤了自己，也不誤人，恩將仇報。情知一切苦厄俱能勉強忍受，只為感激二鳳之念一起，也和日後寶相夫人超劫一般。這意魔之來，卻難驅遣，一任他凝神反照，總是旋滅旋生。

二鳳如果不去理他，雖然受盡苦難，仍可完成道基。偏偏二鳳不知厲害，見他萬分可憐，走了過去，想起自己身旁還帶有一些玉柱中所藏的靈丹。那丹原是三鳳掌管，金鬚奴日前曾向初鳳索討，以備萬一之需。三鳳執意不允，自己心中不服。恰巧以前初鳳交給三鳳時，自己取了十餘粒，打算背著三鳳相授。後來因自己反正要入亭照料，便帶了來，準備金鬚奴還原時給他。這時他正受苦，豈非正合其用？以為此舉有益無害，便對金鬚奴道：「你是怎麼了？我給你備了幾粒靈丹，你服了它吧！」

可憐金鬚奴正在挨苦忍受，一聞此言，不由嚇了個膽落魂飛，知道大難將至。雖然身已脫骨換胎，十二重關已透，不致全功盡棄，變成凡體；但是這些年的心血、盼想，稍一把持不住，勢必敗於垂成。在這魔頭侵擾緊要關頭，又萬不能出聲禁止。萬般無奈中，還想潛運真靈，克制自己，以待大難之來，希望能夠避過。正在危急吃緊之際，猛覺二鳳一雙軟綿綿香馥馥的嫩手挨向口邊，接著塞進一粒丹藥。當下神思一蕩，立時心旌搖搖，頓涉遐想。剛暗道得一聲：「不好！」想要勉強克制時，已是不及。真氣一散，自己多少年所煉的兩粒內丹，已隨口張處噴出一粒。同時元神一迷糊，便已走下榻來。

那二鳳好心好意拿了一粒丹藥走向榻前，剛剛塞入金鬚奴口內，見他鼻孔中兩條白氣突然收去，口一張，噴出一口五色淡煙，二鳳猝不及防，被他噴了個滿頭滿臉。那金鬚奴雖和人長得一樣，乃是鮫人一類，其性最淫。只為前在北海遇見一位高人，見他生具天賦異稟，根基甚厚，當時度到門下，傳授道法，修煉多年。

金鬚奴頗知自愛，自入門後，強自克制，加上乃師提攜警覺，從未為非作歹。後來乃師成道兵解時，對他說道：「你後天淫孽雖盡，先天淫根未除。雖然仗你多年苦功，於本元神之外又煉了第二元神，此時可不防事。將來成道時節，你身在旁門，易為魔擾。如捨棄五百年功行，趁我在這數日內將你本身元神化去，異日可以省卻許多阻力。否則到了緊要關頭，一個克制不了情魔，難免不為所害，那時悔之晚矣！」

當時金鬚奴一則仗著自己克欲功深，二則不捨五百年苦功，三則知道無論正邪各派仙人成道時均免不了魔頭侵擾。這事全仗自己修為把持如何，到時有無克欲之功。縱捨元丹，在遲五百年成道，仍是一樣難免魔劫。便不願聽從，以致留下這點禍根。

那五色淡煙便是那粒內丹所化，無論仙凡遇上，便將本性迷去。二鳳哪裡禁受得住，當時覺著一股子異香透腦，心中一蕩，春意橫生，懶洋洋不能自主，竟向金鬚奴身上撲去。神思迷惘中，只覺身子被金鬚奴抱住，軟玉溫香，相偎相摟，一縷熱氣自足底蕩漾而上，頃刻佈滿了全身。越發懶得厲害，有一種說不出的難過神氣。

二鳳血脈僨張，渾身微癢，無可抓撓。正要入港，又覺金鬚奴用力要將自己推下床去。暗忖：「這廝怎這般薄情寡義？」不由滿腹幽怨，由愛生恨，張開櫻口，竟向金鬚奴肩上就咬。星眼微睜處，看見金鬚奴那肩頭竟似削玉凝脂，瓊酥搓就的一般。心剛一動，櫻口業已貼向玉肌，瑩滑香柔，著齒欲噤，哪裡還忍再咬下去，只用齒尖微微啃了一下。愛到極處，如發了狂一般，一雙玉臂更將金鬚奴摟了一個結實。

那金鬚奴靈元還有一點未昧，正在欲迎欲拒，如醉如醒之時，哪禁得起她這麼一番挑逗，口裡微呻了一聲，長臂一伸，也照樣將她摟了一個滿懷。二人同時道心大亂，雙雙跌倒在珊瑚榻上，任性顛狂起來。一個天生異質，一個資稟純粹，各得奇趣，只覺美妙難言，什麼利害念頭，全都忘了個乾乾淨淨。直綢繆到第六日子夜，魔頭才去。二人也如醒醐灌頂，大夢初覺，同時清醒過來，已是柳憔花悴，雲霞滿身。

二人你望著我，我望著你，相對著一聲苦笑。彼此心裡一陣悲酸，雙雙急暈過去。等到二次醒轉，二鳳在榻，猛聽耳邊金鬚奴低聲相喚。睜眼一看，金鬚奴正兩眼含淚，跪在榻前相喚呢。

二鳳見他神情悲慘，也甚憐惜。閉目想了想，倏地起身將他拉起道：「這事不怨你，都怪我自己不好，累你壞了道基。如今錯已鑄成，無可挽救。少時便到開壇時候。三公主見我這次助你解化，已是不悅，如知我二人經過，豈不正稱心意？你比我道行較深，須想套言語遮蓋才好。」

金鬚奴道：「此乃前生注定魔孽，無可避免。但是這法壇業經大公主行法封閉，那天魔縱然厲害，怎能侵入？想起小奴坐功正在吃緊的當兒，三陽六陰之氣已經透出重關，呼吸帝座，眼看真元凝固，骨髓堅凝，內瑩神儀，外宣寶相了。忽然陰風侵體，知道中了旁人暗算，將魔放進。拚受諸般苦難，末了一關仍是不能避過，終究失了元陽，壞了戒體，應了先師當日預示。此事別無他人敢為，說不定又是三公主鬧的玄虛了。」

二鳳恨道：「三丫頭害你不說，怎連我也害在其內？少時開壇出去，怎肯與她干休！」

金鬚奴道：「事有數運，公主不必如此。鬧將出去，徒稱奸人心意，小奴之罪更是一死難贖。小奴與公主真元雖壞，此後勤苦修持，仍可修到散仙地步。三公主與冬姑如此忮刻私心，大非修道人氣度，惡因一種，終有報應，此時無須與她理論。

「嵩山白、朱二仙約定日內前去，必然預知此事。憐念小奴苦修不易，此行定有挽救之方。好在道基雖壞，凡體已經化解，法力猶存，且等去了回來，再作計較。大公主年來功行精進，三公主們所行之事，當時雖不知道，一見我們的面，必然猜出一些，為了顧全公主顏面，決不說出。公主索性裝得坦然些，小奴受公主殊恩，此後不但久為臣奴，上天入地，好歹助公主成道。至不濟，也要求一個玉容永駐，長生不死。那怕小奴為此粉身碎骨，在所不辭。」

二鳳聞言，愈發感愧道：「你不要再小奴小奴的。你的道行本來勝過我姊妹三人，只為想要超劫解體，求那上乘正果，才自甘為奴。平日受盡她的欺侮，如今你道基已壞，還盡自做人奴才則甚？我身已經屬你，如仍主僕，越增我的羞辱。現時且不明言，等我暗向大公主說明經過，由她作主，作為你道已成，不能再淪為奴隸。《地闕金章》曾經載明你我二人有姻緣之分，令我嫁你，索性氣氣她們。好便罷，不好我和你便離了此地，另尋一座名山修煉，你看如何？」

金鬚奴聞言，先甚惶恐，後來仔細想了一想，說道：「公主恩意，刻骨難忘。公主主意已定，違抗也是不准。我金鬚奴以一寒荒異類，上匹天人，雖然壞了道基，也就無足惜了。」說罷，互相對看了一眼，不由又相抱痛哭起來。兩人雖不再作尋常兒女燕婉之私，卻是互相關憐恩愛到了極點。似這樣深情偎依，挨到開壇之時，彼此又把少時出去的措詞，以及日後怎樣挽救修為之策，商量了一番。這才分坐在兩邊榻上，靜候開壇出去。

也是他二人無這天仙福分，才鬧到這般結局。其實三鳳並非存心要害二人，只因第一日見二鳳陪了金鬚奴入內，初鳳鎮守主壇，瞑目入定，更是鄭重非常，本就有些不服。再加自己和慧珠、冬秀分守三方，不能離開一步。頭兩三日還能忍耐，勉強凝神坐守。及至金鬚奴在室中坐到緊要關頭，三鳳因此動了嗔念，同時也為魔頭所乘，不知怎的，覺著氣不打一處來，暗忖：「他一個異類賤奴，過了這一關，道基穩固，日後功行圓滿，便可上升仙闕。自己枉具仙根，反不如他。」越想越恨，竟忘了當前利害，賭氣離了守位。猛又想起：「二姊還在裡面，魔頭萬一侵入，豈不連她一齊害了？凡事均有前定，何必忌他則甚？」這投鼠忌器之心一起，立時心平氣和，回了原位。

且喜初鳳沒有覺察，法壇上霞光仍盛，並無動靜，還以為沒有什麼。誰知那魔頭來去渺無痕跡，隨念而至。全仗初鳳等三人冥心內視，運用靈元，代室內之人防守。三鳳念頭一錯，魔已乘虛而入；再一離開本位，只這剎那之間，便被侵入室中。休說三鳳看不出來，就連初鳳坐守主壇，只管澄神定慮，反虛生明，直坐到七日來復，下位開壇，也以為自己道心堅定，萬念不生，魔頭決未侵進，金鬚奴大功告成了呢！

時辰一到，初鳳收了禁法，將壇開放。一陣煙光散處，看見晶亭內兩邊榻上，一邊坐定二鳳，一邊坐定一個赤著上半身的美少年。算計他已超劫化解，換了凡體。地下卻堆了一攤人皮金髮，好生心喜。連忙帶了三鳳、冬秀、慧珠等入內。

二鳳首先下榻說道：「他此時舊衣已不能穿著。恰好那日收檢仙衣，竟有一套道裝，式樣奇異，不似女子所穿。他沒化解前，因為大小相差過甚，沒有想到他身上。適才方得想起，待我去與他取來，穿了相見吧。」

三鳳方要答話，二鳳已經往外走去。一會仙衣取到，放在金鬚奴身側，由他自著。五女便退往別殿，等金鬚奴坐功完了，自去相見。

三鳳、冬秀見金鬚奴一旦變得那般俊美英秀，自是又妒又羨。到了別殿坐定，紛問經過。二鳳自是傷心，忍著悲慟，照議定之言，說了經過。初鳳、慧珠俱贊金鬚奴根行深厚，有此仙緣。

一會金鬚奴穿了新衣來見，叩頭謝恩。眾人見那裝束甚是奇特：上身一領淡紅色的雲荷披肩，長只及肘，露出兩條玉臂；下半身一件金黃色的道裙，長只及膝，赤著一雙其白如霜的腳；頭上秀髮披拂兩肩，周身都是彩光寶氣，越顯出仙風道骨，丰姿夷沖。

初鳳見那身衣服以前置放在玉匣底層，以為都是女衣，不曾取出檢視，這一穿上，竟是為他而設，再也無此相稱，可見他本是宮中之人，仙緣早經前定。連三鳳、冬秀先時還不願意將仙衣給他，到此也無話可說。當時誰也沒有看出異樣。直到金鬚奴告退出去，二鳳才懷著滿腹悲酸，偷偷告知初鳳、慧珠。

初鳳、慧珠知是前孽，嘆惜了一陣。仔細尋思，二鳳心意已決，除了下嫁給金鬚奴外，別無善法，只得答應。等金鬚奴赴了白、朱二仙之約回來，再由初鳳想好說詞，當眾宣示，以正名分。商量停妥，二鳳又背人說與金鬚奴。不消多日，便從三鳳口中探出受害原故。從此金鬚奴夫妻便和三鳳、冬秀二人生了嫌隙，以致日後鬧出許多事故。這且不提。

等到赴約之日，金鬚奴帶了那柄寶扇，辭別初鳳姊妹，逕往嵩山飛去。白谷逸、朱梅二人已在少室山頂相候。雙方相見之後，金鬚奴先說了化解入魔經過，哭求指示玄機，有無挽救？

白谷逸道：「月兒島連山大師所藏旁門法寶甚多，火海數十年才一開放，難免不為左道妖人得去。不到日期，想入火海須要兩件防身寶物：一件是長眉真人修道防魔用的九戒仙幢，一件便是你所得的那柄寶扇。仙幢可以護身，寶扇可以消滅守洞石人劍上的真火，相依為用，缺一不可。

「我二人向長眉真人借寶時，曾聞真人法諭，說紫雲三女雖然生具異稟，只是得了一點千年老蚌的靈氣，夙根不厚，修到地仙已是僥倖。將來能否避卻劫難，尚要看她們修為如何而定。倒是你一個寒荒異類，稟賦天地間至淫奇戾之氣而生，竟能反性苦修，不避艱危，用盡毅力，誠心尋求正果，大是難得。目前道基雖壞，惡骨已換。只要仍和以前一樣虔誠苦修，前途成就尚非無望。並且長眉真人還有用你之處，應在三百年後，所以特借仙幢，由我二人與你同入火海。那些旁門法寶，我二人一概不要，俱都贈你。只內中有一冊連山大師當年的修道目錄，藏在大師的遺蛻之下，須要帶往峨嵋，交與長眉真人。

「此書裝在一個金函以內，非我二人親自下手，不能取出。餘外還有幾粒丹藥，與初鳳、慧珠二人上次在火海中所服功效相同，俱能增長道力，駐顏不老。那日三鳳代為我二人取那朱環，未得寶物，我本另想酬謝。不料她竟起了私心，唆使同伴想劫了鐵傘道人的寶傘逃走。我二人才故作不知，使其弄巧成拙。此次將各種法寶取出，俱都給你，以酬此勞。爾等俱是旁門，雖說避完災劫一樣長生，可是異日修煉到了吃緊當兒，一個坎離失了調勻，雖不一定便走火入魔，形神消逝，容顏卻立時變成了老醜。如得此丹服了，容顏常似嬰兒，亙古難老。

「我二人俱是玄門正宗，要它無用。你可帶它回去，分給未服的人每人一粒。不特你夫妻可增道力，也可與向日對頭釋嫌修好。從此永駐青春，為地仙中留一佳話，豈非妙事？你回宮後，與眾人再在海底潛修數十年，避過一切災厄。那時道行大進，再行分途出海，積修外功。外功圓滿，重返海底。等三百多年後，末次大難再一躲過，縱然不能修到金仙，也成為不死之身了。

「那月兒島連山大師遺留仙法，非比尋常。那本修道目錄一經取出，埋伏立時發動，厲害已極。連我二人俱是冒著奇險行事。你寶物到手，即要先行逃走，彼時各不相顧。故此事前把話與你說明，以免臨時倉猝不能細說。從此一別，你與我二人須等三百年後，或能再有相見之期。

「那時的紫雲宮，重重封鎖，與世相隔，不論仙凡，俱難擅入，遠非昔比。紫雲五女勤習那部天書副冊魔宮祕笈，必已悟徹魔法奧妙，多半自恃道法，起了驕意。那時如有峨嵋弟子擅入宮內，有所營求，你夫妻須看我二人分上，不可使其難堪，相機予以方便。那去的人雖然年幼道淺，大都具有仙根異稟，此時助人，日後也無殊自助。否則地仙也是不足五百年一世，何況五女之中還有兩三個平日積下許多惡因，到時收果，勢所難免。災劫未至，先樹強敵，一旦相逢狹路，大難臨頭，悔之晚矣！」

金鬚奴一一恭聆訓誨，默記於心。白谷逸把話說完，又和朱梅商量好了步驟，才同駕遁光起身。

金鬚奴隨了白、朱二人，飛離月兒島還有老遠，便見前面濁浪滔天，寒劍四起，愁雲慘霧中，灰沉沉隱現著一片冰原雪山，迥非前一次所見紅光燭天的樣兒。及至飛落島上一看，昔日火海俱被寒霜冰雪填沒，不知去向，連山形都變了位置，知道火海業已封閉。

正在定睛注視，白、朱二人已輕車熟路般走向一座冰壁前面，只雙雙將手揚了幾下，便帶了金鬚奴一同飛起空中。耳聽腳底先起了一陣音如金玉的爆裂之聲，接著便是震天價一聲巨響，那一排聳天插雲的晶屏竟然倒坍下來，立時四山都起了回音，冰塵千丈，海水群飛。左近冰山受了這一震之威，全都波及，紛紛爆散震裂。近海一帶竟是整座冰山離岸飄去，砰撲排蕩，聲勢駭人，半晌方止。冰壁稍靜，三人同時飛身而下。地面上又換了一個境界，除了到處是斷冰積雪外，冰壁陷處，現出一個深穴，下面隱隱冒著一縷縷的輕煙。

朱梅首先走向穴邊，手先朝金鬚奴一揮，命他留意。然後兩手一搓，朝穴中一放，便見一點紅光飛向穴底。轉眼之間，下面轟的一聲，一道火焰倏地從穴底升起。三人早有準備，未等火起，早已二次飛向空中。金鬚奴低頭往下一看，那火勢真個厲害。先見地穴只有畝許大小，火剛上來，便是萬丈火苗夾著一股濃煙直沖霄漢，那穴便相隨震裂，越來越大。所有地面上如山如阜的堅冰積雪，立時都消溶成水，波濤滾滾，夾著少許碎冰塊，恰似萬股銀流互相擠奪爭馳，往海中湧去。不到半盞茶時，附近數百里內的冰山雪峰全都消滅。只剩下圍著火海的一座石峰，仍恢復了當日火海形狀，才略止崩裂燒融之勢。

三人見火勢發洩沒有初出來時猛烈，更不怠慢，按照預定方法，由朱梅手持長眉真人九戒仙幢護身，金鬚奴持著那柄寶扇當前避火。避過火頭，下到數十丈深，下面已經無火，除奇炎極熱，爍石熱金外，那火的根苗只是尺許粗，其直如矢的一股青煙。三人哪敢招惹，匆匆下落海底。守洞石人早手持石劍，迎了上來，劍頭一指，便有千百朵五角火星直朝三人射來。

金鬚奴早得白、朱二人囑咐，知這石人劍上的火非同小可，慢說輕易不能抵禦，就是手中寶扇能夠破它，稍一怠慢，被它飛近那根火苗，立刻引燒起來。火頭不向直飛，逕從橫裡燒來，立時到處都被這種烈火填滿，全島爆炸，縱是大羅神仙，也要化為灰燼。知道厲害無比，忙將寶扇連揮，迎頭搧去，不使火星升起。且喜扇到火滅，如同石火星飛，一閃即逝。約有數十扇過去，石人劍上火星才行發完，方得近前。石人口中忽又噴出一股臭氣，觸鼻欲暈。正不知如何破法，忽聽白、朱二人口稱連山師祖，喃喃禱祝了幾句，一道金光飛出手去，繞向兩個石人，只一轉，便已斷為兩截，倒在地上。

三人慌忙越過石人，飛身入洞，先到連山大師遺容前，恭恭敬敬叩祝一番，這才起立，分頭行事。

金鬚奴見滿洞壁上盡是法寶，心花怒放，連忙上前摘取，石人法術已破，無不應手而得。剛剛取完，便聽白谷逸低喝道：「還不快走，等待何時？」

金鬚奴回頭一看，正當中那面洞壁忽然隱去，連山大師的遺容不知何往，卻現出一個羽服星冠的道士，端坐在一個空床上面，容貌裝束與遺容一般無二。

白、朱二人俱跪在道人座前。正在這驚惶駭顧之際，猛見道人身旁紅光一閃，同時白谷逸好似從朱梅手裡搶過一樣東西，又喊一聲：「快拿了走！」早拋將過來。金鬚奴第一次聞警，業已起立，準備遁走。一看白谷逸拋過一個玉瓶，猜是那丹藥，連忙伸手接住，也說了句：「大恩容圖後報！」雙足一頓，駕遁光飛出洞去。到了洞外，更不怠慢，連揮寶扇，避開火焰，脫出火海，直升上空。

白、朱二人取那目錄，後文金蟬石生二進紫雲宮盜取天一真水時自有交代。

且說金鬚奴滿載而歸，好不心喜，排雲馭氣，往回路進發。暗忖：「白、朱二仙說那丹藥共有四粒，除初鳳、慧珠已服過外，正好給宮中諸人每人一粒。自己費盡辛苦才行得到，二鳳是患難夫妻，當然有份，自不必說。那三鳳、冬秀平時相待既是可惡，此次化解又壞在她的手裡，再將這種靈丹贈她，情理未免說不過去。如不給她二人，只和二鳳一人分吃兩粒，一則二鳳定要盤問實情，知道不肯；二則多服少服俱是一樣，白白糟掉，豈不可惜？那靈獸龍鮫心靈馴善，自己以前也和牠相差不多，同是水族，何不將剩餘的丹藥給牠服上一粒？另一粒藏好，以待將來之用？」又覺與白、朱二人之言有違不妥，一路沉思，委決不下。不覺到了紫雲宮上空，飛落海底一看，二鳳已在避水牌坊之下相候，手裡拿著幾片海藻，正與那條龍鮫引逗著玩呢！

一見金鬚奴帶著滿身霞彩飛來，知道必有喜音，迎著一問。金鬚奴起初原是想著三鳳、冬秀可惱，本不慣於說謊，沒料到二鳳早在宮外相候，丹藥還沒有藏過，不便隱瞞，只得將前事說了。

誰知二鳳竟和他是一般心理，也不願將丹藥分與三鳳、冬秀。金鬚奴經她一說，益發定了主見。就在宮外揭開玉瓶，將丹藥先取出三粒，自己與二鳳各服一粒，又給龍鮫服了一粒。將餘下那粒藏好。這二人一起私心，只便宜了靈獸龍鮫，服丹之後，對著二人不住昂首歡躍，意思甚是感激。二人也覺遍身芬芳，神明湛定，好不心喜！

金鬚奴因所得寶物共有一十三件，有兩件因為行時匆促，尚沒看清壁間所載用法。件數太多，不及一一取看，打算見了初鳳等人，再行同觀。

二鳳道：「獃子！那兩個見你得了許多法寶，豈不又要眼紅？她們現時都在後宮黃晶殿內修煉法寶，且得些時才完呢。我因心裡有事，又不願和大家煉同樣的法寶，才走出來等你。你且把那知道用法的先交給我藏起一半。連能用與不能用的，剩下五六件，算計每人送她一件，也就是了。」

金鬚奴此時對二鳳自是言聽計從，便將法寶分別取出，與二鳳解說，藏起七件。那六件中有一對金連環和一根玉尺，上面雖然刻有朱文古篆，一件叫「龍雀環」，一件叫「璇光尺」，俱都不知用法。二人分配好了寶物，將剩的六件，由金鬚奴拿著同進宮去。在別殿中又談了一會，初鳳等人才行走出。金鬚奴仍照前行禮，將赴嵩山經過，略說了一說，並將那六件寶物獻上，任憑眾人挑選。

初鳳先將寶物接過，分別傳觀之後，放在一旁，且不發付，對眾說道：「我有一樁心事，藏在心中多年，因未到時，總未說出。想金道友生具仙根異稟，此時道行更是高出我等三人之上，只緣劫難重重，難以避免，這才捨身為奴，在本宮中服役多年，勞苦功高，自不必說。他和二鳳妹子還有一段夙緣，應為夫婦，同駐長生，《地闕金章》上早有明示。如今二妹道行已非昔比，金道友更是真水換骨，化解凡身，一切災厄均已避過。我計算仙籙所載時日，金道友嵩岳歸來，正是他和二鳳妹子圓滿之期。我平居默坐，體證前因，知道他二人這段姻緣萬難解脫。為此當眾說明，使他二人配為夫妻，正了名分。大家與金道友既成一家，不許再存歧視之心。

「還有慧珠姊姊，本是恩母轉劫化身，應為宮中道主，屢經我等請求正位，不但堅執不允，反不許母女稱謂，令我權作宮中之主，否則便要離此他去。此事眾姊妹業均知曉，無庸細說。這幾日經我熟思切慮，權衡輕重，宮中人漸增多，不可無主，只得恭敬不如從命，同在今日改了稱謂。以前我因本宮並無外人，我姊妹三人同胞一體，有甚高下可分？如今已知，除我略有一線之望外，諸人均難修到天仙。不特道行各有深淺，因為無人正經率領，姊妹間常因細故發生嫌隙爭執，均非修道人所宜。像上次三妹、冬秀負氣出走，幾釀大禍。以後我定下規章，共同遵守。我暫為宮中之長，言出法隨，諸姊妹與金道友均須隨時在意，共勉前修，勿墮仙業，才是正理。」說罷，便命金鬚奴與二鳳交拜行禮。

二鳳在旁聞言，觸動心事，早已淚如雨下。金鬚奴雖與二鳳有約在先，也是又感激，又惶恐，還待謙謝幾句，初鳳只說了聲：「前緣注定，無須再作俗套。」便促二人行禮。

金鬚奴慨然道：「小奴以僕當主，妄躋非分，情出不已。此中因果和苦衷，主人俱已洞悉，不便多言。今承主人深恩，正名當主，仍須無廢主僕禮數才對。」說罷，便單獨向初鳳姊妹、慧珠、冬秀五人，行了臣僕之禮。然後起身與二鳳交拜天地道祖之後，再行分別與眾行禮。

眾人除慧珠早經初鳳說明外，三鳳、冬秀俱都蒙在鼓裡。加上金鬚奴得寶不私，恰好又是六件，正好各得其一，不由減了敵視之心。

不料初鳳說出這番話。現時初鳳不但道力高深，不由眾人不服。對於眾姊妹更是言溫理正，身端容肅，儼然表率，三鳳、冬秀本已日益敬畏。再加事起倉猝，初鳳又說出本人已為宮中之長，言出法隨等語。二人事前沒有商量，一心只在盤算寶物，聞言雖甚為駭異，誰也不願首先發難。見初鳳說時，二鳳滿面淚容，以為她以主配奴，必不甘願，料初鳳決難勉強。滿想等二鳳一開口，再行群起出言阻撓。誰知二鳳只流了兩行珠淚，竟是一言不發，就隨了金鬚奴交拜起來。幾次想發話，又不好出口。末後想要勸阻，已是不及，只得隱忍過去。

初鳳等二鳳、金鬚奴與眾人分別行禮之後，又對眾人道：「後苑之中，已由慧珠姊姊設下酒食。那酒也是慧姊從人間學來方法，用宮中異果製的。我們雖不必效那世俗排場，禮節總不可廢。加以妹夫多年勞苦功高，今日總算劫難完滿，又新得了許多寶物，正好給他夫婦二人賀喜，就便大家也嘗嘗新。我還有許多話，且到後苑落座之後再說吧。」

眾人便隨初鳳到了後苑。三鳳見一張珊瑚案上，早排滿了酒果之類，怪不得適才黃晶殿煉寶，初鳳、慧珠俱不在側。這才知道初鳳、慧珠固是早有安排，便連二鳳也久已承諾了，所以初鳳一說，便無異詞，只瞞著她和冬秀二人。越想越氣，只是不好出口，不住朝冬秀以目示意，陪坐在旁，一言不發。

初鳳明白二人心意，不願大家日後還是犯心，只想不出用什法兒給雙方釋嫌修好。

二鳳見初鳳歡飲中間，忽然停杯尋思，偶想起那六件寶物尚在前殿，便問初鳳怎樣分配。初鳳聞言，猛想起適才金鬚奴獻那六寶時，三鳳神氣甚是垂涎，只要把她一人感動，冬秀自無話說。便命三鳳往前殿取來，大家看了，再行定奪。

三鳳巴不得自己先挑選一番，便笑道：「那些寶物件件霞光閃閃，想必不是尋常。如能知道用法，豈不更好？」

金鬚奴便將得寶時，壁間所載用法，大半俱已記下，只龍雀環、璇光尺兩件，原嵌在一處，剛取到手，便聽白真人示警，匆匆遁走，沒顧得細看壁間符偈用法等語說了。

三鳳好以小人之心度人，暗忖：「白、朱二人既以全寶相贈，怎便忙在一時？偏是自己愛那柄短尺，他卻不知用法，哪有這種巧事？分明知道這兩件寶物最好，故意不肯說，以便別人不要，據為己有。少時分配，定和冬秀要這兩件，豁出去自己再破些時苦功，重行祭煉，也是一樣使用。」主意打定，推說要冬秀相陪，以便取攜，拉了冬秀逕往前殿。

二人走後，金鬚奴不敢瞞著初鳳，便將寶物實數說了，只靈丹一層未說。初鳳正覺寶物乃金鬚奴所得，他雖謙讓，分與眾人，於理不合，但又想借贈寶給大家釋隙和好，一時難以委決，聞言甚喜。一會三鳳和冬秀各捧三寶回席，交與初鳳。

初鳳重給大家傳觀之後，說道：「妹夫親身犯險跋涉一場，此寶又經白、朱二仙指明贈他一人，論情理原不該分給大家。一則今日妹夫、二妹嘉禮之期；二則妹夫情意殷殷，定要分給每人一件，過分謙謝，反倒不似自家人情分。家庭私誼，俱是以大讓小，不比修道守法，以長為尊。這些寶物，俱是新得，我等俱未用過，莫測高深。且由妹夫說明用處，再由冬秀、三妹、慧珠姊姊依次挑取，我與寶主殿後如何？」

三鳳、冬秀早已在前殿商量好要哪兩件，正愁初鳳分配不能隨心所欲，此舉正合心意，高興自不必說。別人知道初鳳用意，更無異詞。便由金鬚奴取寶在手，一一解說試演。除那兩件不知用法以外，其餘四件，以一件名為煉剛柔的，看去最為厲害。此寶形如一個雞心，中有鵝卵大小，顏色鮮紅，表裡透明，只有許多芝麻大小的黑點，通身細孔密佈，其軟如棉，也不知是什麼東西煉成。一經使用，便飛出一片脂香，萬縷彩絲。另由那針眼細孔中射出一種又黏又膩，顏色清明，香中略帶腥鹹之味的汁水。敵人法寶飛劍，除了一種西方太乙純金之精煉成之寶，是它的剋星外，餘下只一沾上，立時百煉鋼化為繞指柔，墜落地上。

另三件一名銷魂鑑；一名煩惱圈；一名遁形符，是兩面竹簡，可以分合。具有妙用，且待後文詳敘。

三鳳、冬秀等金鬚奴說完，仍是取那預定之寶：三鳳取了那璇光尺，冬秀取了那龍雀環。慧珠倒取了那煉剛柔，初鳳取了那遁形竹簡，將剩下的銷魂鑑、煩惱圈仍還給金鬚奴與二鳳。重新開懷暢飲。

眾人取完寶物之後，金鬚奴見三鳳只管拿著那璇光尺擺弄，霞光閃閃，幻成無數連環光圈，與別的寶物不同。暗忖：「此寶取時，最後嵌在龍雀環的後面，甚是隱祕，正看偈語用法，便即聞警遁走，彷彿壁間有『璇功萬象』幾字。起初沒打算將寶物隱起一半，適才在宮外和二鳳見面，匆匆挑選，只撿那名好和自己略知深淺的藏起，不曾細考。因為這尺不知用法，沒有在意。及至出了手，才覺出珍奇有異，偏又落在三鳳手中。」不由便對那尺多望幾眼。

三鳳原就留心，這一來，更以為不出自己所料，兩下嫌隙始終仍未解除。

初鳳在席上又說：「據我連日暗中參悟，眾人只能修到散仙地步。既有這樣好的珠宮貝闕，等白真人所說的敵人尋上門來以後，大家可分頭出海，將那有根基的女孩子度些入宮，以充宮中侍女。一面傳授道法，創立宗派；一面積修外功。等外功圓滿，使用天魔遁法封鎖海底。大家只在宮中潛修，享那仙府清福，再不出宮干預閒事，靜俟最後一劫過去，便與海同壽，豈不是好？」眾人俱都稱善。席散後，慧珠仍想從俗禮，送金鬚奴、二鳳回房。

第十四章　二女尋真

二鳳還未及開口，初鳳道：「妹夫、二妹婚姻，實由前緣注定，豈同世俗兒女？一切浮文俱用不著。二妹所居錦雯宮，原有五間，從此妹夫便移居在二妹所居室外面，夫妻二人同在一起修道便了。」

二鳳明知初鳳怕他夫妻又因情慾亂了道心，特想提醒，便看了金鬚奴一眼，見他滿面俱是愧恨之色，不禁淒然！

當日無話。由此大家俱在宮中潛修，杜門不出。二鳳夫妻也在暗中練習那些寶物。

光陰易過，不覺多時。這日初鳳正和大家在前殿聚談，忽聽殿外靈獸龍鮫長鳴不已，聽出聲音有異。

三鳳首先奔出。初鳳猛想起昔日白谷逸之言，算計已到時候，知三鳳素來恃強任性，忙率眾人跟蹤出去。才到外面，便覺炎熱非常，地闕清涼，怎得有此？好生奇怪。抬頭往上一看，避水牌坊上面，海水業已通紅如火，正和那年往救二鳳、三鳳，安樂島火山崩陷時的海水情景相似。那靈獸龍鮫正在牌坊下面昂首怒嘯，不時往上躥起，俱為初鳳封鎖法術所格，旋起旋落。一見主人到來，益發嘯個不住。

初鳳知事不妙，一面禁止龍鮫吼嘯，吩咐大家不許造次。一面忙使窺天測地之法，將手往地下一指，地面平空起了一個鏡子一樣的圓光。眾人定睛往圓光中一看，只見滔天紅浪中，隱現著一個道人和一個頭梳抓髻的幼童。道人一手執劍，身背鐵傘，類似金鬚奴以前對頭鐵傘道人的裝束，容貌卻又不似。後頭那道童騎著一個渾身雪白，雙頭六翼，長約五尺的怪魚，手中拿著一個兩尺來長的口袋，頭朝下，底朝上，只對準紫雲宮上面的海眼，發出一股和烈火相似的紅焰。海水被它照得通紅，炎熱異常。紅焰所射之處，那些深水裡的魚介之類禁受不住，恰似沸水鍋裡煮活魚一般，兀是在熱水中亂蹦亂竄，漸漸身子一橫，肚皮朝上，便即活生生地燙死。

三鳳大怒道：「這廝如此殺害生靈。待我上去將他除了！」

初鳳連忙拉住，悄聲說道：「你忘了白真人別時之言麼？這廝正想用妖法煮海，使我們存身不住，和他爭鬥。這時出去，恰好中了他的道兒。且不要忙，我自有道理。」說罷，收了法術，命慧珠約束眾人，金鬚奴隨了自己，用那兩面隱形符偷偷上去，看看來人虛實來歷，再行下手應敵。

眾人在避水牌坊下等候，見上面海水越來越紅，下面越發炎熱難耐。

初鳳、金鬚奴上去已有好一會，毫無動靜。初鳳又預先將那圓光收去，眾人不知上面情形，莫測吉凶。有的忿怒，有的焦急，各人有各人的心事。三鳳幾次要開了封鎖上去，俱被慧珠阻住。平日冬秀總是慫恿三鳳出頭，這次見初鳳面帶驚疑，知道厲害，也就不敢造次。

眾人正在紛紛議論，交頭接耳，忽見一道細如游絲的青光從身後飛出，電駛星奔，直射海面。回身一看，偌大一座紫雲宮，竟然隱得沒有蹤跡。慧珠知道初鳳已回宮內，佈置好了法術，二次飛去與敵人交手，便和眾人說了。三鳳一聽，又要上去，眾人勸阻不聽，慧珠一把未拉住，三鳳已經行法，破空而上，同時覺著熱減了好些。

三鳳一走，冬秀、二鳳也要上去。慧珠無法，只得再三囑咐：「如今紫雲宮已被隱形封鎖，除初鳳回來，休說敵人，連自己人也無法回宮。初鳳如此施為，敵人必然厲害，上去時節，須要見機而行，千萬不可造次。」二鳳應了，便自飛身而去。慧珠正打算跟去，靈獸龍鮫忽然奔到面前，不住昂首長鳴。慧珠道：「你要我騎你上去麼？」龍鮫點了點頭。

慧珠剛騎在龍鮫背上，忽見上面一片紅光中，猛飛起萬點銀流，映著四周蔚藍的海水，頓成奇觀。心想：「初鳳等人平時並無這種法寶，敵人定是猖獗異常。」正在斟酌進止，坐下龍鮫已是幾番騰嘶欲上，知道此獸靈異非常，必有原因。眾人俱已上去應敵，如有不測，也難獨免。只得開了禁法，騎著龍鮫飛出海眼。一看，初鳳不知何往，金鬚奴獨鬥那騎著怪魚的童子，二鳳、三鳳、冬秀三人合戰道人，劍光法寶紛紛飛起，星飛電閃，銀雨流天，正在相持不下。

那龍鮫原有避水之能，又在海底潛修多年，服過連山大師遺藏的靈丹，本領更非昔比。才一飛到上面，四外的海水便疾如奔馬，紛紛避開，露出方圓數里的一大片白沙海底。雙方本在水中交戰，經這一來，二鳳、金鬚奴等人知道龍鮫功能，看慣無奇。

那騎魚道童與金鬚奴敵鬥方酣，正在一心專注於法寶上面，猛覺身子一空，近身海水突然消逝。那條六翼雙頭的怪魚倏地失水，往下一沉，幾乎將自己翻跌下去。幸而那怪魚也非凡物，忙將六翼展開，飛將起來，才得穩住。道童不禁心裡一驚，神微一散，早吃金鬚奴乘機放起一件法寶，一道白光閃過，一任道童逃避得快，眉頭上早著了一下，立覺奇痛非常。忙又使法寶抵禦時，金鬚奴何等機警，知他厲害，早已收了回去，只氣得道童罵不絕口。

慧珠這時方才看清那道童，看去雖然年輕，卻生得獅頭環眼，凹鼻闊口，獠牙外露，赤髮披肩，生相甚是凶惡。那道人雖與鐵傘道人一般打扮，卻要年輕得多，生相也較清秀。因金鬚奴是一個敵一個，二鳳等人卻是三打一，道童似比道人厲害，慧珠便想相助金鬚奴。剛把龍鮫一拍，飛上前去，忽聽金鬚奴喊道：「這小妖道扎手。有一個破口袋，已被大公主用玄功變化收去。還有這一個勞什子圈兒，堅利非常，飛劍遇上便折，傷了我們好些法寶，只我這件波羅刀能夠制牠。適才又被我打了他一喪門鐗，已受重傷，少時便要成擒。慧姑還是去助三公主他們除那妖道吧。」

同時那道童也怒喝道：「你們這群不知死的孽障！命你們好好將金鬚奴獻出，紫雲宮讓我，免卻一死，竟敢憑仗人多，與大仙交手。我那歸藏袋乃仙家至寶，豈是容易收的？如今雖然被那賤婢用詭計搶去，怎知其中妙用？少時必然作法自斃，化為灰燼。我這仙環乃百煉精鋼，千年修煉，任你什麼法寶飛劍也非敵手。少時除去你們這些孽障，奪了紫雲宮，此寶仍是我囊中之物，誇甚大口？」說時好似益發忿怒，將手連指那一個帶著九個芒角的白光圈子，光華愈盛，將金鬚奴用來抵敵的一道黃光圍住，錚錚之聲，響成一片。

慧珠聞言，不禁心中一動，想起金鬚奴所贈煉剛柔專破堅鋼之寶，難得這廝自己將法寶來歷說出，正好一試。想到這裡，也不再向金鬚奴回言，一探法寶囊，將煉剛柔取將出來，依法行使，往空中飛去。

金鬚奴原因和道童一照面，便連損了兩件月兒島得來的寶物。末後將波羅刀放起，才得敵住，心中痛惜非常。

這時初鳳仗遁形符，用玄功變化，將敵人用來煮海的歸藏袋奪去，一直未曾現身，不知是什麼原因。不敢造次再用別的寶物，僅乘道童疏忽之際，打了他一喪門鐗，唯恐被傷，佔了一點小便宜，急忙收回。見慧珠騎鮫上前，恐又蹈自己覆轍，方才提醒。忽見慧珠並不使飛劍迎敵，逕自將煉剛柔放出，這才想起此寶妙用，心中大喜。恐波羅刀又被波及，連忙收回。

那道童見自己的九宮仙環光華越盛，正在心喜。忽見對面飛來一個騎著分水異獸的女子，放起一團夾著無數黑點銀星的粉紅光華，帶著微微嗚咽之聲飛來，同時敵人的波羅刀便又收去。那光華與自己法寶剛一接觸，鼻間微微聞見一股粉香。那光華中又飛起許多淡紅的水珠，自己法寶立時光焰漸散。知道不妙，想要收回。誰知那光華竟將九宮環吸住，一任自己用盡玄功，休想動轉絲毫。眼看環上九個星角光華由大而小，轉瞬之間芒彩全消，才行墜落。這一驚非同小可，心裡痛惜已極。強敵在前，竟然忘了厲害，一拍座下怪魚頭頸，飛上前去想奪。那金鬚奴正相機待發，怎肯失此機會，沒等敵人的九宮環落地，早二次將波羅刀放起。

道童這時連番失利，神志已昏，一面想接寶物回去重煉，一面只防到對面的慧珠，卻沒想到金鬚奴來勢如此迅疾。催著怪魚上前，剛一伸手，忽見一道黃光疾如電掣，從斜刺裡飛射過來，再取寶行法抵禦，均所不及。忙將兩足一夾魚背，往下一沉，滿打算怪魚飛騰甚速，拚著殘寶不要，且先避過危機，再想報仇之策。誰知兩下相隔已近，慧珠坐下龍鮫何等靈異，見了那條魚早已眼紅，存心縮著長頸待機即動。一見飛臨切近，又想往下逃遁，哪裡容得，就在怪魚將落未落之際，猛地一伸長頸，兩個大頭同時張開血盆大口，恰將怪魚雙頭咬住，只一下，便身首異處。

那怪魚名為雙首銀鼇，也甚通靈，見著龍鮫原有幾分畏懼，只為受了道童法術駕馭，不得不聽命上前，白白地送了性命。

道童正落之間，眼睛一花，兩個血盆大口捷如風翻，突在面前張開，再想駕魚後退，已是不及，身子一頓，一雙魚頭已被怪獸咬住。同時敵人的法寶飛劍也從四面襲來，情知道人非死即帶重傷，再不逃遁，性命難保。只急得把獠牙一錯，就著怪魚屍身下沉，血光崩現之際，將身在魚背上一扭，逕直化道赤虹，怪嘯一聲，直往海上飛去。饒他遁光迅速，還被金鬚奴的波羅刀斷了一條左臂，又吃二鳳用鎖魂鑑照了一下，終至性命難保。只為一念之貪，受人蠱惑，把多年道行付於流水。這且不言。

眾人等道童逃走後，見地下橫著一條左臂。那波羅刀傷人，只一見血，便心發甜酸而死，除了瀚海中的千年苦泉，不能救治。知道童已受重傷，逃得又快，便也不去追趕。那同來的道人，早已為二鳳等人殺死。慧珠坐下龍鮫，自從咬死怪魚，幾番騰躍，似要擺脫慧珠。慧珠知牠心意，縱身下來。龍鮫便啣了那怪魚的頭，往海底鑽去。

大家聚在一起，才想這會工夫，怎地不見初鳳？起初都以為紫雲宮根本重地，初鳳收了敵人歸藏袋，恐敵人又有別的花樣，回宮坐鎮，不疑有他。又見敵人死亡逃散，龍鮫回宮，海水重合，上面無可留戀，各自從海眼中飛回。

誰知到海底一看，除一座避水牌坊依舊矗立外，偌大一座紫雲宮，竟然不知去向，有一片青茫茫的光霧籠罩前面。眾人尚以為初鳳定在宮中駐守，同聲呼喊，不見應聲。連進數次，俱被一層軟綿綿的東西攔住去路，無門可入。

金鬚奴猛想起適才在上面，聽道童說起那歸藏袋妙用無窮，被初鳳收去，定要弄巧成拙，化為灰燼等語。當時只說是恐嚇之言，初鳳道行今非昔比，既能收去，必無妨害，沒有在意。此時看出情形蹊蹺，知道有些不妙。方在驚疑，忽聽龍鮫嘯聲甚厲，仔細一聽，竟在往日宮牆後面龍鮫棲息之所，心中一動。又見青霧層中光射去，前面光霧猶如狂風之掃殘雲，成團成絮地紛紛分散。不暇和眾人說話，拉了二鳳循聲而往。走到近前，仍為光霧所隔，只聽嘯聲，無法進入。

急迫中，二鳳忽道：「大姊不知在宮裡則甚？現在光霧阻隔，走不進去。我們那法寶之中不是有一件能夠分光撥影的麼？」一句話，把金鬚奴提醒，忙喊「決些取出，試它一試」時，二鳳早把一面透霧分光寶鏡取出，運用玄功，照連山大師所傳用法，一口真氣噴向鏡上，立時從鏡上現出一道冷氣森森的白光將霧照散。二人便照龍鮫嘯聲尋去一看，地方正是宮苑後面。

又前行了幾步，光霧消處，猛見龍鮫長尾擺動，轉眼現出全身，才看出龍鮫橫臥在地，懷中抱著一團赤紅色的光鏡，正照在上面。光華隱隱中現出一個人影，定睛一認，正是初鳳，全身俱被那團赤黃色的光華圍繞，手中卻抱著那怪魚的頭，從魚口中發出一片銀光護住前胸，臉上神氣甚是苦痛。

二人一見大驚。金鬚奴救主情殷，首先撲了上去。剛一起步，那地下臥著的龍鮫忽然一尾掃來，將金鬚奴攔住。金鬚奴猝不及防，幾乎吃牠掃跌了一跤，知道龍鮫攔阻必有原因。明知是那歸藏袋作怪，投鼠忌器，又不敢用別的法寶去破，只得仍用二鳳的分光鏡去驅散那團光華，誰知竟是無效。

眼看光中初鳳面容益發慘痛，正在急苦愁悶，忽見面前未散青霧中，無數五彩光圈旋轉不停，飈輪旋轉般衝將出來。光照處，青霧冰消，比從適才分光鏡所照還要來得迅速。頃刻工夫飛到面前，正是慧珠、冬秀、三鳳三人，那光圈便從三鳳那柄璇光尺上發出。

二鳳迎上前去，方要述說初鳳遭難之事，三鳳已經一眼看到初鳳在赤黃光華中掙扎，更不答話，逕直飛到初鳳面前，手中尺往光華中一指，便有無數大小圓光圈子飛上前去。

金鬚奴以為彼此都不知璇光尺的用法，縱知與分光尺一樣，有分光撥霧之能，也未必能將歸藏袋的陰火破去。正在提心吊膽，那些大小光圈一經飛入赤黃光華裡面，只一旋轉，赤黃光便如紅雨飄灑，金蝶亂飛，發出一陣極細微的嗚咽之聲。接著又如皮囊破氣般，噗的一聲，光華消盡，無影無蹤。地上卻橫著一條軟綿綿膩脂脂、長約三尺、似布非布、似肉非肉的無底口袋。初鳳業已昏倒在地，眾人連忙扶起，各將身帶靈丹取出，分給初鳳、龍鮫口中塞了進去。

三鳳一眼看到怪魚頭口中銀光閃閃，一手接過看了看，心中大喜。伸手一拍，將魚腦拍開，取出一粒珠子，不與眾人觀看，逕自揣向囊內。眾人都關心初鳳安危，也未在意，匆匆把初鳳扶起，由後苑回轉宮去。

這時封鎖全宮的光霧，因初鳳被困，失了主宰，又被三鳳拿著璇光尺到處一照，差不多消散造盡，毫無阻隔。

眾人扶著初鳳回到黃晶殿，安置在白玉床上。待有好一會，初鳳漸能起坐，言動自如，只是元氣受傷，還未復原罷了。眾人才放了心，互相談起經過。

原來初鳳起初本打算封鎖海眼，閉門不出，一任敵人在上面猖獗，反正不會攻將進來。及見敵人妖火益發厲害，海水被它燒得奇熱，海眼上面成千成萬的魚介之類，活生生成隊地被它煮死，不禁動了惻隱之心，暗忖：「敵人如是有為而來，決不輕易退走。地闕仙府縱不攻進，那些水族生命何辜遭此慘死？」這才同金鬚奴商量，二人合用那兩面遁形符，先上去窺探了一番。

初鳳看出兩個敵人只是法寶厲害，道行並不甚深。因他們任意殘害生靈，無故尋上門來，欺人太甚，這才決計將他們除去。同時想起嵩山白谷逸、朱梅二仙之言，不敢造次，當時並未現身動手。忙和金鬚奴一同回轉宮中，命金鬚奴將所有法寶一齊帶將出去應敵。

再由自己行法封鎖全宮，準備退路。

一切停妥，二次同了金鬚奴飛身上去，打算借遁形符隱身，暗中先將那用法寶煮海的道童除了。又因那符不能分用，便命金鬚奴現身上前，和來人對敵，自己暗中下手。誰知那道童頸間戴著一個圈兒，初鳳飛近身前，剛把飛劍放出，打算行刺，那圈兒異常靈應，竟自動飛起九道芒尾般的白光團著一圈光華，繞著初鳳那飛劍，只一絞，把初鳳在金庭玉柱中所得來的一口寶劍絞得粉碎，銀光如雪，紛飛飄逝。不由大吃一驚，連忙退下身來。

見那道童也在張皇四顧，似在尋找敵人蹤跡。知是他的法寶功效，本身並未看出有人暗算。猛一眼又見他手上所持的那條口袋，赤紅光華時幻五彩，所照之處，海水如開了鍋一般。同時那光圈已朝金鬚奴飛去。不禁心裡一動，恐道童還有別的靈應寶物，便息了行刺之想。忙運玄功飛上前去，暗使天書副冊中大搜攝法，一把將那口袋劈手奪去。

道童覺著左手虎口奇痛，手一鬆，法寶忽然脫手飛去。這一急非同小可，定睛一看，那條歸藏袋赤紅光華已經銳減，隱隱看見一個少女從光華圈繞中往前急駛。忙和道人追時，金鬚奴的法寶已接二連三發出。等到自己九宮環將敵人法寶破去，少女連人帶寶俱都不知去向。加上對面這個少年並非弱者，法寶連傷，毫不後退。末後又放一件法寶，敵住九宮環，一任道童和同伴任意施為，竟佔不了一點便宜。就在這時，二鳳、三鳳、冬秀三人相繼出敵。

金鬚奴恐她們蹈了自己覆轍，見那道人似乎稍弱，便指揮三人去敵道人，由自己獨戰道童。三鳳、冬秀見初鳳不在，本不願助金鬚奴，自去和道人交手。

二鳳見那道童猖獗，丈夫不能取勝，哪肯袖手。才一上前，飛出劍去，金鬚奴連止不住，一照面，飛劍便被九宮環吸住，一絞兩段，這才知道厲害。又見金鬚奴舉手連揮。只得捨了道童，與三鳳、冬秀三戰道人。

那三鳳、冬秀先見道人飛劍不甚出奇，只說無甚本領。誰知那道人正是鐵傘道人的心愛門徒樊量，不但好色如命，而且凶狡異常。起初見金鬚奴法寶甚多，不肯冒險，只用一口飛劍助戰。打算敷衍一時，由道童去與他拚命，等把來人虛實深淺看清，再行下手。及見對面飛來兩個美如天仙的少女，不禁色心大動，便不問青紅皂白，除那柄身後背的鐵傘，因初得到手，用法不精，尚未急於行使外，所有身帶的飛劍法寶全都施展出來。

三鳳、冬秀二人正難抵禦，恰好二鳳回身來助，才得敵住。三鳳一面迎敵，見金鬚奴夫婦的法寶竟是層出不窮，接連施展了十餘件，多半為平時未見之寶，知月兒島所得，不由得舊憤重添，當時也未說破。那道人起初原想生擒，等奪了地闕仙府，好與道童分用。及鬥到後來，見道童無功，自己受三女合攻，運用法寶俱被二鳳破去，大有相形見絀之勢，不敢再為大意。只得披散頭髮，脫去衣服，口誦真言，一聲大喝，收去飛劍法寶，現出九個赤身女子，連同自己，俱都倒立舞蹈，作出種種醜態。打算用天姤迷魂大法，迷了三女靈智。能全數生擒更好，不然便將最厲害的一個，乘她出神之際，暗放飛劍斬了，剩下兩個，不愁不為己有。

誰知三女一部天書副冊正是魔宮祕笈，早已煉得純熟，班門弄斧，如何能行，剛一施展，便被三女破了。三鳳首先喊聲：「來得好！」返身朝頂門一拍，滿身仙衣自解，露出一個俏生生的赤體，狂笑一聲，飛入舞陣之中，照樣兩手據地，倒立舞蹈起來。

道人情知不妙，連忙站起，想要收法，已來不及，竟被三鳳抱住。粉彎雪股，妙態畢呈，玉軟香溫，膩然入抱。立時神志一蕩，迷了本性。又見對面女子一雙欺霜賽雪粉光緻緻的嫩腿，突地朝著自己左右分開，玉臍之下，玄陰含丹，柔毫疏秀，只一翕動之間，早已令人忘卻生死關頭。剛想鞠躬盡瘁，忽覺玉門中透出幾絲絲似有若無的微妙氣息。一經聞到，愈覺精搖神散，昏昏沉沉，如醉如癡。就在這銷魂蕩魄之際，倏地心裡一涼一酸，竟被冬秀、二鳳兩柄飛劍乘隙飛來，斬為數段。道人色魔迷心，還不知怎麼死的。

這種魔法最是厲害，除金鬚奴外，全宮姊妹雖然學會，初鳳一則嫌它惡毒，二則自身總是女子，赤身行法，有許多醜態，勝人不武，不勝為羞，再三告誡叮嚀，不許大家妄用。如非道人滿念淫邪，首先發難，將三鳳惹惱，也不致惹火燒身，死於非命。道人死後，剩有身藏飛劍法寶，連那柄鐵傘共是三件，俱被三鳳、冬秀二人得去。

三鳳見那柄鐵傘與以前鐵傘道人所用形式一般無二，不知這般厲害法寶，道人何以不使用對敵，卻來作法自斃？好生不解。

二鳳因自己法寶甚多，樂得向隅，讓三鳳多得一件。回望金鬚奴、慧珠二人與道童鬥得正在吃緊，連忙上前去相助。三鳳、冬秀相次隨上，道童也受了重傷逃走。眾人先俱以為初鳳奪那歸藏袋時曾一現身，是成心如此。卻不料初鳳不知歸藏袋的用法收法，沒有持著袋底，剛一到手，便被陰火將身吸住。知道不妙，袋的主人尚在，恐在宮外被他發覺，施展用法，益發難取。仗著玄功奧妙，連忙運用玄功，先將心神護住，連人帶劍飛回宮中。可是陰火照處，遁形符已漸失功效，微微現出一點形跡，被道童識破，只無法分身追趕罷了。

初鳳到了海底，恐陰火燒了仙府宮庭，不往正門走進。想起那天一真水正與此火相剋，自金鬚奴用過後，曾將餘者埋藏在後宮苑內，便直往後苑飛去。走離藏水之處還差一半的路，真靈漸漸抵禦不住陰火，渾身炎熱欲燃。知道再也不能勉強前進，一個閃失，元氣一破，全身便要化成一堆灰。只得盤膝坐到地上，將本身元氣運調純一，死命與火支撐，也不知受盡了多少苦痛。

還算初鳳年來道行大為增進，修養功深，早從靜中參悟。姊妹數人，只自己和慧珠收場尚好，縱不能修到金仙，也不致失去地闕散仙之位。這種災厄，修道人在所難免，一任毒火侵燒，心神未亂，所以元氣始終未破。挨過好些時候，越久越覺不支，漸漸本身靈光被陰火煉得益發微弱。正在危急萬分，那靈獸龍鮫忽然啣了魚頭趕來。這東西已有千年以上道行，知道主人有難，一落海底，便嗅著氣味，一路狂嘶亂闖。

初鳳在危迫中，聞得龍鮫嘯聲，以為眾人得勝回宮，無法進入。雖知她們道力不如自己，人到快要絕望之際，總存萬一之想。又知金鬚奴有許多法寶，也許能夠破去妖童法寶。雖然有了一線生機，一則自己須用全神去敵陰火，再想全宮封鎖收去，力有不逮；二則還恐萬一眾人並未獲勝，引寇入室，勢更不妙。就在這存想之間，眼看火勢愈盛，危機頃刻，不容少懈。只得死中求活，拚命運起一口真氣去敵住妖火，抽空行法，將宮中封鎖微微開出一些門戶。神一分，靈光突被妖火壓得僅剩絲微，轉瞬就要消滅。恰巧龍鮫正從那開處衝將進來，見主人為陰火所圍，連噴兩口靈氣，火仍不滅，便奮不顧身衝進火中，將初鳳盤了起來。

這龍鮫原秉純陰之精而生，又是千年靈物，雖然道力尚淺，不能滅火，一時卻傷牠不了。初鳳見只有靈鮫獨個衝進，不見眾人，以為凶多吉少。剛在悲愁，猛覺奇火極熱中，忽然身上透來一絲涼氣。定睛一看，龍鮫已將全身環抱，口中還啣著一個魚頭，魚頭口內銀光閃閃，那涼氣也是從魚口中發出。暗忖：「這魚正是妖童坐騎，既被龍鮫咬死，眾人未必便敗，許是為了自己封鎖所隔，闖不進來。」不由又生了希冀，便伸手從龍鮫口中將魚頭抓將過來，抱在懷中，護住前胸。

那歸藏袋與魚頭竟是相生相剋。當初初鳳將袋得到手時，見袋口陰火厲害，連忙撒手一扔，沒有扔掉，反被袋口將左臂吸住，只管發出陰火焚燒。初鳳也運行全身真氣去抵禦。及至魚頭抓到手中，袋口陰火好似磁石引針一般，一個勁齊往魚頭圍繞。那魚口中也放出一團銀光敵住。初鳳身上才不似先前燒炙得難受，但仍然是苟延殘喘，周身骨軟筋麻，如散了一般，更無出困之策。直到金鬚奴夫婦與三鳳等相次來救，巧用璇光尺破了歸藏袋，勉強脫身回宮，服了許多靈藥，仗著根基甚厚，還養息靜修了好多日，方得復原。

那龍鮫原是水中靈物，當時救主情急，雖然受傷不輕，卻好得甚快。初鳳痊癒以後，便在黃晶殿中召集全宮人眾，說道：「此次妖人來犯，一見面就交手，連仇敵姓名俱未問明，來歷更是不知。看三妹所得那柄鐵傘，雖然不知用法，頗似當年鐵傘道人之物，來人必是他的徒黨。那道童既然逃走，必不干休，早晚終將捲土重來。頭一次已經這般厲害，二次約了能手，如何抵禦得了？

「我們這座仙府好處還不僅在貝闕珠宮，乃是因它深藏海底，不為外人所知，利於潛修，不致引起外人覬覦之故。倘被傳揚出去，雖說我們有法術封鎖，不易攻進，畢竟各派高人甚多，一個抵敵不住，不特此宮難保，便是大家多年苦功也都付於流水。為今之計，莫如乘敵未至，先發制人，由妹夫、二妹出去，先往嵩山少室，尋著白、朱二位，一探妖人來歷，並問明除他和抵禦之法，急速回宮。大家商量妥當，尋上他的門去，將他除了，省卻這一樁心事。好在我們此時道力，出海已差可應付。事完之後，索性分頭出海，先期積修一點外功。然後回轉宮中，從此閉門不出，潛修正果。豈不甚好！」

眾人大都靜極思動，聞言無不稱善。只不過三鳳另存著一副私心，堅持同往，以便尋見白、朱二人，暗探月兒島寶物是應為金鬚奴獨得，還是他私吞起來？初鳳近日已聽她背人和自己說過幾次，不准她去，疑團難解，勢必與金鬚奴夫婦嫌怨日深；又知白、朱二人性情古怪，既不喜她，去了無益。只得再三囑咐小心恭謹，不可大意。三鳳自是隨口應允，當下便隨了金鬚奴夫婦，同往嵩山少室飛去。

到了嵩山少室一看，古洞雲封，哪裡有嵩山二友的蹤跡。三人尋不見白、朱二人，又不知雲遊何處，恐出來久了，妖童去而復轉，初鳳等勢孤，只得趕回。本想回宮見了初鳳另商妙策，行至中途南海岸側，忽見下面有一座荒礁，高只離地數十丈，上豐下銳，孤立海邊。礁頂平圓如鏡，大有數畝，中間放著一個大鼎，鼎前立著一個和尚，相貌古怪，頭頂絕大。左手拿著一面銅鏡，閉目合睛，面朝著海，口中唸唸有詞。先用右手一指那鼎，鼎中便冒起了一片彩煙熱氣，分佈開來，飄散海面。

三人在空中聞見那股氣息，彷彿鼎中煮著什麼異味，甚是香濃，令人食指欲動。細看那和尚，全身雖隱隱有光華圍繞，卻又不似妖邪一流，覺著奇怪，不由略一停視。依了金鬚奴，本不願多事。三鳳執意要看個究竟；二鳳也以為隱身雲空，並不往下降落，看看何妨？金鬚奴見二鳳也如此說法，只得應了。見離礁石不遠，還有一個礁石，雖然形狀不佳，卻甚隱祕高大，可以藏身，便引了二女往礁石上飛去。剛一著地，忽聽三鳳道：「二姊快看，這是什麼？」

原來三人往鄰礁上落下時，鼎中熱氣已化作無量數的彩絲，稀疏疏地將近海岸一帶數十里方圓的海面佈滿，根根似長虹吸水一般，一頭注向海中，一頭仍在鼎內，千絲萬縷，脈絡分明，一毫也不散亂，映著日光，鮮豔奪目。同時和尚口中誦咒越急，雙目仍自緊合，臉上卻帶著盼望焦急神氣。

不多一會，忽聽海中風起浪吼，恍如萬馬千軍，在海底騷動了一陣，轟的一聲，海水群飛，波濤山立。浪花中湧現出無量數的怪物，三頭駢生，形如人面，藍睛閃閃，宛若群星，半截身子露出海面，個個俱如鐵塔也似，成千累萬，排著整齊隊伍，分波逐浪，疾如奔馬，直朝和尚存身的荒礁上衝來。海面上陰雲四合，狂風大起。這些怪物轉瞬到達，紛紛狂嘯，聲如兒啼。頂上三頭一齊張口，噴出一股銀箭也似的水，往上射去。接著身子往上便起。

三人見怪物這麼多，和尚又露著手忙腳亂神氣，正替他捏一把汗。忽見和尚左手鏡往前一舉，那一面漆黑的鏡頓放光明，宛如一輪明月，寒光凜凜，直照波心。右手連放雷火，連珠也似發出。怪物口中射出的水箭，盡被鏡中光華攝去。只是怪物仍然未退，前一排的已快縱到礁上。這時看清全身，每個張著三張血盆大口，獠牙森列，身長有十丈，蟒身魚尾，形相獰惡。

和尚見怪物不退，好似也有些手忙腳亂，倏地濃眉緊皺，一聲長嘯，聲如龍吟。左手仍持著那面鏡子，右手往下一伸，竟將那大約丈許的一座鐵鼎舉將起來，朝著前面一掄。鼎中也不知是什麼東西，一團團帶著彩煙熱氣灑向海中，那股香氣益發濃厚。怪物更不顧性命地飛搶上來，口一張，啣了兩三個鼎中放出的東西便走。來得也快，去得也速，前爭後擠，聲勢益發駭人。再看和尚，已不似先前驚慌神氣，手中鼎只管下倒，滿臉俱是笑容。三人才看出那些怪物不是與和尚為難，乃是為了鼎中之物，只不知和尚如此施為，是何用意。三人正在猜想，猛聽空中一聲大喝道：「賊禿驢，你還要這些無辜生物絕種麼？」

隨說，便緊跟著一個震天價的大霹靂，帶著百丈金光，從天直下，一閃即逝。只震得山嶽崩頹，三人存身的大礁石都搖搖欲倒。同時陰雲盡散，海面上萬縷彩煙全都消盡。嚇得那些黑色怪物紛紛亂竄，齊往海心中亡命一般鑽去，轉眼工夫，全都沒了影子。再看荒礁上，那大頭和尚業已趴伏在地，將那面鏡子頂在頭上，體似篩糠，嚇得直抖。過有半盞茶時，三人見適才那雷聲金光雖盛，只是突如其來，並沒看見一個人影。這時雲盡天空，風息浪靜，怪物也都散盡，只剩和尚一人在荒礁上掙命，無甚可觀。

正想飛身走去，忽聽左側有人顫巍巍地說話道：「三位道友休走，快請救我一救，日後自有報答。」仔細一聽，語聲逕從荒礁上發來。三鳳生性好奇，想知究竟，本不願走，便停了步，往荒礁之上飛去。

金鬚奴夫婦料知無甚亂子，只得跟往。落在荒礁上一看，那大頭和尚已勉強站起，顫聲說道：「我吃天乾山小男無意中打我一先天神雷，將我元氣震散。幸而有這一面寶鏡護身，防備得快，沒將全身震成粉碎。目前已是飛行不得，須要經過三天兩夜方能復原，離開此地。偏我又有一個生死仇敵，知我在此採取三星美人蚺的陰精，煉這一面水母玄陰鏡，去破他陰火，恨我入骨。偏巧他正值害人沒害成，反倒受了重傷。新敗之後，我又在這荒礁四外設下埋伏，事前並沒敢前來尋仇。

「可是他所居離此甚近，我適才鼎中所焚乃是千年毒蟒之肉，內中放有極毒之藥，奇香異味，傳出三百里內俱能聞到。他既知我用毒蟒為囊，去招引深藏海眼寒泉中的三星美人蚺，豈肯就此善罷干休？必乘我寶鏡尚未煉成之際，乘我人在行法，不能分神之際，前來暗算。適才聽得雷聲，定已料出我行法太狠，有人與我為難，少不得要乘機加害於我。這荒礁周圍法術已為神雷所破，無計可施。三位道友初來之時，我還有戒心。後來看出是路過好奇，只作旁觀，忙著行法，甚是失禮。

「如今我危難之中求助，自知不妥。務乞三位道友念在我行法雖然狠毒，也是為那無數萬萬的水族生靈除害，務乞助我一臂之力，在此小住三日。我本身元神雖傷，法術法寶還在，如那廝來犯，只須代我施為，依然抵禦，萬無一失。如承相助，事後必有重報。」

金鬚奴聽他說起陰火，不禁心中一動，便問道：「老禪師法力適才已曾領教，想必見聞廣博。這善施陰火的人，現今共有幾人，可知道麼？」

和尚道：「道釋兩家，三昧真火雖然各依道力而分高下，人人俱煉得有，無甚出奇。魔教中一種魔火，固是厲害，還不如我那仇人的陰火，乃由地心中千百萬年前遺留下的人獸骨骼中，採出的一種毒磷凝煉而成。常人遇上，固是化成飛灰；便是有道行的人，如被火圍燒，暫時縱能抵禦，久了也將元陽耗盡，骨髓枯竭，燒成一堆白粉。真是厲害已極，能克制的人甚少。

「以前有一位月兒島的連山大師，煉了兩件法寶，能破此火。後來大師化解成仙，許多寶物俱都埋藏炎山火海之中。聽說玄門中有兩位能人前往火海探索過兩次，那寶物始終未聞使用，不知可曾取出。

「此外便是現在峨嵋派的開山祖師長眉真人煉有兩口寶劍和一件採太陽真火所煉赤烏球，可以破得。這世上使用陰火的，除我仇敵外，還有赤身教主鳩盤婆，比他更凶，竟是隨手可發，無有窮盡。但是鳩盤婆隱居西方，人不犯她，她不犯人。不似這廝，逞強任性，倚勢豪奪。

「其實這廝和我俱是海島中散仙，他在南海，我在東海，風馬牛全不相干。以前從無嫌怨，一樣無拘無束，可逍遙自在，度那清閒歲月。他偏於心不足，想為群仙盟主，創立宗派。三十年前，忽然發帖，遍邀天下散仙往南海赴會。席終說明居心，隱然要執眾仙牛耳。彼時那真有道行本領的，接著他的請柬，全都付之一笑，沒有理他。所去的人，不是道行淺薄，想借此攀附，以便日後有相須之處外，便是像我這樣因聞他那裡景物奇麗，慣產聖藥，一則觀光，二則到底看看他有什驚人法力。

「他在席上將話說完，有那道力較高的人雖然不服，還未張口，我不合首先發難，要當筵和他鬥一鬥法。彼時他陰火剛剛採集到手，尚未煉成法寶，吃我和一位姓姜的道友用法寶飛劍，將他夫妻二人一齊打敗，因此結下仇怨。他在南海杜門十載，將陰火用千年鱘鰉魚肚煉成一個袋子，又在海底得了一部邪書，學成了不少妖法，到處找我尋仇。

「有一次他在黃砂城外尋著了我，我已吃了大虧，險些喪命。多蒙東海釣鼇磯神僧苦行頭陀走過，因與我有過一面之緣，將我救走。他氣仍不出，非將我置諸死地不可。我萬般無奈，才輾轉設法向鳩盤婆求救，她傳了我這破陰火的法術。我明知鳩盤婆也因這種三星美人蚺的內丹是破她陰火的一個硬敵，想借我為名，用惡毒之法，將這些東西滅種，但是為了報仇和自身利害，也不能不允。

「那三星美人蚺巢穴就在他所居的近處，他雖知道美人蚺內丹是玄陰水母精華，可以滅他陰火，但這千年美人蚺為數甚多，又極通靈，一則沒法除去，二則這東西鎮年潛伏海眼之中，與人無爭，也不會和他為難，所以平時沒有在意。如一旦知道我要來此採集，決不干休。萬一到時鳩盤婆所傳法術為他所破，豈不自送虎口？為此遲疑多年，靜等良機到來，再行下手。

「這日鳩盤婆忽派一個女弟子傳話，說那廝新近受了鐵傘道人門徒蠱惑，前去侵犯幾個海底潛修的散仙，打算強奪人的珠宮貝闕。交手時弄巧成拙，受了人家重傷，有好些日將息，催我急速下手。想不到眼看功成，卻遭毒手。我那仇家名喚甄海。其父乃是南宋末年一個福建的舟子，載客人飄洋浮海，遇風浪將舟捲向南海一座島上。那裡天生各種靈藥甚多，無有食糧，便以島中草果為食。

「有一天，無心中吃了一枝迷陽毒草，原是極熱之藥，為採補中的聖品。被他誤服下去，立時慾火燒身，忍受不住。仗著食了三年草果，內中不少靈藥，體健身輕，力大無窮，因為無從發洩，便在海水中泅泳解熱。遇見一隻母海豹，被他擒住。這舟子一沾生物肉體，越發慾火如狂，當下將那海豹擒上岸來，交合了二日三夜。雖然洩了慾火，人已從此癱倒，不能行動。

「那海豹居然還有良心，每日給啣些小魚蝦給他挨命。同時海豹已有了孕，到第九年上，生下一子，海豹隨即死去。舟子因此子是海豹所生，取名甄海。此子幼稟異質，不但生而能言，而且出沒波濤，行動如飛。由舟子教導，埋了他母親，照樣去採魚蝦草果與乃父度命。又挨過了十餘年，舟子方才老死。甄海在南海流蕩，忽然遇見異人，愛他質地，傳了他許多道法，才有今日。」

正說之間，三鳳便接口，將日前來犯紫雲宮的道童模樣和所騎的怪魚說出，問和尚可是此人？和尚答道：「正是那廝。不知三位怎生認得？」

三鳳又將前事說了。和尚狂喜道：「照此說來，我們同仇敵愾，更是一家人了。難怪連日我在此行法，並無絲毫動靜。鳩盤婆明明盡知此事，仍想借我之手，將三星美人蚺除去，好減卻異日的對頭，害得我差點沒被神雷震死，用心也太機巧了。那廝歸藏袋已破，同黨已死，別的我都能制他。諸位既還不知道他的姓名，想必恐他捲土重來，故想知他的來歷蹤跡。何不伴我三日，等我復原後，同去他的巢穴將他除了，以免後患，豈不兩全其美？」

三鳳聞言，首先稱善。金鬚奴見這和尚貌相雖惡，還不似藏有奸詐。打算趁這三日閒暇，分一人回轉紫雲宮與初鳳送信，就便看看妖童甄海日內可曾二次來犯。再將初鳳邀來，同去報仇。和尚卻力說妖童自受重傷，尚未痊癒，必俟傷癒，另約能人報仇，此時決不會有所妄動。自己所畏者，只有歸藏袋，如今此袋既失，他已不是自己對手，只要三人伴他過了三日，一到便可將他除去，無須再約他人相助。

金鬚奴終是持重，起初還當他受了震傷，不能起飛，故此需人相助；後來又說他法寶法力仍在，甄海歸藏袋已失，既是毫無足畏，何以又非三人伴守三日？似乎先言後語有些矛盾。當時也不給他說破，只說：「初鳳是全宮之長，既然得知妖童蹤跡，便須稟命而行，不容不回宮請命。」

和尚聞言，方才默然不語。金鬚奴又問了他法號，才知這和尚便是東海孽龍島長風洞的虎頭禪師。在未入紫雲宮跟從初鳳姊妹時，聽人說過，他原是異派中一個有名的散仙，生而禿頭，所以著了僧裝，並非佛門弟子。雖不似別的旁門專作惡事，手段卻也狠辣。因所居與苦行頭陀相近，不知因甚事做得過了一些，被苦行頭陀制伏過一回。適才聽他說起與甄海狹路相逢，險遭毒手，還多虧了苦行頭陀解救，才得保全性命，大約業已改行歸善。知道了根柢，略覺放心，暗和二鳳使了個眼色，囑她留意。便即起身告辭，往紫雲宮飛去。

到了一看，宮外封鎖甚嚴，到了牌坊下面，便難再進。幸而冬秀隱身宮門入口，見他獨自飛回來，以為出了亂子，忙著出接，才得走進。一問初鳳、慧珠二人何在，說是因為前車之鑑，正在黃晶殿中同煉天書副冊中所載的一種極厲害的魔焰，要三日後方得完成。當日恰是第二日，法未煉成，不能出殿。如今全殿封閉，誰也不能進見。

初鳳行法之時，曾留有話，算計金鬚奴等三人見了嵩山二友，往返也得一二日工夫。回來如有動作，不過也只隔一日。多一件法寶禦敵，畢竟強些。應用之物，早經採集，起初初鳳因這種魔法狠毒，沒有急需，不願煉它。自從吃了陰火大虧，恨那妖童入骨，特地煉來報仇。如三人回宮，可少候一日等語。

金鬚奴原想一到便拉了初鳳同走，不想這般不湊巧，偏在這時正煉魔法，須要候上幾日。好在虎頭禪師原約三日之後，也不忙在一時，便在宮中暫候，等初鳳魔法煉成，再定奪行止。誰知初鳳行法時，差一點功候，幾乎白費心力，又遲了大半天，直到第三日子正過去，才將法術煉成，開殿出來。金鬚奴忙即上前相見，說了經過。初鳳自是心喜，因時間太促，不能再延，略談幾句，便留下慧珠、冬秀二人看守門戶，從宮門牌坊前起，直達海面，都用法術層層封鎖。興沖沖同了金鬚奴起身前往。

到了那座荒島一看，虎頭禪師和二鳳、三鳳三人都已不知去向。金鬚奴回宮時，虎頭禪師又未說明甄海所居之處。而且違約先走，其中難免不有差錯，不由大吃一驚。二人一商量，甄海巢穴既相隔那荒島不遠，除了在附近海中搜尋外，別無法想。仗著二人都是慣於水行，踏波濤如履康莊，那一帶的島嶼又不多，尚易尋找。

二人在海中行未多時，忽見前面有一座大島。近前一看，滿島都是瑤草琪花，珍禽異獸，景物幽秀，形勢雄奇，頗似仙靈窟宅。因水上沒查見什麼異狀，猜是到了地頭，忙即飛身上去。那島地面不大，方圓不過百里，高處望去，彷彿一目了然。

二人分途搜尋，不消頃刻，便走完了一半，一點朕兆俱無。初鳳暗忖：「二鳳等如果來此，必與妖童對敵，絕不會沒有一點蹤跡。就說地方不對，這裡花草有好些都經過人工佈置，怎地沒個人影？」正在焦急，忽見金鬚奴在左側面山麓之下用手連招。忙著飛過去時，金鬚奴已不等她到，逕往山下面的一個大湖之中鑽去。飛近一看，那湖位置正當島的盡頭，三面俱有山峰圍繞，寬有十里，深約百丈，清可見底。水中養著許多海豹，正圍著幾道光華張牙舞爪，欲前又卻，已有幾個屍橫湖底。

初鳳一見那光華，業已認出是自己人，無暇多觀，正待飛身而下，金鬚奴已將那兩道光華帶起，飛上岸來。放在地上一看，正是二鳳和三鳳兩個，被許多形如長帶、又白又膩的東西綑了個結實，連試了許多法寶飛劍，俱斬不斷。初鳳看出那東西是純陰之質，恐湖中敵人尚在，不便迎敵，只得夾了二人，駕遁光先回紫雲宮。與慧珠、金鬚奴三人圍定二女，運用玄功，施展三昧真火，連煉了三日，才將那東西燒斷。所幸二女神志尚清，服了點丹藥，便即還原，言動自如。一問原因，才知又是三鳳招惹出來的禍事。

原來金鬚奴走後，三鳳便不住向虎頭禪師探聽甄海虛實，除歸藏袋外，還有什麼寶物。虎頭禪師本無機心，便照直說，甄海曾得異人傳授，所煉法寶俱無足奇，自己此番前去，一則為了報仇除害，主要還有別的原因，暫時不能明說。三鳳知他必還覬覦甄海的法寶，便和二鳳以目示意。想是被虎頭禪師看出，恰巧金鬚奴和初鳳又去遲了一步。虎頭禪師在第三日之前，人便復原，他起初不願人多，既要別人相助，又恐到時反臉，和他要那朝夕夢想欲得的一部道書。一見三鳳神色有異，急中生智，故意裝作入定，忽然失驚，說甄海即將離海他往，去請能人，時機一失，不但制服不了，日後彼此俱有大禍。自己只得冒險前往，與甄海拚一死活，請二女在荒島上等到金鬚奴約了初鳳回來，再行同去接應。

二鳳因守金鬚奴之戒，還在將信將疑，力持等金鬚奴到來，再行同去；否則便請他說了地方，隨後與他接應。三鳳卻是利令智昏，明知其中有詐，偏猜他只須守過三日，便無用人之處，想一人前去獨吞，再三力說：「既是妖童將要他去，你一人勢單。彼此都為報仇，無須再候大姊。」非一同前往不可。虎頭禪師裝作無可奈何，才行應允。二女也未看出。二鳳知三鳳性拗，攔她不住，又恐三鳳有失，只得同往。因虎頭禪師說，如能三人同去，手到成功，連催起身，什麼都未顧及。

一到海島上，果是日前妖童出來應戰，二女更是深信不疑。誰知剛和敵人交手，虎頭禪師忽然隱去。甄海已是覺察，狂吼一聲：「大膽妖僧、賤婢，竟敢用誘敵之策，前來盜我仙書！」說罷，也不再和二女交戰，逕直飛入湖中。二女當然緊追下去。三鳳聽出虎頭禪師果有私心，那仙書必是異寶，越發動了貪念。

及至追落湖中一看，虎頭禪師已將湖水劈開，左手拿著一個玉匣，另一手放出一道烏光，正和一個女子對敵。那女子已受重傷，兀自不退，見甄海飛落，只喊得一聲：「艮兌帶書走了。我受了這賊禿重傷，且去那邊等你。切莫戀戰，改日再報大仇吧！」說完，一道白煙冒過，便即不見。虎頭禪師還想追趕，甄海已紅著雙眼殺上前去，將他攔住。

三鳳見虎頭禪師手中拿著一個玉匣，也不知他那部道書到手也未。因為還在爭鬥，便恨不能早些將敵人殺死，好問個明白。偏那甄海雖在紫雲宮受傷慘敗，失了重寶，依然還有全身本領，玄功奧妙，幻化無窮，不似上次輕敵，一時半時不易取勝。同時又因這裡是他巢穴根本重地，不捨丟失，只管拚命相持，並無退避之意。鬥到後來，甄海忽從身畔取出一個透明晶球，一脫手，便連人化成一團黃光，直往三人頭上飛來。

二鳳、三鳳的法寶飛劍竟失功效，只能圍在黃光之外亂轉，不能抵禦。說時遲，那時快，黃光業已罩臨頭上。那虎頭禪師一味敷衍應敵，原為誆他這粒身外元丹。一見誘敵計成，心中大喜，忙將長袖一抬，飛出千百道細如游絲的紫光，朝那團黃光射去。

二鳳、三鳳見黃光臨頭，方覺一陣心慌神迷，那紫光業已射入黃光之中，只聽絲絲連聲，黃光立即縮小，只如盌大。接著又聽一聲怪嘯，一道青光直往那座宮內飛去。

虎頭禪師早已防到，手一抬，先將那團下落的黃光收去，也化作一道青光，從後追趕，轉眼同入宮內。等到二鳳、三鳳心神稍定，想追時，那座宮門業已緊閉，將二女關在外面，不得入內。惱得三鳳興起，連忙指揮空中法寶飛劍上前攻打。

那座宮殿也不知何物製成，異常堅固，二女飛劍法寶攻上前去，眼看光華飛繞中，黃沙如雨，只管破碎，卻是不易即時攻破。待了一會，宮門自開，虎頭禪師笑容滿面飛身出來。二鳳便問妖人何往？

虎頭禪師道：「仇敵已誅，大功告成，全仗二位道友相助。異日有緣，再圖重報吧。」說罷，便要走去。

三鳳本惦著那部道書，此時又見他胸前袈裟鼓起，猜是又得了什麼寶物，便沒好氣攔道：「禪師且慢！適才我見你得了一個玉匣，想是那部道書，可容借我一觀麼？」

虎頭禪師早已看出三鳳心懷不善，只因人家相助一場，如無二女，怎能分身入宮盜寶？不願恩將仇報，打算就此別去。見三鳳不知進退，滿臉俱是怒容，料知善說無效，再加適才見二女法寶也頗厲害。念頭一轉，猛生巧計，便對三鳳道：「道友要觀此書，這有何難？」說罷，一面裝著取書，一面暗中行法。三鳳眼巴巴看他將玉匣取出，正要上前，猛見虎頭禪師把手一揚，數十道光華劈面飛來。二女方知不妙，想用飛劍抵禦時，身子一緊，便被那數十道光華將身纏住，倒於就地。耳聽虎頭禪師道：「道友存心不良，我不能不先發制人。早晚你那同伴必會尋來救你，且在這裡安臥一時吧。」說完，便將身遁去。

甄海因是海豹所生，原養著許多海豹，宮門一開，便即紛紛擁了出來，看見生人，如何肯捨。還仗二女飛劍沒有收起，雖然身子被綁，不能言動，神志尚清，一心還想用飛劍斷綁脫險。那些不知死活的海豹，上去一個死一個，餘下的不敢上前，只在左近咆哮。直到初鳳、金鬚奴到來，才將二女救回宮去。

那逃走的女子，正是甄海的妻子鬼女蕭琇，本領雖不如甄海，卻極知進退。起初甄海去犯紫雲宮，曾經再三攔阻，說自己在南海修煉，島宮水闕，仙景無邊，大家同是修道的人，何苦貪心不足，侵害人家，一個弄巧成拙，豈不求榮反辱？甄海受了鐵傘道人門徒的蠱惑，執意不從。及至在紫雲宮海中慘敗，失了重寶回來，蕭琇越知不妙，力勸甄海斂跡，閉門不出。甄海哪裡肯聽。

這日見虎頭禪師帶了二女前來叫陣，仇人尋到，分外眼紅，立時出去迎戰。蕭琇本有機心，算計仇敵來者不善，善者不來。他夫婦除這座水闕外，附近島上本還有一座洞府。甄海一出去，忙將那部道書從玉匣中取出，交與兩個幼子帶往別洞，以免事敗，為仇人所奪。剛打發走了二子，正要準備出宮助戰，虎頭禪師已抽空潛入宮中，盜了那玉匣便走。

蕭琇將那玉匣留在宮內，本為誘敵，使來人心願既達，容易退去。當時故作不知，直等虎頭禪師盜了出宮，才行追去，原想與丈夫會合一處，再行應敵。誰知虎頭禪師心辣手狠，因為以前吃過甄海苦頭，這次前來，煉了好幾件厲害法寶。盜書之時，因恐二女只能絆住甄海，未必能是對手，所以急速退出。一見蕭琇追來，忙即回身應戰。一交手，便用飛缽斷了蕭琇一隻右臂，接著又打了她一菩提釘。

蕭琇雖受重傷，因上面敵人還有兩個，結局不堪設想，心中惦記二子，當時逃遁，又恐引鬼入室，玉石俱焚，只得咬牙忍痛，勉強支持。幸而為時不久，甄海便發覺敵人詭計，捨了二女趕回。蕭琇料知甄海性情剛愎，不會就退，自己委實不能再支持下去，便略微告誡了幾句，隱身遁去。癡心還想甄海真個抵敵不住，總會知難而退，他又長於玄功變化，逃走不難。回到別洞，略用了一點丹藥，忙即忍痛行法，將全洞封鎖，準備甄海回時，萬一敵人追來，也好抵禦。誰知甄海劫數已到，急怒攻心，竟將身外元丹放出去與敵人拚命，身遭慘死，連元神都被虎頭禪師用誅魂收魄之法消滅。

蕭琇待了一會，傷處毒發，越來越重，連服丹藥，終不見效，望著二子垂淚。等了一日，夫妻情重，冒險出視。見了甄海遺體，一慟幾絕。只因二子尚幼，終日忍痛，苟延殘喘，傳授那部道書。只傳了一多半，實在痛苦難支，精血業已耗盡，只得自行兵解。臨終以前，再三囑咐二子將道學成以後，務必尋了虎頭禪師與紫雲宮一干男女報仇雪恨。

這二子便是現在被困凝碧崖六合微塵陣內，本書七矮中的南海雙童甄艮、甄兌。因了這一場因果，三方面結下不解之仇，以致日後七矮大鬧紫雲宮，金蟬、石生全仗雙童相助，巧得天一真水，才能融化神泥，開闢五府。這且不提。

初鳳姊妹回轉紫雲宮後，又修煉了多年，道法越更驚人，便分別出海雲遊，積修外功。起初打算建立一點天仙基業，用意原善。誰知眾人福命有限，只初鳳和金鬚奴努力，不能挽回運數；加上所學道法又非玄門正宗，三鳳、冬秀時常在外惹事，任性胡為，有過無功，金鬚奴、二鳳又早失了元陽和元陰，諸多阻滯。二鳳、三鳳更記著虎頭禪師前仇，屢次前往報復，仇未報成，反輾轉結下許多冤家，中間也不知經過多少險難。

初鳳為助二妹，無心中也鑄了兩件大錯，這才知道仙業無望，凡事難以強求，於是翻然改計，決心只作一個海底散仙。便告誡眾人，從此不准再問外事，專一整頓珠宮貝闕，把一座紫雲宮用法力重新改建。又從十洲三島神仙聖域，移植來了無數的瑤草琪花，收服馴養了許多的珍禽奇獸。在宮前設下魔陣，海面加了封鎖，以防仇敵侵入。另由後苑宮門開了一條長逾千里的甬道，由地底直達一座海島的地面，一層層俱有埋伏，無論仙凡，莫想擅入一步。並將昔日在外面物色來的弟子，一一派了執事，分任煉丹、馴獸、鋤花、採藥之責。

初鳳自為全宮之主，更是不在話下。滿以為海腹潛修，別有世界，長生不死。誰知天下事往往微風起於萍末，出人意料，一經種因，終必收果，任你用盡心機，終是徒勞無功。如照當時的紫雲三女閉門不出，全宮深藏海底，佈置天羅地網，勝過鐵壁銅牆，是誰也侵犯不了她們，偏巧又在閒中生出事來。

紫雲宮那般戒備森嚴，眾人意猶未足。這日初鳳升座，按察全宮諸仙使的職司，偶想起那條上通地面的甬道，原本多為石土，雖經法術祭煉，無殊玉石，到底尚欠美觀。又聞人言，甄海二子甄艮、甄兌立志給他父親報仇，從一位散仙門下學了地行神法，透石穿沙，如魚行水。雖說這兩人只說要找虎頭禪師尋仇，追原禍始，難免不來侵犯。縱不足畏，這般堅固的甬道被人侵入，也是笑話。見近宮一帶海底所產的珊瑚、鐵晶、彩貝之類甚多，打算採集了來，用法術煉成一種神沙，將那條甬道重新築過。

那甬道長逾千里，縱是玄門奧妙，築起來也頗費心力。算計宮中執事人等雖然不少，異日甬道築成，各層埋伏，均須派人主持，恐到時不敷使用，便命金鬚奴夫婦、三鳳、慧珠、冬秀五人，分頭出海去，各自物色一個有根器的少年男女，度進宮來備用。五人領命之後，初鳳便率了宮中諸仙使，盡量採集應用之物，建下五行爐鼎，等五人一回，便即開始祭煉。不消三月工夫，二鳳、慧珠、冬秀每人俱尋了一個有根器的男女，回宮覆命。只金鬚奴和三鳳因為選擇太苛，並無所獲。

恰巧這日二人在雲貴交界的深山中無心相遇，彼此一談經過，才知打的是一個主意。因未出家而有根器的少年男女尋覓不到，想到名山勝境中尋一個曾經學道未成之士，收伏了回去。正在互商如何進行，忽見一道光華擁著一個少女，慢騰騰從前面峰側飛過，似要往上升起。二人一見，知是業已成道的元神，如能收了回去，勝似常人十倍。見她飛昇遲緩，看出是脫體未久，所以覺著費力。只要飛行些時，不遇見外人侵害，一經掙扎，升出雲層，便憑虛上升，直入靈空天界，完成正果。二人存身之處，本已甚高，這光華中的女子更高離地面，不下千丈，再升千餘丈，便無法能制。這類事如被正派中仙人遇著，不但不去害她，反要飛身上去將護，助她脫險上升。

三鳳為人任性，自私之心太重，哪管對方多少年辛苦修持，好容易脫體飛昇，完成正果。一見時機瞬息，也不和金鬚奴商量，手一揚，劍光先飛出手去，打算逼迫那光中少女降下。那少女見有人為難，知道是命中魔頭，益發奮力上升。三鳳見飛劍飛近少女面前，為護身靈光所阻，無所施為，眼看少女又飛高了數十百丈，知此女道力不淺，稍縱即逝。眉頭一皺，頓生惡念，口喊一聲：「那女子還不投降，休想逃走！」接著便將所煉魔砂取出，朝少女打去。這魔砂乃近年三鳳在外雲遊時，瞞了初鳳，也不知費了多少心力才得煉成，與初鳳昔日為報甄海之仇所煉大不相同。除善於污毀敵人的飛劍法寶外，差一點的仙人被它沾上，重則神迷昏倒，任人處置；輕者也要打落多少的道行。

那少女平時法力雖然高強，這時一個甫行脫體飛昇的嬰兒，如何禁受得住。還算那少女見聞廣博，知道魔砂厲害無比，一被打中，不但一樣身落人手，異日再想飛昇，又須借體還原，再行轉劫，受諸多災劫，把這多年石中苦修付於流水，豈非更加不值？明知敵人逼迫歸順，不懷好意，無奈已萬分緊迫，再不當機立斷，所受更慘。莫如拚著再受數十年辛苦，把所煉護身靈光毀去，以免損及元嬰。想到這裡，三鳳的魔砂已經變成萬千團黃雲紅焰，風捲而來。

少女一見不妙，眼含痛淚，把心一橫，運用玄功少女把這護身光華化成一道經天彩虹，迎上前去，將來的雲焰攔住，口裡連喊：「道友高抬貴手，容我下來相見。」說時，那護身靈光一經脫體，少女的身便不似先前遊行自在，飄飄蕩蕩，御風降落下來。

三鳳見魔砂飛上前去，竟被一道長虹攔住，正暗驚少女僅是一個甫行脫體的嬰兒，竟有這般神奇的道力。偶聞少女已在答話，離開光華，自行降落，才知她是恐怕毒砂傷了元嬰，已有降服之意，不由動了惻隱之心，連忙飛身上去，將她捧住。那少女降至中途，回望空中彩虹為魔所污，業已逐漸減退，即使敵人應允放行，已不能即時飛昇，心裡一陣慘痛氣憤，業已急暈過去。

金鬚奴見三鳳行為如此可惡，委實看不過去。知道這種初脫體的元嬰，一任她平日道力多高，此時也是至為脆嫩，什麼災害都禁受不起。恐不知怎樣調護，再傷了她，先取出一粒玉柱中所藏的靈丹與少女塞入口中，然後輕輕喚道：「道友莫要驚恐，我等並非異派中的惡人，要借道友的元神去煉什麼惡毒法寶。乃是宮中需用幾位根骨深厚的男女，相助辦一件事。我同這位三公主奉命物色，因喚道友降落不聽，一時情急，使用神砂，原想逼著道友降落，並無惡意。

「道友膽小，喪了護身靈光，如今再想上升仙闕，已不可能。不如隨我等回轉紫雲宮海底，同享散仙奇福。宮中現有固元靈膠，道友無須借體，便可復原。只須暫助我們些時，不過遲卻數十年飛昇。異日遇見機緣，道友仍可成就仙業，豈不是好？」

少女聞言，猛想起：「昔年師祖曾說，自己福薄緣鏗，雖仗性行堅潔，向道虔誠，可以人定勝天，但仍有兩次重大災劫。經過之後，還要多立外功，始能飛昇。後來冤遭無辜，在石壁中幽閉多年，一意苦修，僥倖修就元丹，脫體飛昇。當是因禍得福，誰知仍會遇見這種天外飛來橫禍。可見事有前定，無法避免。」

想到這裡，心略一寬，睜開雙目一看，自己被一個女子托住，旁邊還立著一個仙風道骨的美少年，正在殷殷勸慰。這一男一女雖是一路，那男的卻是一臉正氣，而不似那女子一望而知是左道旁門中人。身落人手，只好聽其自然，一切委之命數。便答道：「這也是我仙緣淺薄，命中該有這一場劫難。此番隨了二位道友回宮，只要在修道人本分以內，為奴為僕，俱所甘願。不過事要約定：此劫不過五十年，日後機緣到時，須由我自由，不得強留。如今我護身靈光已失，原來軀殼又毀，本打算借體還原，未必能尋著好的廬舍。適才道友所說的固元靈膠，也須賜我一用。否則既遭羅網，只好任憑二位，寧可形神消散，也不能奉命了。」

三鳳見這少女元嬰長才三尺，光彩照人，說話不亢不卑，委婉盡致，不禁心折。暗忖：「五十年期限雖短，只要她肯相隨回去，有宮中那般的景物享受，還怕羈絆她不住？況且她本身軀殼已失，又不願借人形體，雖有固形靈藥，難道除元神之外，又煉成第二元神不成？樂得賣個慷慨，應允了她。」便答道：

「我一時莽撞，誤發神砂，壞了你的靈光，歉悔無及。我那紫雲宮深藏海底，在三十六洞天以外，自由自在，享受無窮，珠宮貝闕，仙景非常。既願相隨同歸，足見明識大體。至於五十年後，任你自去之說，雖非我等所願，有了這五十年工夫，宮中新收諸人的道法想已煉成，留固可喜，去亦無妨。適才只說你舊日廬舍還在，既已失去，想已火解。宮中不但固元靈膠甚多，還有天一真水和各種靈藥異寶，此去定然有益，只管放心便了。」

那小女聞言，含愁謝了，仍不下地，就在三鳳懷裡，略問了問宮中主人姓名、來歷和修道派別，知與別的左道旁門不同，益發放心，當下改了稱謂。

三鳳所求既得，又比眾人不同，好不心喜，也不管金鬚奴怎樣，略為話別，便獨自帶了這少女往紫雲宮飛去。

第十五章　晶球示兆

話說三鳳走後，金鬚奴原想尋一深山洞壑中修道未成之士，收回宮去，彼此有益。誰知三鳳如此狠毒，阻人升仙，為惡太甚。類此孽因，異日必無善果。大錯已鑄，無法挽救。三鳳走後，坐在路旁樹根上，望空咄咄，好生慨嘆。因那峰巒靈秀，景物雄奇，不捨離去，便多盤桓了數日，就便物色所求。

這日黃昏以後，正在閒眺，忽見天空飛過一片寶光，恰似群星飛逝，灑了一天銀雨。看出是隱居深山異人所用的劍光，想會他一會，忙飛身追去。

那銀光似有覺察，電閃飇馳一般，直向一座高崖下投去，轉眼不見。到了一看，乃是一座參天石壁，平整整四無空隙，苔痕如繡，藤蔓如盤，哪有跡兆可尋。尋到第二日早晨，正在無聊，忽又聽遙天雲際破空之聲。舉目一看，一道銀光，直往前面飛落，現出一個俊美道童，一見面便問金鬚奴在此則甚？

金鬚奴因他所用劍光也是銀色，以為與昨晚所見是一個人，也忘了問這道童來歷，竟先把昨晚發現銀光，追蹤到此不見之事說了，問是否道童本人。道童聞言，呆了一呆，轉問金鬚奴跟蹤之意。

金鬚奴因見道童一身仙氣，正而不邪，心愛非常，把那日同了三鳳來此尋人，只見一個甫成道的女嬰，現已被三鳳妄用魔砂，收回宮去，自己因使命未完，尚在尋找等語，通盤說出。

道童人甚機警，聞言心裡又驚又急，臉上卻未顯出，反笑向金鬚奴說：「在下正是昨晚駕光出遊之人，所居並不在這崖下，只為尋找一件藥草未得，隨即起身，從崖下深谷中繞飛回去，所以未有相遇。既承青睞，可入選否？」

金鬚奴見這道童看上去年紀雖輕，人甚老練，飛劍已有根底，絕非初學之士，如能網羅回去，豈不比那女嬰又要強些？只為他穿著道童裝束，必有師長，不便出口。難得他一些唇舌不費，自願前往，正合心意。只是事太容易，引了生人入門，不能不加慎重，便盤問道童的來歷和師長的姓名。

這道童原有深心，隨機應變，造了一套言語。假說姓韋名容，師父原是一位散仙，自己因犯小過，為師逐出。自念學道未成，稍一不慎，誤入歧途。終年遍遊名山大川，一為訪師，二為擇地隱修。難得有這種海闕仙景，曠世奇緣，故此降心相從，敬求引度等語。詞色誠摯，極其自然。

金鬚奴那般精細謹慎的人，竟為所動，信以為真。暗忖：「即使萬一有點什麼，自己也還制伏得他。」便滿口應允，度他入門。

道童大喜，立時拜倒在地。又略問了問宮中應守規則，以及眾人稱謂。便由金鬚奴率領，回轉紫雲宮去。

那三鳳用強逼迫收去的女嬰，便是當年兔兒巖玄霜洞陸敏之女陸蓉波。自從感石懷孕，陸敏疑她與人有私，險遭慘死。

多虧極樂真人預示仙機，賜了一道靈符，叱開石壁，逃了進去。在壁中生下石生。先後辛苦潛修了多少年，好容易才將嬰兒修煉成形，破石飛出，準備上升靈空天界，完成正果。

誰知孽因注定，仍難避免，竟會遇上三鳳這個魔頭，破了護身靈光，遲去數十年飛昇。直至日後母子重逢，助石生、金蟬二人脫難，盜去天一真水，巧破硃砂神路，逃歸峨嵋門下。

紫雲三女與峨嵋結下怨仇，峨嵋五府開闢，群仙盛會，兩儀微塵陣放出南海雙童，金蟬、石生、甄艮、甄兒等暗入紫雲宮，雙劍斬雙鳳，奪回蓉波元命牌，石生為母獨煉靈丹，才得完成正果。此是後話不提。

那初鳳見三鳳、金鬚奴一個收了一個已成道的元嬰，一個引進一個有法力的仙童，先後回來，問起經過。因三鳳這種行為最干天忌，雖然埋怨了幾句，心中未嘗不喜。因這五人都是新收，須要經過教練。尤其是後收這一個女嬰，出自強迫，不是人家心願，又壞了人家道基，不能不加防範。

錯已鑄成，索性一不做，二不休，表面上仍好好的，用言安慰，給她服了固元膠和金庭玉柱中留藏靈藥；暗中卻用魔法立了一面元命牌，把蓉波的真神禁制，如有異圖，無論逃到何方，俱有感應。又將其餘四人一一分別考查，命他們隨眾朝參，傳授道法。

先收三人，乃是二男一女。一名吳藩，乃福州舊家獨生子弟，幼喜方術小筮之學，年才十五，便被異派中惡人引誘，入了魔道，專以採補為事。這年他師父前往雲貴採藥，一去不歸。

聞得鼓山來了一個番僧，法術高強，便去領教拜門，那番僧人卻正直，長於晶球視影，一見吳藩，說他資質本來不差，只緣自幼誤入歧途，淫過太重，恐難得收善果。吳藩心還不服。番僧又拿出晶球，行法透視，說吳藩的師父申鸞，因在苗疆採煉房中淫藥，為峨嵋門下醉道人飛劍所斬。他本人因為倚仗邪法行淫，壞了好些小女童貞，也在三年之內必遭雷擊。

吳藩聽他說起自己經過，宛如目睹。起初申鸞原說過，醉道人是他生死對頭，已經遇險三次。這次出門，過期多久不歸，便已疑遭不測。再聽番僧一說，不由不信。他人甚聰明，師父已死，失了靠山，平素積仇又多，縱不遇雷劫，也難自保。見那番僧聲如洪鐘，容貌奇古，兩個眸子寒光炯炯，射出二三尺遠，知是異人，再三跪求收錄。

那番僧卻力說與他無緣，不能收納。因憐念他尚有悔道之念，二次用晶球行法視影，命他冥心靜觀。轉眼工夫，相次不見，只有穿雲裳霞裙的美女御空飛翔，腳底下的海卻變作許多城鎮山林，一幕一幕轉換。後來飛向一座瀕海的山頭，看去甚是眼熟，好似以前常遊之所。正待往下看去，球上又是一片白霧過去，人物都沒了影子，依舊還原，空明無物。番僧道：「你想避過雷劫，再享數十年仙福，快去尋那女子，求她攜帶，便可如願。」說罷，瞑目入定，再也不見答理。

吳藩無奈，只得拜辭出來。細想那座山頭，分明是二年前和申鸞到台灣去採海獺腎，來煉淫藥的地方，他原也會許多邪術，便借遁法前去，尋到那座山頭，果然與球中景致一般無二。

仔細端詳好了女子降落之處，地勢極險祕，人卻不見，只地下有兩個土穴，土中生的草木，彷彿新被人連根拔走。有一穴內，還剩下一些斷根殘鬚，斷處白漿珠凝，尚未乾去。沾了點一聞，清香透鼻，猜是兩株藥草，被那女子新來拔去，剛走不久，可惜來遲一步，錯過機緣。

正在悔恨欲絕，忽見草叢裡有一物閃閃放光。撥草一看，乃是一根簪子，非金非玉，寶光燦爛，映日生輝。知是那女子遺物，不禁又生希冀。隱身石後，守候了一陣，忽聽破空之聲由遠而近，一道青光自天直下。光斂處，現出一個女子，正是球中所見之人，手中拿著兩株靈芝，一到便往穴中尋視。

吳藩見那女子美如天仙，心更怦怦跳動，誠恐時機稍縱即逝，忙從石後縱將出來，跪在地下，直喊：「仙姑垂憐，援救弟子！」

來的女子，正是冬秀。目前宮中諸人，個個神通廣大，只她一人稍弱。自從奉命出宮，雲遊了數日，俱無所遇。這日行經台灣上空，見下面景物甚美，隨意降落，下來遊覽，無心發現兩株靈芝，因是稀見仙草，打算拔了送回去，再出來尋人。

採頭一株時，心忙了些，折斷了許多根鬚。恐洩了靈氣，便將頭上一股碧瑤簪拔下，掘那第二株，連根拔起，完好無缺。心中一喜，匆匆飛行，那股簪兒卻遺落草內。

中途想起，返回尋找不見，正在可惜，忽聽身後有人走動，縱出一個十六八歲的少年，裝束華貴，丰神麗秀，手捧遺簪，跪在地上，苦求收錄。

冬秀見這少年根骨彷彿不差，加上拾寶不取，在此守候，更見得是個有心人。益發心喜，把他看中。喚起身來，一問經過，彼此俱符所望，一拍即合。

吳藩父母雙亡，親族早已鄙棄，一聽紫雲宮仙景無邊，還有許多仙女，早已神飛，頓萌故念。雖然家中還有姬妾財產甚多，哪裡值得留戀。這等人原無天良，逕自隨了冬秀，往紫雲宮飛去。

另一個男的，是個幼童，姓龍名喚力子，不啻西山中苗民之子。生具畸形，頭扁而小，凹鼻上掀，兩眉當中多生著一隻眼睛，兩手六指並生，一般長短。因為相貌古怪，一下地便能言語，父母當他是個妖怪，扔在山溝裡去餵虎狼。那山中的虎見了，不但不傷他，反拿乳去餵。到了五六歲時，忽然在山中路遇他的父母為群獸所圍，這孩子本具靈性，雖只生時一面，卻還記得他父母模樣，當下打散群獸，救了出來。

他父母也還記得他的異相，他又身量不高，一見便認出是自己兒子。因為他不為虎狼所傷，那般勇猛，上下樹杪峰巒，疾如飛鳥，又把他當天神降世，便要帶回家去撫養。

誰知孩子自幼生長荒山，性子極野，家中居不多日，討厭四外苗人禮拜看望的煩囂，仍逃了出來。可是天性極厚，每隔些日，總要採打些山果送回家去，看望父母一回。留卻留他不住，他父母也沒奈他何。

到第三年上這日，他又回家省親時，他父母俱都不在。一問鄰人，才知他父母出外販貨，為隔山野猓所殺，屍骨無存。他也不哭，強逼那鄰人領路，到了隔山，仗著身輕力大，連殺了許多野猓。他父母的仇人為他打死，還不肯走，定要把野猓殺完才罷。野猓人多，後來見上去一個死一個，才害怕逃走。一則沒有他跑得快，二則性蠢，逃起來是一窩蜂，不知分散四逃。

後來被他追入一個兩面峭壁千丈，只有一條窄溝，越發無法逃躲。他跳入人叢中，小手一抓，就是一個。抓到手內，連身躍起，先用五指，往胸間一戳，弄死之後，再隨手擲向危崖之上，打得鮮血四濺，腦漿迸裂，屍橫地上。又如法炮製，再去抓第二個。

這最後一群百十個野猓，被他打得好似落花流水一般。

第十六章 珍重故人

龍力子正在殺得起勁，恰值慧珠從空中路過，見下面一條窄山溝裡，許多人在擁擠踐踏，內中一個怪眉怪眼的小孩，看年紀不過六七歲，不時飛入人叢，手一起，便抓了一人，擲向崖壁之上，死於非命。

慧珠生性仁慈，暗想：「這孩子小小年紀，怎地這般歹毒？」本想懲治他，便將劍光往下一坐，落了下去，抓著那孩子頸皮，飛身而上，到了無人之處降下，問他何故如此狠毒？

那孩子見神人把他凌空抓走，直上青雲，已嚇得哭了出來。及至落地一看，乃是一個從未見過，渾身華美的仙女，便跪在地下，結結巴巴哭訴報仇經過。慧珠看出他天生異稟，根骨非凡，知是可造之材，便和他說明，帶回宮內。

還有一個少女，名喚金萍，原是一個異派中女仙弟子，在相寶山古洞中隨師修煉。這日因師父出外雲遊，一去不歸，正在崖前閒眺，遇見二鳳，把她收伏回來。這五個少年男女，雖然本領不齊，個個資稟特異，只須略加教練，便可使用。

初鳳先時只見了一面，認為中選，除蓉波由自己去調養教練外，餘人俱命金鬚奴等一人帶了一個，去傳授道法，先並不覺有異。等到過了些日，眾人覆命，所教諸人，已能奉命行事。初鳳升殿考詢分派職司，才看出金鬚奴所收的韋容，雖是道童打扮，不但一身仙風道骨，與眾不同，而且道行法術，俱有根底，所學也是玄門一派，已有散仙之分，怎會降格相從，來做旁門散仙的弟子臣僕？難保不有別的用意。

再一細問金鬚奴收他時情形，除了全出本人自願外，並沒有絲毫其他破綻。一則因為神沙採集齊備，急待升火祭煉，需人之際；二則估量韋容縱有異圖，也決非宮中諸人對手。所以只是暗中留了一份心，表面上也未顯出，仍然照舊分派職司。

那煉沙的鼎已添成九座，每個俱都大有畝許，按九宮八卦，分立在宮苑後面，通甬道廣場之上。便命金鬚奴看守那座中央主鼎；慧珠、二鳳、三鳳、冬秀四人分守坎、離、震、兌四門；韋容守西北方乾門，蓉波守西南面坤門，龍力子守東北方艮門；又從原來宮中執事諸人中，派出一個名喚許芳的守東南方巽門。

還選出一男一女兩個，女名趙鐵娘，是個石女，自幼出家，隱居深山為尼，與慧珠原本相識，慧珠回宮以後，方才引進。男的名喚黃風。俱是初鳳得意心愛的弟子，分任送沙入鼎之役。鐵娘在宮中，專任煉丹，此時本來閒著。只把新收下的兩個少年男女，去代了許芳和黃風的職司，便即分派停當。

初鳳領了眾人就位之後，又囑咐一番話，走向九鼎後面的太極主壇之上，命趙鐵娘與黃風手持引沙法鏟，分侍兩旁，然後端坐行法。過有個把時辰，初鳳運用玄功，將手朝著二鳳所守的高宮位上一揚，離宮鼎內便飛起一團酒杯大小的火星飛舞空中，光焰搖搖，升沉不定。初鳳口中唸唸有詞，一口真氣噴將出去，將手一指，道一聲：「疾！」那團火光便似花炮一般，忽然爆散開來，化成九顆彈丸大小的火光，投向九鼎之內，立時鼎中火焰熊熊，九鼎同時火發。

這時初鳳口中誦咒越急，又將頭髮披散，倒立旋轉了一陣，倏地回到位上，瞋目大喝一聲，將手一揮。鐵娘、黃風早有準備，手持法鏟，分朝兩旁早經設備的沙庫鏟了一下，然後朝著九鼎遙遙一送。那庫中的沙便似一紅一黑兩道長虹一般飛起，到了鼎的上面。再經初鳳行法一指，仍和那火一般，各自分化九股，分注鼎內。

趙、黃二人隨著持鏟連連揮送那陰陽二沙，也只管往爐中注入，若決江河，滔滔不絕。那鼎原是初鳳採那海底萬年精鐵，用法術製成，形式奇異，共有三口，一口注火，一口注沙，一口出沙。煉到第七日子時，所有的沙業已煉成合用。初鳳早下了法壇，帶了預先派定的一千門下弟子，驅遣魔神，將先前甬道毀去，將新沙從出口行法引出，另行築就。那出口的沙已成了一種光華燦爛的沙漿，從九鼎口中分九股流出，直注甬道之內。

這一面隨著初鳳法術禁制，往前興築。那一面的沙，依舊由劉、黃二人分注入鼎，新舊更替。只四十九日工夫，這長有千里的甬道，居然築成。眾人個個盡職，毫無差錯，初鳳等自是欣喜。細察韋容，除對蓉波一人似乎比其他同門稍覺關心外，別的並無差錯，漸漸消了疑慮，反倒格外寵信起來。

其實那韋容並非真名，所有事蹟全是捏造。此來既非投師，也非愛慕海底奇景，貝闕仙景，更不是像初鳳所疑的避什厲害仇敵，乃是為了陸蓉波而來。此人便是前文所說陸蓉波感石懷孕以前所交的好友——南海聚萍島白石洞散仙凌虛子崔海客的門下弟子——紫府金童楊鯉。

自從那年隨了師父和師兄虞重，在莽蒼山兔兒巖玄霜洞與蓉波訂交，感情十分莫逆。盤桓沒有多日，便因聚萍島中出了神鱷，甚是猖獗，崔海客留守的兩個門徒連與牠相持數日，制牠不了，特地分出一人，將他師徒追了回去。彼時正當和蓉波俱因誤啖淫藥合歡蓮昏迷過去，雖然先後醒轉，蓉波業已感石有孕。他師徒走後沒有多日，蓉波便遭陸敏疑忌，定要飛劍斬她，以清門戶。多虧極樂真人靈符解救，才得逃入石中，保全性命。那快活邨主陸敏，也奉師命，前往北海冰解。

楊鯉先並不知自己走後，發生許多事故。這一次出遊，承蓉波指點了玄門奧旨。回島以後，師徒合力，斬了神鱷。又參以師父所傳心法，日夕勤苦用功，他的資稟原好，不消多年，道行大為精進。

這年崔海客考驗眾門人道法，看出他所學有異，一問原因，才知是出於蓉波指點，笑對楊鯉道：「你陸師姊所學，乃是她師祖極樂真人李靜虛的傳授。你雖只得了一些皮毛，已是得益不少。不過玄門正宗，內外功行並重，不比我們島嶼散仙，隨心所欲，自由自在。你資質本在眾門人之上，既然遇此機緣，或者天仙有望，也說不定。你陸師伯乃極樂真人弟子，所學必定淵深。莫如日內逕拿我的書信，前往兔兒巖玄霜洞求他指引。他昔日見你資質本甚期許，又重我的情面，想必不致吝於傳授，豈非比他女兒口頭略微指點，勝強十倍？等到得了真傳，再去修煉外功，前途何可逆料？」

楊鯉本就時常想起蓉波指點和相待之德，此行正是兩全其美。過不多日，便稟明了師父，逕往莽蒼山飛去。到了一看，古洞雲橫，峭崖苔合，舊萝前塵，宛然猶在。只是陸敏父女不知去向，尋遍了玄霜洞內外，始終尋不出一絲跡兆。想起陸蓉波昔時曾對自己說過，陸敏最愛莽蒼山景物清奇，除非數百年以後功行圓滿，成道飛昇，決不會遷居別處。還叫自己時常前去盤桓。如果出外雲遊，也定以信香相報，以免徒勞跋涉。如有機緣，還要到聚萍島一遊等語。

因此還以為他父女定是出外雲遊，終須歸來。及至細一尋思，陸敏已有半仙之分，縱然出外雲遊，自己的洞府豈有置之不理，絲毫未用法術封鎖，一任它污積塵封之理，斷定不是遷居，便是出了別的事故。只得惘然回轉海島，和師父說知。

崔海客一聽，便知有異。再一細問洞中情況，越知不妙。暗忖：「陸敏與自己雖是新交，極為投契。何況他又說玄霜洞隱居，雖是心愛那裡景物，主要還是為了奉有師命，怎會隨便遷居？目前各異派甚是勢盛，莫非有人與他為難，朋友義重，不知便罷，既已看出有疑，好歹也須查出他的下落才罷。」又加上楊鯉再三慫恿，便用小衍神數，測地參天，因物測象，潛心運神，默察來往。經過三日研究搜討，方始洞徹前因。便把蓉波誤服淫藥，在靈石上酣臥，感而有孕，陸敏不察，以為她和楊鯉有了私情，定要置之死地，多虧極樂真人預賜靈符，蓉波方得逃入石壁之中活命。同時陸敏也奉了極樂真人遺柬，往北海冰解成道，並知女兒實是冤枉，悔已無及。陸敏去後，蓉波便在石中參修，現已生下一子，還有十數年，方能煉成嬰兒，脫體飛昇等語，對楊鯉說了一遍。

楊鯉聞言，想起蓉波相待之厚，是自己誤採毒草，才害她受此苦楚，越想越覺對她不住。又聽崔海客說，蓉波如今出來，險難甚多，極樂真人命她石中虔修，也為避禍，壁上封鎖，功用神奇，不到時候，縱是天上神仙，也無法打破。此時前往助她脫身，反是無益有損。思來想去，除了等她到日自開外，決難相見，只得仍在島中苦修，靜等石開之日前往。

駒光易逝，不覺十有餘年。屈指一算時日，已離蓉波飛昇之期不遠。滿擬前往見上一面，就便幫助她飛昇，以報當日之德。當下稟明師父，直往莽蒼山兔兒巖飛去。行至中途，忽然看見下面山谷中法寶劍光飛舞，有本門中人在內。仔細一看，竟是師兄虞重，和一個師父當年的仇敵拚死相持，義無袖手之理。何況距離莽蒼只有一半途程，幾個時辰之內便可到達。蓉波破壁飛昇，還有兩日工夫，遲一點也不至於誤事。便飛身落下相助。誰知那仇敵甚是厲害，一連廝拚了好幾天，虞、楊二人雖未受著傷害，人已被妖法困住。

楊鯉鬥得神疲力倦，只是脫身不得。正在危急之間，忽然一個大霹靂，帶著一片金光，自天直下，將敵人驚走，現出一個儀容美秀的絳衣少年。一見面，對楊鯉道：「二十餘年前我受極樂真人之託，來此助你一臂。陸蓉波與你，還有一段塵緣未了，現有柬帖兩封：第一封即時避人，可以開看；另一封外面標明時日，到日自有靈驗。務須照柬行事，不可大意。」說罷，也未容虞、楊二人答話相謝，一片金光，夾著轟隆隆之聲飛起，轉眼沒入雲層之中，不知去向。

楊鯉送走虞重，打開一看，才知自己此番途中耽擱，業已過了蓉波飛昇之期，蓉波現為魔宮中人劫走。又說此去兔兒巖，如遇一姓金少年，只須設詞隨他同去，便可相見，日後相機助她脫離魔窟等語。

楊鯉看完，好生焦急。暗忖：「又是自己來遲，害她遭難。既有仙示，好歹上天入地，也須尋去相助。」恐又錯過機會，連忙趕往兔兒巖。恰巧遇著金鬚奴，仗著胸有成竹，居然用一套言語將金鬚奴哄信，引他入宮。

其實金鬚奴先見銀光，乃是石生駕劍光出遊，見有生人追來，早已躲向旁處，並非楊鯉。偏巧楊鯉劍光與石生的雖有上下之分，顏色卻大略相似。金鬚奴一時疏忽，將楊鯉引進，以致日後私放石生，倒反紫雲宮，鬧出許多事變。這且不提。

楊鯉因是為了蓉波而來，特地改名韋容，隱起真姓名，以免人家搜探根底。到了宮中不久，果然見著蓉波，不禁悲喜交集。只苦初去不久，一切謹慎，不能遽然說話罷了。蓉波他鄉遇故，又是當年良友，雖然有些驚異，並不知是為了她而來，還以為凌虛子原是散仙，所學介乎邪正之間，楊鯉是他門下弟子，自然容易與宮中諸人接近，投入門下，原在意中。因為初受切身之痛，反而有些鄙薄。見楊鯉未先朝她招呼，也就置之不理。

及至煉沙時節，分派眾人執事，一聽初鳳把他喚作韋容，心想：「當年曾與楊鯉在莽蒼山兔兒巖盤桓多日，相貌聲音，宛然如昨，憑自己目力，萬萬不會誤認，怎麼好端端地改了名姓？」正在尋思，忽聽金鬚奴對初鳳說：「這新來諸人，只有韋容等三人可勝重任。」知道楊鯉也是新來不久，再一想到他改的姓名，竟有一字與自己之名聲音相同，好似含有深意，這才恍然大悟，「韋容」乃「為蓉」之意，不禁偷偷看了楊鯉一眼。

偏巧楊鯉覷著眾人在殿上分派問答，朝她偷看，彼此都機警異常，略微以目示意，便都明白，當時就裝作陌生人模樣。直到初鳳煉完神沙，築成甬道之路，吩咐全宮中人與新來五人互相見禮，又過了些時，故作日久互熟，閒來常共盤桓，才抽空彼此說了經過。

二人共了患難，交情自然更深一層。蓉波連用宮中真水、靈藥，身體早已堅凝，只是形體比起常人要小得多。日子一久，知道元神受了魔法禁制，難以脫身，先時甚為憂急。後來細察宮中諸人，在上幾個雖是法力高強，一個勝似一個，但俱都入了魔道，決非仙家本色。

初鳳，慧珠人較正直，可惜入了旁門，縱有海底密宮藏身，未必災劫到來便能避免。只金鬚奴未習那天魔祕笈，沒有邪氣而已。下面更是除龍力子一人還可造就外，餘人不是迷途難返，便是根淺福薄，俱非成器之流。有時潛神反視，默察未來，竟覺出禍變之來，如在眉睫。加以宮中如三鳳、冬秀等人，雖因初鳳也看出不久必有事變，禁止出宮，但自從神沙甬道築成以後，益發驕恣狂傲，料定她們運數不能長久。可是自己元神暗受禁制，如不事先設法盜出，一旦出了亂子，縱未必玉石俱焚，於自己二次飛昇終是阻礙。

蓉波幾次避人和楊鯉商議，打算預為佈置，時機一到，便下手先將元命牌盜走。無奈初鳳行法術之所，有極厲害的魔法層層封鎖，慢說外人無法擅入一步，便是二鳳姊妹不曾奉命，一樣不許妄自行近。也不知曉元命牌是否就藏在殿中，一個畫虎不成，立時永墮沉淪，哪敢絲毫大意。只得除了應盡職司外，無事時盡力潛修，以待機會，心中焦急也是無法。

那龍力子原具宿根，自從到了宮中，雖然隨著眾人學習魔法，但他偏以為蓉波、楊鯉所學的道法劍術是他心愛，每見二人無事練習時，便再三懇求傳授。二人因宮中規章並不禁止私相傳授，便也樂於指點。那龍力子看去粗野，卻是一點就透，一學便精，只不過正教道法與旁門妙術同時並學，有些駁而不純罷了。

那初鳳見神沙甬道已成，可以倒轉八門，隨心變化。如發覺有人擅入，只須略展魔法，那一條長及千里的甬道，立刻化成許多陣圖，越深入越有無窮妙用。除非來人有通天徹地本領，金剛不壞之身，還須見機得早，在初入陣時發覺，急速後退，逃離甬道出口百里之外，方可無事；否則也是一樣陷入陣內，不能脫身。

為了錦上添花，又命金鬚奴和宮中諸人到處物色珍禽奇獸，馴練好了，來點綴這些陣圖。把神獸龍鮫，分派在第三層入陣正門。除頭層由門下弟子管領消息外，餘下每一層，俱有靈獸仙禽防守。直到快達宮中的五行主陣，才用宮中主要諸人輪流主持。真是到處都是羅網密佈，無論仙凡，插翅難飛，哪裡把區區仇敵放在心上。

金鬚奴等原有驚人道法，不消多時，一切均已齊備。初鳳分配已定，好不心喜。因當初姊妹諸人在外雲遊，各自結交下幾個異派中的朋友，曾約日後來訪，一則恐來人誤踏危境，二則志得意滿，未免自驕，存心人前炫耀，把神沙甬道盡頭處那座荒島，也用法術加了一番整理，遍島種上瑤草琪花，千年古木，添了不少出奇景致。把島名也改作迎仙島，並在出入口上，建了一座延光亭，派了幾個宮中仙吏，按日輪值，以迎仙侶。舊日避水牌坊上面的海眼出口，早已用了魔法封鎖，除主要諸人外，餘人均無法出入。

蓉波、楊鯉見了這般情狀，哪怕異日就將元命牌盜走，也出不去，何況事屬夢想，暗中只叫苦不迭。此時初鳳對他二人並無疑念，也曾輪流派二人前往迎仙島延光亭去接待仙賓。蓉波是因元命牌未得，逃也枉然。楊鯉雖可逃走，卻又為了蓉波，死生都要助她同脫羅網，決不他去。

光陰易過，不覺多時。起初並沒有什人前來島上拜訪初鳳姊妹，日子一多，因為金鬚奴等出外，遇見幾個舊日遊侶，說了經過，才漸漸傳說出去。第一次先來了北海陷空老祖門下大弟子靈威叟，看望了一會自去，並無旁事。第二次便是曉月禪師，帶了黃山五雲步的萬妙仙姑許飛娘，慕名前來拜謁。兩次都輪著蓉波、楊鯉，分別接引入宮。

初鳳原本想除三五舊友外，不見別的生人。見曉月禪師與自己不過以前經別的道友引見，一面之緣，逕自帶了人來，未免有些不樂。只為曉月禪師名頭法力高大，不便得罪，沒敢形於詞色罷了。誰知物以類聚，許飛娘一到，首先和二鳳、三鳳、冬秀三人成了莫逆之交。仗著生就粲花妙舌，論道行本領經歷，都是旁門中數一數二的人物，日子稍微一多，連初鳳也上了套。她們哪想到許飛娘別有深心，只接連會晤過三四次之後，便把她當成知己。

許飛娘早看出她們的心病在最後一劫，時以危言聳聽故作忠誠，以便攏絡。對於自己和峨嵋結仇之事，卻從沒和初鳳提過。把宮中應興應革，和將來怎生抵禦地劫，規劃得無微不至。由此宮中首腦諸人，大半對她言聽計從。只金鬚奴覺得此人禮重言甘，處處屈己下人，其中必有深意。

也是紫雲宮運數將終，二鳳平日對於金鬚奴本甚敬愛相從，這次偏會和三鳳、冬秀做了一路，認為許飛娘是個至交良友。金鬚奴一連警告了兩次，反遭二鳳搶白，說他多慮：「休說紫雲宮到處天羅地網，與飛娘不過是同道相交，她並未約著做什歹事，而且將來抵禦末劫或者還要仗她相助。大姊是全宮之主，道法須比我高深，她都和飛娘相好，難道還有什差錯？現在大家又不出外，怎會惹出亂子？」

金鬚奴雖被她說得無話可答，畢竟旁觀者清，無論許飛娘怎樣工於掩飾，一時沒有露出馬腳，形跡終覺可疑。

暗想：「她原是曉月禪師領來，說是雲遊路過，因慕海底貝闕珠宮之勝，便道觀光。可是曉月禪師到了以後，匆匆辭去，便不再來。此後許飛娘倒成了紫雲宮座上嘉客，來得甚勤。同道投契，常共往還，原是常事，不足為異。可是她每次前來，必定託詞，不是海外採藥，路過相看，便是想起宮中有什應辦之事，前來代為籌措，詞色又做得那般慇勤。這紫雲宮僻處寒荒極海，除附近那座迎仙島和以前發火崩裂的安樂島外，周圍數千里，休說可供仙靈居住的島嶼，就連可以立足的片石寸土也沒有。頭一次曉月禪師說是雲遊路過，已不近情，更哪裡有什靈藥可採？分明心有詭詐，恐人生疑，欲蓋彌彰。」

又想起前些年出外雲遊，聞聽人言，各派劍仙正當殺劫，峨嵋、五台兩派爭鬥尤烈，仇怨日深一日，這許飛娘正是五台派中能手。便是那曉月禪師，又因與峨嵋門下作對，慘敗幾死。遇見他時，他說尚須修煉數年，方能勉強還原。如今尚未到期，好端端引了飛娘遠涉荒島。蛛絲馬跡，在在可以察出他的來意，如非覬覦什麼重寶，便是虛心結納，以為異日報仇之助。

雖然宮中戒備森嚴，眾人道法高強，杜門虔修，主意業已打定，飛娘未必便是禍根，總非善良種子。大家經了多少困苦艱難，好容易才能享受到這種仙福，多一事不如少一事為妙。見眾人俱為飛娘所惑，話說不進去。只慧珠雖然平時惟初鳳馬首是瞻，但比較聰慧明察，便背人和她一說。

慧珠到底前生有了千年宿慧，始終沒有忘卻禪門根本，不但能運用魔法，而不為魔所擾，反從天書副冊魔法真諦中，參悟反證出許多禪門祕奧，一顆心空明瑩澈。魔法邪術雖非初鳳之比，如論修道根行，已遠出眾人之上。許飛娘一來，早從靜中默悟，知道許多前因後果，眾人大半仙福將次享盡，劫運將臨。左右不能全數避免，反不如聽其自然，免生別的枝節。自己只從旁代他們多種善因，到了緊要關頭，再行竭盡全力，相機行事，能救一個是一個。一聽金鬚奴也獨見先機，便把自己心事和他一說。並說：

「初鳳以前人甚明白，那部《地闕金章》雖非玄門正宗，也並非旁門邪術，藉以修到散仙，卻是易事。如今因知天仙難望，劫運難逃，一念之差，專一在魔道上用功，於是道消魔長。一部天書副冊雖被她盡窮祕奧，人已入了魔道，性情行事，漸非昔日。自用魔法築成神沙甬道以後，更與前判如兩人，所以易為飛娘所動。此時勸她，定然無效。所幸她慧根未昧，又無積惡，到時當能迷途知返。

「依我靜中觀察，除你一人，因三鳳嫉妒，未煉魔法，異日當能免劫外，初鳳或可倖免，二鳳縱遭兵解也能再世，至於三鳳、冬秀，難脫羅網。其餘宮中諸門下，能轉禍為福者，至多三四人而已。目前宮中隱患，豈只飛娘一人？我看不久便要變生肘腋呢。」

金鬚奴驚問道：「慧姑既有先見，怎不對三位公主明言？」

慧珠道：「此乃天數。說也奇怪，難道宮中就你我二人明白？休說初鳳，便是三鳳她們，也都有了許多年道行，哪一個不有智慧？不過當事則迷，只見一斑。我以前也曾略微提醒，她們竟是充耳不聞。又因禍由自取，以前所為已是大干天條，倘如因我一言再生事端，徒增罪孽，於事仍然無補，何苦之爾！就以我說，如非不忘師門根本，回途得早的話，每次初鳳行法，均由我為助，只恐陷溺之深，也不在她們以下呢。」

金鬚奴聞言，軫念憂危，好生惶急。別人不去管他，惟獨初鳳、二鳳兩人，一個恩深，一個情重，萬一將來有什麼不測，自己豈能獨生？然而此時勸誡必然不聽，說也無益。因此日夜焦思，連素來靜止的道心，都被攪亂。這且不提。

許飛娘不久又來紫雲宮，給初鳳姊妹出主意，勸初鳳煉煉顛倒五行大混沌法，以為最後抗劫之用。這顛倒五行大混沌法，乃天書副冊末章，以魔煉魔，厲害非常。以前初鳳也曾想到，一則因為自己默參運數，將來不是沒有生機，這種魔法太已狠毒，沒有護法重寶，鎮壓不住，一個弄巧成拙，反而不美；二則為期尚有五十年，還想另遇機緣，別謀打算，非到事先看出智窮力竭，不肯下手。飛娘幾次慫恿，俱未答應。

這日恰值三鳳和金鬚奴夫婦，把月兒島連山大師所遺留的那幾件不知用法的寶物俱已煉成，運用自如。別的法寶不說，有那一柄璇光尺，已足供護法鎮壇之用。飛娘更以大義責難，說初鳳自己將來縱能憑著道力超劫脫險，也不能不給眾人預為打算。況且末劫以前，還有許多災難仇敵，此法一經煉成，豈非萬全？二鳳、三鳳、冬秀三人因是切身利害，也從旁鼓動，說大姊不煉，我們寧犯險難，自行準備。

初鳳被眾人說活了心。因自己學的是魔法，這種法術卻專門從禁閉諸大神魔下手，煉時心神微一鬆懈，反為所乘，故而決不許別人參與，決定獨自在黃晶殿中祭煉三年，把宮中事務交派首腦諸人，按年輪值。

飛娘原因勸說他們與峨嵋為敵，初鳳定然作梗，好容易才說得她入了圈套，有這三年工夫，盡可設法蠱惑。

初鳳封殿行法之後，飛娘每一到來，必要留住些日，漸漸談起目前各派劍仙中，只峨嵋派不但猖狂，而且把許多天生靈物，如千年成道的肉芝和紅花姥姥遺留的烏風草之類，俱都據為己有。只可惜他們道法高強，心辣手狠，誰也奈何他們不得。否則像那千年成道芝血，得它一點，便可助長五百年道力，眾姊妹最後一劫，又何足顧慮呢？說時看出眾人有些心羨。於是又說峨嵋派專一巧取惡奪，幸而紫雲宮深居海底，不能輕入，貝闕珠宮，不為世知，否則宮內有這許多的靈藥異寶，早已派人盜取了。

飛娘說這一席話，原意只要說動一個，前往峨嵋盜取芝血，便不愁兩家不成仇敵。誰知三鳳等人雖是心貪好動，此時尚能守著初鳳之戒，又和峨嵋素無嫌隙，雖和飛娘相善，聞言也有些心動，並無出宮之想。飛娘知非三言兩語可以如願，再說反啟人疑，只得暫時擱開，以待機會。暗忖：「只要我常常來此，反正不怕你們不上鉤，何必忙在一時？」便行藉故辭去。

又過沒多時，正值華山派史南溪同了諸妖人，用風雷烈火攻打凝碧崖飛雷洞，南海雙童用地行神法潛入凝碧崖，被擒失陷，不知生死。緊接著便是三英二雲相見，紫郢、青索雙劍連璧，大破烈火陣。飛娘毀滅峨嵋根本重地之策又復失敗，反死傷了好些羽翼。正自憤怒，猛想起南海雙童乃甄海之子，與紫雲三女有不共戴天之仇。峨嵋雖然好戮異派，對於素無惡名，又有那麼好根質的南海雙童，決不至於殺害，已經收歸門下也說不定。利用這番揣度，前往紫雲遊說諸人，豈非絕妙？

當下忙即飛往迎仙島，由神沙甬道內見了二鳳等人，說是果然不出以前所料，峨嵋派因聞人言紫雲宮有許多靈藥異寶，知道南海雙童是諸位仇人，特地擒了不殺，反而收歸門下，意欲借他地行神法，前來盜寶，並派能手助他報當年父母之仇。自己聞信趕來，諸位須要作一準備。

三鳳聽了，首先冷笑道：「我這紫雲宮，勝似天羅地網，海面入口已經封鎖。這神沙甬道，看去那麼富麗輝煌，卻能隨心變幻，有無窮妙用。起初我本要往南海尋他們斬草除根，大姊卻說人子欲報父仇，乃是應有之義，隨他去吧。便是築這神沙甬道，起因也一半是為了成全這兩個孽種的孝思，不願傷他們性命，使其到此，知難而退。等他們來時，自然叫他們知道厲害，理他們則甚？」

飛娘見眾人仍打的是以逸待勞主意，不肯輕易出宮，不再勉強往下遊說，少留數日，便又辭去。

飛娘來時，所說這一番話，原是憑著己意揣度，姑妄言之，不想竟然被她料了個大同小異。而異日情節之重大，更是彼甚於此。當她走未三日，奉派到迎仙島神沙甬道口外把守的，正輪著那吳藩。論他道力，原本不夠。只因他善於趨承人意，心雖懷著叵測，面上極為端謹，冬秀最是喜他。又經他幾次請求，才命他隨班輪值，此來尚係初次。在他以前輪值的，恰是楊鯉。

楊鯉平時見他身帶邪氣，常與冬秀鬼頭鬼腦說話，本就看不起他。一見是他前來接班，自己與蓉波又失了一個私談片刻的機會，好生煩惱，便含怒問道：「你來此接班，可識得神沙甬道的奧妙麼？莫要求榮反辱，誤蹈危機，喪了性命。我看你還是以後和冬姑說，另謀別的職司吧。」

吳藩原因迎仙島上這兩年來移植了許多奇花異卉，內中恰有一種最毒的淫藥，名叫醉仙娥的，當年申鸞未死時，常聽說起，乃求而未得之物。當初三鳳從天山博克大坂經過，無心中發現此草，愛它花大如盆，千蕊叢合，暮紫朝紅，顏色奇麗，也不知它的來歷，逕自移植回來。被金鬚奴看見，識得此草來歷，說與初鳳，本想斷絕根株，三鳳執意不允，才得保留。

吳藩自聞島上有此淫藥，知道如能到手，配合別的淫草毒物，煉成丹散，不論仙凡，只被用上，不怕他不喪志迷心，此來別有深意。一聽楊鯉說話，意存藐視；楊、陸二人情好，又早被他看在眼裡。不過他為人城府極深，心中雖然懷恨，表面上卻不顯出，反裝出一臉笑容道：「小弟明知防守此亭之事，雖然職守是送往迎來，接待仙賓，如有外敵來此，便須引他進入神沙甬道。仙陣神沙，奧妙無窮，稍一不慎，形魂消逝，責任何等重大。無奈冬姑和二、三兩位公主之命，怎敢不遵？說不得，只好謹慎小心，勉為其難。師兄道法高強，又在此防守過多日，一切還望指教才好。」

楊鯉見他目光閃爍，看透他口甜心苦，不願多答理，冷笑了一聲道：「既是她們三位之命，想必能以勝任。我還不是和你一樣，有什可以指教？」說罷，逕自飛身回去。

請續看《蜀山劍俠傳》九　魔宮虛實

風雲武俠經典

蜀山劍俠傳【第一部】8 難為比翼

作者：還珠樓主
發行人：陳曉林
出版所：風雲時代出版股份有限公司
地址：10576台北市民生東路五段178號7樓之3
電話：(02) 2756-0949
傳真：(02) 2765-3799
執行主編：劉宇青
美術設計：吳宗潔
業務總監：張瑋鳳

出版日期：2025年9月
ISBN：978-626-7510-79-7
風雲書網：http://www.eastbooks.com.tw
官方部落格：http://eastbooks.pixnet.net/blog
Facebook：http://www.facebook.com/h7560949
E-mail：h7560949@ms15.hinet.net
劃撥帳號：12043291
戶名：風雲時代出版股份有限公司

風雲發行所：33373桃園市龜山區公西村2鄰復興街304巷96號
電話：(03) 318-1378
傳真：(03) 318-1378
法律顧問：永然法律事務所 李永然律師
北辰著作權事務所 蕭雄淋律師

行政院新聞局局版台業字第3595號 營利事業統一編號22759935

定價：340元

國家圖書館出版品預行編目資料

蜀山劍俠傳. 第一部 / 還珠樓主作. -- 臺北市：風雲時代出版股份有限公司, 2025.09
冊； 公分

ISBN 978-626-7510-79-7 (第8冊：平裝). --

857.9 114002681